翻译名师
讲评系列

A CASEBOOK IN

LITERARY
TRANSLATION

文学翻译
译·注·评

王东风 著

清華大学出版社
北京

内容简介

本书强调翻译的准确性，通过学生具体的翻译作业，以改错、讲解、提问、加注的方式，把文学翻译中常出现的错误或其他问题提出来，并加以解决。文后还附有参考译文。另外，作者还针对文中涉及的具体翻译问题，用简短的方式，重点讲解相关的理论或技巧，使学习者不仅停留在"知其然"的阶段，还要达到"知其所以然"的水平。供讲解的文章多为200字到300字的英文节选，每篇文章构成一个短小精悍的单元，不至于使读者陷于冗长的阅读过程。

本书适合大学英语专业和翻译专业学生、翻译从业人员及翻译爱好者阅读。

版权所有，侵权必究。举报：010-62782989，beiqinquan@tup.tsinghua.edu.cn。

图书在版编目（CIP）数据

文学翻译译·注·评/王东风著.—北京：清华大学出版社，2017（2023.8重印）
（翻译名师讲评系列）
ISBN 978-7-302-46030-5

Ⅰ.①文… Ⅱ.①王… Ⅲ.①文学翻译–研究 Ⅳ.①1046

中国版本图书馆CIP数据核字（2016）第308311号

责任编辑：蔡心奕
封面设计：平　原
责任校对：王凤芝
责任印制：宋　林

出版发行：清华大学出版社
网　　址：http://www.tup.com.cn，http://www.wqbook.com
地　　址：北京清华大学学研大厦A座
邮　　编：100084
社 总 机：010-83470000
邮　　购：010-62786544
投稿与读者服务：010-62776969，c-service@tup.tsinghua.edu.cn
质量反馈：010-62772015，zhiliang@tup.tsinghua.edu.cn

印 装 者：三河市科茂嘉荣印务有限公司
经　　销：全国新华书店
开　　本：185mm×260mm　　印　张：10.25　　字　数：227千字
版　　次：2017年11月第1版　　印　次：2023年8月第5次印刷
定　　价：58.00元

产品编号：062865-03

丛书总序

面对目前翻译质量不尽人意的局面，我们感到有工作可做。

应该说，沿学术体系写的教科书为数已相当可观，有些在翻译教学上也起到一些作用。但是总体看来，汗牛充栋的教程、津要、指南、技巧目不暇接，却并未对学生翻译水平的提高有多大影响。

沿学术体系展开的翻译教学是否必要？当然必要；但这类翻译教学是否有效？却值得怀疑。教科书把翻译纳入体系讲解，但是翻译的实际情况从来都是纷杂繁乱、有悖体系的。过于条陈缕析、逻辑严密的教学对于学术研究至关重要，但却并不是指导翻译实践的最佳途径。学生会把系统的课堂知识机械地应用到纷杂的翻译实践上，结果他们脑子里总想着那些成体系的知识，却拿不出解决实际问题的方案。

这套丛书就是提供具体解决方案的。系列中的每一本书都从翻译实践出发，从具体的文本中引出点评、注释、分析、讨论的话题，如需讲技巧就讲技巧，若该谈理论则谈理论，不凭空营造议题，不刻意强谈理论。具体而言，书以单元编排，大部分的书每单元都以一篇短小的原文和学生或新手的译文开始，辅以简明扼要的点评，再加上一篇或多篇参考译文，最后是短文一则，或借文中问题发挥，或择宏观题目议论，语言浅显易懂，力避故作高深的长篇大论。

本丛书循循教导，指点迷津，是一套适合自学的读物，但它也是一套与众不同的翻译教材。丛书抛弃了从技巧、议题、理论切入的编排方式，让学生开门见山，马上面对文本。传统教材中讲解的方方面面，都自然地融汇在文本的分析、点评、讲解中，所涉内容广泛，点评深入浅出，议论提纲挈领。为方便起见，有的分册书后另附原文数段，供布置作业之用。教师可将这套丛书作为主要教材，也可当成辅助材料。

我们有幸邀请到翻译界几位著名专家撰写这套丛书。他们都是各自领域的顶尖人物，都有多年的教学或实践经验。可以说，丛书是这几位作者多年教学与实践的结晶。

读者若能从这套书中有些收获，进而提高了自己的翻译水平，那么我们的目的也就达到了。

叶子南
明德大学蒙特雷国际研究学院

前言

　　作为一本英汉笔译教材，《文学翻译译·注·评》主要用于高校的翻译教学，虽然主要定位于本科生，但也适用于研究生及所有学习英汉翻译和从事翻译研究的读者，因为这是一本以实战翻译为素材的教材，而研习翻译者的终极目的就是要从事实战翻译。此外，本教材虽然是一本实践型的教科书，但其中所涉及的理论分析和讨论也希望能给文学翻译研究者带来一定的启发。

　　本教材的编写方法一反传统翻译教材的套路，采用了一种更符合翻译训练认知的方式，以翻译作业的批改为切入点，引出一系列翻译问题，不仅有改，也有评，每个单元最后还有一个专题讨论。作业以真实的学生作业为范本，这可以突出学生在翻译实践中比较典型的翻译失误，教师的批、改、评则会指出该失误形成的原因及克服所涉翻译困难的翻译对策。所谓"失败是成功之母"，翻译水平的提高在认知上其实就是在不断地克服失误过程中所形成的翻译经验。本教材就是要让翻译学习者在面对译例中的失误时体会失误的形成和对失误的克服，从而逐渐提高自己的翻译水平。

　　本教材另一个与传统翻译教材不同的地方是：课本内的所有案例都是语篇，而不是单句。其背后的理念是，实战中的翻译对象都是语篇。现今绝大多数翻译教材所使用的案例都是单句。单句作为翻译案例最大的问题是没有充分的语境依托，而没有语境依托的单句翻译其自由度会比有语境依托的单句翻译要大得多，但这样的自由是脱离语境的，因此也是脱离实际的。在句本位的翻译教学中，英汉两种语言之中同异互见的语篇结构体系无法得到系统的传授，因此长期接受单句式翻译训练会让学习者形成句本位的思维模式，这种思维模式对于翻译是危害极大的，它会造成学习者语篇意识淡薄。句本位主导的译文看上去可能每句的译文都是通顺的，但连起来的译文就不是很顺畅，尤其是涉及语篇内空间跨度比较大的语篇连贯结构，句本位的翻译往往会顾此失彼，而语篇式翻译训练则可以引导教师主动地向学生传授相关的语篇知识。

　　此外，单句式案例的另一个缺陷是与语篇外语境的关联得不到应有的重视。单句式案例内容张力不大，与语篇外语境的关联往往显示不充分。而实际翻译中有很多翻译困难并非与语篇内的语言关联有关，而是与语篇外的文化相关联，因此如何教会学生识别翻译中的文化陷阱，是翻译教学中的一个重要任务。本教材对此有广泛的讨论。

　　本教材的案例都是文学文本。关于文学翻译在翻译学习中的地位，翻译教学界内有一种不同的声音，即"文学翻译无用论"。这种观点认为翻译专业的学生未来主要从事的不是文学翻译，因此翻译教学应该教授实用翻译，而不应讲授文学翻译。其实，这是一个错误的观点。文学翻译比实用翻译难度要大，这是业界的共识。为什么难度大？就是因为同样篇幅的文学文本中翻译困难的难度和密度要比实用文本大。从这个角度即可看出这个观点的错误所在。在翻译训练中，教师教的和学生练的归根到底就是克服翻译困难的能力。既然同样篇幅的文学文本中翻译困难的难度和密度要大于实用文本，那么在相同篇幅的文学翻译中，学习者所经历的翻译困难就要比实用文本多，因而所积累的克服翻译困难的经验也就会比实用文本的翻译多。如此即可看出，文学翻译更有利于培养学生克服翻译困难的能力。因此，就翻译训练而言，文学翻译实际上只是训练翻译能力的一种手段，而不是目的，虽然对于个别学习者来说，它也可以成为目的。实际情况是，学生在经历了高强度的文学翻译训练之后，再去翻译实用文本，就感觉没有什么难度了，尤其是在流畅性方面，大多都会有明显的提高。

其实，语言只有在文学作品中才能充分发挥其潜能。学生在研习文学翻译时，一方面可以大大提高文学的鉴赏能力；另一方面也可以更加深刻地体会英汉两种语言之间的异同。此外，文学翻译过程中遇到的种种翻译困难也为学习者日后的实用翻译提供了方法上的支持。本教材还有意选取了一些含有专业疑难的文学文本，学习者在克服这些困难时，就会逐渐形成一种跨专业翻译的能力。相对于文学翻译而言，实用翻译的难点主要是专业词汇。本教材的编写充分考虑到了这一点，并专门在文学翻译中设置了针对专业翻译疑难的对策，从而为学习者日后的实用翻译打下基础。

文学之所以是文学，必要的条件之一是：文学的语言具有文学性。文学性的生成是选择的结果，而翻译的过程也是一个选择的过程；翻译训练就是要训练学生的选择能力，有了过人的选择能力，也就有了过人的克服翻译困难的能力。但选择是有主观性的；对于文学的美，文学翻译的美，也是仁者见仁，智者见智。因此本教材中编者的所改、所评、所译，仅是为教材的使用者提供一种选择的参照，绝不是完美无缺的文本，不当之处，在所难免；而文学艺术和文学翻译艺术在选择上的主观性、复杂性和开放性，也为教材的使用者提供了能动参与的巨大空间。

翻译学被公认为是一种跨界学科，它与语言学、诗学、哲学、人类学、社会学、历史学、文化研究等都有关联。其实，翻译实践的跨学科性比翻译学更广泛。如果把专业翻译也纳入考虑范围，不难发现，翻译和所有学科都密切关联。一般认为，翻译学的跨学科性只是理论上的，与实践关系不大，理由是很多著名的翻译家没有多学科的学问，也照样把翻译做得很好，因此翻译的学习者没必要学那么多的理论。其实，这是一个错误的，而且过时的观念。大量的案例表明，很多具有共性的翻译失误，其原因多与传统外语教学和翻译教学在某些方面存在盲区有关。如传统外语和翻译教学极少系统涉及语篇理论，因此语篇连贯上的集体性失误就大面积发生；再如传统外语和翻译教学几乎不教诗学，因此翻译中的诗学失误就大面积发生，等等。传统外语和翻译教学的盲区还有很多，这些盲区最终都会无情地投射在翻译学习者的翻译实践之中。从实践中的集体性翻译失误中不难看出，理论对实践是有指导意义的。不懂理论，只跟着感觉走，经验丰富的译者有时确实会克服一些困难，但有些困难就未必能够处理到位，甚至识别不出来。换句话说，原文的有些表达方式在不懂相关理论的译者手里，出错的概率就高，甚至一定会错；而在懂相关理论的译者手里，出错的概率就低，甚至一定不会出错。本教材在讨论实际问题时，就会经常引入相关理论，以培养学习者的理论意识。

本教材所选用的案例均出自本教材编者翻译过的作品，其中还包括许多编者本人当时翻译得不好甚至不对的地方。实践证明，老师翻译不好的地方，对学生来说往往就是翻译困难所在，以此来作为案例，教学效果会很好。教材中所选用的"原译"则均出自真实的学生作业。各单元后都附了参考译文，个别单元还有多个参考译文。多个参考译文的情况均是译文有多个翻译版本，不同参考译文之间往往有理解和表达的差别，用以给学生参考，以进一步培养其分析和鉴别的能力。

本教材共有 20 个单元，是按一个学期的课程来设计的，因此进度上是每周一个单元。每个单元由 6 个部分组成：原文、原译、批改、点评、参考译文、专题讨论。在课堂教学上，原则上可以分以下几个步骤进行：

步骤一：学生译。让学生先翻译原文，嘱其不要看"原译"和"参考译文"。

步骤二：学生改。让学生批改教材提供的"原译"，嘱其不要看教材提供的"批改"。

步骤三：课堂讨论。在教师引导下，根据教材提供的批改、点评和专题讨论，结合授课教师个性化的思考，与学生展开讨论。

王东风
2017 年 2 月 5 日于广州

鸣谢

　　本系列翻译实践丛书的推出是在蒙特雷国际研究院叶子南教授和清华大学出版社编辑蔡心奕女士的协调下进行的。他们对书本的格式做了精心安排。我在写书过程中与叶先生频繁交流讨论，还请叶先生查看了书中的主要内容。此外，本书中选用的"原译"均来自于本人执教过的中山大学、华南师范大学和美国蒙特雷翻译学院的学生作业。在此一并表示感谢。

目录

1 *Love Story* 节选之一 1
专题讨论 文学翻译要注意区分意义的不同类型

2 *Love Story* 节选之二 9
专题讨论 小说人物对话的翻译要注意会话性

3 *Love Story* 节选之三 19
专题讨论 文学性的翻译

4 *Love Story* 节选之四 30
专题讨论 从文体学的角度看变异及其翻译

5 *Chromosome 8* 节选之一 38
专题讨论 不要忽视常识的预警

6 *Chromosome 8* 节选之二 46
专题讨论 文学翻译应该要有很强的修辞意识

7 *Chromosome 8* 节选之三 52
专题讨论 意译的尺度

8 *Chromosome 8* 节选之四 59
专题讨论 翻译用词的准确性

9 *Jamaica Inn* 节选之一 67
专题讨论 语境引力下的语义顺应

10 *Jamaica Inn* 节选之二 75
专题讨论 注意比拟类修辞格的翻译

11 *Jamaica Inn* 节选之三 82
专题讨论 所指原型对文学语言形象性的建构及翻译对策

12 *Jamaica Inn* 节选之四 89
专题讨论 翻译中的朗诵式自查：有拗必纠

13 *The Bodies Left Behind* 节选之一 95
专题讨论 语法反常的诗学功能及翻译对策

14 *The Bodies Left Behind* 节选之二 102
专题讨论 翻译中的回译式自查

15 *The Bodies Left Behind* 节选之三 109
专题讨论 翻译中的问题意识

16 *The Bodies Left Behind* 节选之四 116
专题讨论 不要无视叙事体作品中的语序

17 *The Last Nazi* 节选之一 125
专题讨论 利用网络的图片搜索来确认实物词语翻译的准确性

18 *The Last Nazi* 节选之二 131
专题讨论 语篇中暗藏的词汇衔接链

19 *The Last Nazi* 节选之三 139
专题讨论 翻译的过程就是研究的过程

20 *The Last Nazi* 节选之四 148
专题讨论 读万卷书，还需行万里路

❶ Love Story 节选之一

▶ 原 文

What can you say about a twenty-five-year-old girl who died?

That she was beautiful. And brilliant. That she loved Mozart and Bach. And the Beatles. And me. Once, when she specifically lumped me with those musical types, I asked her what the order was, and she replied, smiling, "Alphabetical." At the time I smiled too. But now sit and wonder whether she was listing me by my first name—in which case I would trail Mozart—or by my last name, in which case I would edge in there between Bach and the Beatles. Either way I don't come first, which for some stupid reason bothers hell out of me, having grown up with the notion that I always had to be number one. Family heritage, don't you know?

In the fall of my senior year, I got into the habit of studying at the Radcliffe library. Not just to eye the cheese, although I admit that I liked to look. The place was quiet, nobody knew me, and the reserve books were less in demand. The day before one of my history hour exams, I still hadn't gotten around to reading the first book on the list, an endemic Harvard disease. I ambled over to the reserve desk to get one of the tomes that would bail me out on the morrow. There were two girls working there. One a tall tennis-anyone type, the other a bespectacled mouse type. I opted for Minnie Four-Eyes. (to be continued)

✍ 原 译

一个女孩，在二十五岁的时候就死了，你作何感想？

她很美丽。而且聪慧过人。她喜欢莫扎特和巴赫。喜欢披头士。还喜欢我。有一次，她专门把我和那些音乐人物扯在了一起，我问她把我排在了第几，她笑着回答说："是按字母表来排的。"当时我听了也跟着笑了。但现在我坐下来好好想想，不知道她当时到底是把我按我的名来排的呢（要是那样我就排在了莫扎特后面），还是按我的姓呢（那样我就得挤在巴赫和披头士中间）。反正不管怎么排法，我都不会排在第一位，这让我一想起来就莫名其妙地觉得很烦恼，因为我从小到大都是要力争第一的。这是我的家族传统，知道不？

在我大学四年级的时候，去莱德克利夫学院图书馆看书成了我的习惯。不仅仅是为了去偷瞄那里的漂亮女生——虽然我承认我确实喜欢看看。主要是因为那里很安静，没人认识我，而且那里的藏书也没多少人要借。有一次班里要举行历史测验，直到前一天我连参考书目上的第一本还没碰过——这已是哈佛人的通病了。我悠闲地走到藏书借阅处，打算弄本大书来帮我顺利渡过明天的难关。两个女孩在那儿工作。一个是高个子、像是个爱打网球的，另一个戴着眼镜、像是个怕羞的女生。我挑了那个四眼女生。（未完待续）

▶ 原文

What can you say about a twenty-five-year-old girl who died?

That she was beautiful. And brilliant. That she loved Mozart and Bach. And the Beatles. And me. Once, when she specifically lumped me with those musical types, I asked her what the order was, and she replied, smiling, "Alphabetical." At the time I smiled too. But now sit and wonder whether she was listing me by my first name—in which case I would trail Mozart—or by my last name, in which case I would edge in there between Bach and the Beatles. Either way I don't come first, which for some stupid reason bothers hell out of me, having grown up with the notion that I always had to be number one. Family heritage, don't you know?

In the fall of my senior year, I got into the habit of studying at the Radcliffe library. Not just to eye the cheese, although I admit that I liked to look. The place was quiet, nobody knew me, and the reserve books were less in demand. The day before one of my history hour exams, I still hadn't gotten around to reading the first book on the list, an endemic Harvard disease. I ambled over to the reserve desk to get one of the tomes that would bail me out on the morrow. There were two girls working there. One a tall tennis-anyone type, the other a bespectacled mouse type. I opted for Minnie Four-Eyes. (to be continued)

✍ 批改

一个女孩，在二十五岁的时候就死了，你作何感想会说点什么呢¹？

说²她很美丽漂亮³。而且聪慧过人还很聪明⁴。她喜欢莫扎特和巴赫。喜欢还有披头士四⁵。还喜欢有我。有一次，她专门非要⁶把我和那这些搞音乐的人物⁷扯在了一起，。我问她把我排在了第几，她笑着回答说："是按字母表顺序来排的。"当时我听了也跟着笑了。但现在我坐下来好好想一想，不知道她当时到底是把我按我的名来排的呢（要是那样我就排在了莫扎特后面），还是按我的姓呢（那样我就得挤插在巴赫和披头士四中间的中间了⁸）。反正不管怎么排法，我都不会排在不到第一位，这事让我一想起来就莫名其妙傻乎乎地觉得特郁闷很烦恼，真见鬼⁹，因为我从小到大就只知道凡事都是要力争第一的。这是我的家族传统，知道不家教如此¹⁰，你不知道吧？

在我上大学四年级的时候那年秋天，养成了一个习惯，爱去莱拉德克里利夫女子学院¹¹图书馆看书成了我的习惯。也不能说只是仅仅是为了去偷瞄看那里的漂亮靓女生¹²，——虽然我也承认我是确实喜欢看靓女。主要是因为那地方里很安静，谁也不没人认识我，而且那里的藏教学指定参考书¹³也没多少人要借。有一次，第二天就要考班里要举行历史测验了，直到前一天可我连参考书目上的第一本都还没碰过——这已是哈佛人的通病了。那天，我悠闲漫不经心地走到藏教学指定参考书的借阅处，打算弄本大书部头来帮保¹⁴我顺利安渡过明日天的难关。当班的是两个女孩子在那儿工作。一个身材高挑是高个子，像是个爱打网球的那种，另一个位像是个戴着眼镜的米老鼠，像是个怕羞的女生。我就挑了那这个四眼女生米妮¹⁵。

★ 点 评

1 原译中用"作何感想"来译 What can you say，孤立地看，似乎问题不大，但原文 say 的语义和语法辐射范围并没有在此句结束时就止住了，下一段落开始几句中连续出现的 That 其实都仍处在 say 的语义和语法辐射范围之内，因此原译将 say 意译成"感想"，不利于下文的语义承接。

2 原译对 That 做了省略处理，一般而言，这是无可非议的，That 作为宾语从句标记的关系连词在汉译时通常都是省略不译的，而且汉语中也没有这种功能词的对应语。从句法上讲，这个由 That 引导的小句是一个宾语从句，前面省略了主语和谓语。按功能语法的衔接理论，省略是一种零替代，其被替代的句法成分就是前句的相应成分，即前句的 you say。如此前句与后句之间的语篇照应就建构起来了，这就是省略性衔接的衔接理据。此句后面还有一个 That 从句，也是 say 的宾语从句。原译对 That 的省略处理就使得此句与第一段失去了关联。解决的办法是译出被省略的动词 say 的意思"说"，这样就与第一段中的"说"形成了词汇衔接。

3 改译把"美丽"改成"漂亮"，是因为后者在口语里更加常用，而将此句的文风定位为口语是因为此句是不完整句，这是典型的口语特征。后面连续几个非完整句（And brilliant. That she loved Mozart and Bach. And the Beatles. And me.）也都有明显的口语体特征：And 句是与前句最后一个句法单位的并列成分，按理说前句应该无须用句号，后句也无须另起一句，但作者之所以这么做，正是为了突出口语的特征。非完整句是口语体的特征，该小说以这种文体开始全书的叙述，显然是以一种假想着与读者面对面倾诉的方式展开故事，因此在翻译时，就需要把这一叙事方式及其相应的口语表达风格体现出来。

4 原译并没有错，修改是出于文体上的考虑。原文采用非完整句的表达方式，这是典型的口语体的文体标记。但这两句的原译比较偏向书面语。

5 Beatles 指 20 世纪 60 年代的一个世界著名的英国摇滚乐队，由四位长发飘逸的帅哥组成。该词有多个译名：意译的有"甲壳虫"和"硬壳虫"，联想式音译的有"披头士"和"披头四"。就联想加音译的效果而言，"披头四"更接近这个乐队四人组合的特点，也更接近这个词的英文发音。但这并不意味着"披头士"的译法有误。专有名词的翻译一般遵循"约定俗成"的原则。"披头士"毫无疑问已经约定俗成，甚至其约定俗成的程度比"披头四"更高。只是从翻译的角度看，"披头四"更符合联想式音译所追求的效果。

6 原文 specifically 看似简单，但在这一特定的语境中，译成"专门"，或依词典释义译成"特意"或"特地"，都显得有点奇怪，仿佛是在做一件什么很认真的事似的，这显然与这里的语境不太切合。其实，从语境看，这就是恋人之间闲着没事干的调情。所以，改为"非要"，既不悖原文的词义，也更能体现女主人公的俏皮和男主人公那种幸福的无奈感。

7 原译将 those musical types 译成"那些音乐人物"，也是把口语体的非正式表达方式译得偏于正式了，改成"这些搞音乐的人"，就是为了尽可能地还原原文的语气。

8 若不加仔细斟酌，将 I would edge in there between Bach and the Beatles 译成"那样我就得挤在巴赫和披头士中间"，貌似没有问题。但由于专有名词的翻译须遵循"约定俗成"的原则，Bach 和 Beatles 在汉译时，就不得不译成"巴赫"和"披头士"，这两个词的首音声母分别是 b 和 p，而原文对应的两个词的首字母则同是 b，也正因为如此，男主人公 Barrett 才认为，若按字母顺序排名，他的名字会"挤在"（edge）Bach 和 Beatles 之间。但若按汉语译名的语音条件来看，b 和 p 相隔甚远，说"挤"在二者之间，就有点说不过去了，因此翻译时必须根据汉语的语言特点，对该语境中的语义表达做出既符合汉语语音条件，又符合原文主要意图的调整。改译用"戳"来替换"挤"，既体现了原文用词的变异性或文学性，译文也不至于那么别扭和费解。

9 原文 for some stupid reason bothers hell out of me 被原译译成"这让我一想起来就莫名其妙地觉得很烦恼"，有三个重要的语言点没有译出来。第一个语言点是 stupid，原译为"莫名其妙"，没有译出该词的基本词义，因此其中蕴含的情感意义（affective meaning）也就被抑制住了：其情感意义在于，心上人都已经去了，自己还在为这点小事郁闷，意识到这点自然会觉得自己很傻。第二个语言点是 bother，因为与第一点相同的原因，将其译成"烦恼"，就过犹不及了。第三个语言点是 hell，原译将该词做了省略处理，表面上看，省掉了更有利于译文的流畅表达，但纵观该小说的全文，就可以发现，动辄说粗话是这位男主人公的一个鲜明的语言习惯；另一个方面，我们从中也可以看出这至少是那个时代的美国大学生的一种语言风貌，因此从人物性格的刻画看，这里是不应该省略处理的。原文采用第一人称叙事，语气的基调是自嘲，有一种黑色幽默的倾向。因此，译文语气的基调既不能因为女主人公的去世而过于沉重，也不可忽略了第一人称叙述者为了掩盖内心的痛苦而故作幽默的语气。

10 原译将 family heritage 译成"家族传统"没有错，但考虑到这一概念正好对应中国的"家教"，故改为"家教"似在中国的文化中更具亲和力一些，且又不至于归化得背离美国文化。

11 Radcliffe 是 Radcliffe College 的简称，原译将其译成了"莱德克利夫学院"。此译有两个问题。前面的点评提到，专有名词的翻译需遵循"约定俗成"的原则。这个学院虽然也可译为"莱德克利夫学院"，但从使用频率来看，更通行的译法是"拉德克里夫学院"，此其一。其二是由于该学院传统上一直是一个女子学院，因此虽然原文用的是简写，但考虑到主人公喜欢到这里来看"靓女"的"习惯"，这里不妨在字面上把这层隐含的文化信息译出来，译成"拉德克里夫女子学院"，这样下文的相关语义就可以与之形成良好的词汇衔接（lexical cohesion），用中国传统文论的术语来说，就是"文气"可以因此而贯通。在美国文化里，由于这个女子学院名气很大，号称是"女子哈佛"，因此用简写不会造成理解问题，但译为汉语时，这样的文化缺省（cultural default）如果不做必要的信息补充，就会给读者带来不必要的费解：因为女子学院在中国非常少见，因此哈佛的学生要去另外一个大学看美女，在中国读者看来就显得有点怪异，难道哈佛没女生吗？其实，哈佛曾经确实是只有男性才可以上的学校，而哈佛大学附近就有这么一所女子学院（目前该女子学院已经并入哈佛）。但这一切，如果译文字面上不做必要的增补，相信大多数读者会觉得有点费解，从而引发一系列的猜测，而这些猜测是在原文文化里不太可能产生的。鉴于该学院与哈佛大学的特殊关系，译文还应该对这一语言点加以注释。在网上可以搜索到大量相关信息，以供注释之用。

12 cheese 的本义为"奶酪"，但在此语境下，这个词义显然不合适。英语是拼音文字，一词多义现象是其典型特征，因此词语的意义往往需要结合具体的语境才能定位。当解读者（包括译者）在特定语境中发现某个词语的意义潜式（meaning potential）与个人词汇库中对该词的记忆不符，就应该立即查找工具书（包括网络词典和网络定位搜索），查看该词的多义词项中是否有符合该语境的义项。原译将该词译成"漂亮女生"，概念意义（conceptual meaning）的定位是正确的，但文体意义（stylistic meaning）的定位则略有偏差，应该选择偏俚语的表达方式来体现原文表现风格。

13 reserve book 很容易照字面译成"藏书"，但美国的 reserve book 则专指教师指定参考书，这类书因为学生们都要看，所以图书馆不外借，只能在馆内限时阅读，所以与一般而言的"藏书"意思不同。

14 这里改"帮"为"保"是因为原文用的词是 bail，而不是 help。前者的本义是"保释"，按英语修辞格，这是比喻（metaphor），动词"保释"的对象本应该是"犯人"，用了这个动词，其实就把动作对象比作了犯人，因此这个词在此就具有了含蓄意义（connotative meaning），属于联想意义（associative meaning）的一种。译成"帮"，这层联想意义就完全没有体现出来了，译成"保"其实也未必能让读者联想到"保释"这层联想意义，但汉语的"保"字毕竟还有"保释"的义项，因此"保"就比"帮"在语义上更接近原文。

15 原译用"怕羞的女生"对应 mouse type，用"四眼女生"对应 Minnie Four-Eyes，无论从文体学的角度，还是从文化的角度，都是比较失败的翻译。从文体学的角度看，如此翻译，让原文的含蓄意义、文体意义和情感意义（affective meaning）丧失殆尽，只勉强留下了文学性不强的概念意义；从文化的角度看，则掩盖了一个中国人并不陌生的美国文化原型。我们有理由怀疑，译者是否真的看出了 mouse type 真正含义，因为"怕羞的女生"很可能是根据 mouse（老鼠）在中国文化中的原型与"胆小如鼠"之间关联引申出来的，而"四眼女生"中的"女生"则可能是根据 Minnie 为女性姓名昵称引申出来的。如果译者能把 mouse 与 Minnie 联系起来，就会马上发现这里的联想指向是 Minnie Mouse，即米老鼠动画片中的那个风情万种的女米老鼠——米老鼠米妮。

参考译文一

一个姑娘二十五岁就死了，能说她点儿什么呢？

得说她美丽。人也聪明。得说她爱莫扎特和巴赫。也爱"披头士"。还爱我。一次，她特意把我跟这些音乐界的人物扯在一块儿，我就问她把我排在第几，她笑笑回答说："按字母先后为序呗。"当时我也笑了。可是现在事后再琢磨起来，我不知道那时她给我排名是按我的名呢（要是这样的话我就得落在莫扎特的后边），还是按我的姓（要是这样的话我就应该插在巴赫和"披头士"之间）。反正我都排不到第一，这么一想可就惹得我发起傻劲来，心里真窝囊得要死，因为我从小就养成了一种观念，认为凡事我总应该名列第一。要知道，那是家庭的传统啊。

我念大四那年的秋天，去拉德克利夫学院①图书馆看书成了我的习惯。倒不完全是为了"饱餐秀色"，虽然我承认我也巴不得想看看美女。主要是那里安静，又没有人认识我，再说那里的"保留书"②借的人也比较少。一次班里要举行历史测验，直到前一天我连参考书目上的第一本书都不曾抽个空去翻过——这可说是哈佛的"地方病"了。就在这次测验的前一天，我不慌不忙来到"保留书"借书处，准备借上一本大部头著作，好靠它第二天保我过关。值班的有两位姑娘。一位高个儿，像是个爱打网球的；另一位戴眼镜，貌似依人小鸟。我挑了那个四眼小妞儿。

（舒心、鄂以迪 译）

参考译文二

一个女孩，二十五岁就死了，你会说点什么呢？

说她很漂亮。还很聪明。说她喜欢莫扎特和巴赫。还有披头四。还有我。有一次，她非要把我和这些搞音乐的人扯在一起。我问她把我排在第几，她笑答："按字母顺序排。"当时我也笑了。但现在坐下来想一想，还不知道她到底是按我的名来排的呢（要是那样我就排在了莫扎特后面），还是按我的姓（那样我就可以戳在巴赫和披头四的中间）。反正不管怎么排，我都排不到第一，这事让我一想起来就傻乎乎地觉得特郁闷，真见鬼，因为我从小到大就只知道，凡事都要争第一。家教如此，这你不知道吧？

我上大四的那年秋天，养成了一个习惯，爱去拉德克里夫女子学院图书馆看书。也不能说只是去看那里的靓女，我也承认我是喜欢看靓女。那地方很安静，谁也不认识我，而且那里的教学指定参考书也没多少人要借。有一次，第二天就要考历史了，可我连参考书目上的第一本书都

---

① 拉德克利夫学院是哈佛大学附设的女子学院，迟至1897年方始建立。（哈佛大学创立于1636年）
② 保留书：图书馆里只供馆内阅读、概不外借的参考书之类。

> 还没碰过——这是哈佛人的通病。那天,我漫不经心地走到指定参考书的借阅处,打算弄本大部头来保我明日能安渡难关。当班的是两个女孩子。一个身材高挑,像是爱打网球的那种;另一位像是个戴着眼镜的米老鼠。我就挑了这个四眼米妮。(王东风 译;注释略)

专题讨论

文学翻译要注意区分意义的不同类型

美国翻译学家奈达(Eugene Nida)说过,"翻译,就是译意"。表面上看,这只是一个常识。翻译嘛,当然是要把原文的意义译出来。但什么是意义,对于未受过语言学训练的人来说,还真不是常识,而是语义学的一个概念,一个并不简单的概念。

英国语言学家利奇(Geoffrey Leech)写过一本叫《语义学》(*Semantics*)的书。在书中,他把意义分成了三类七种,三类分别是概念意义(conceptual meaning)、联想意义(associative meaning)和主位意义(thematic meaning),其中联想意义又分为含蓄意义(connotative meaning)、情感意义(affective meaning)、文体意义(stylistic meaning)、搭配意义(collocative meaning)和反射意义(reflected meaning),一共七种意义①。值得注意的是,其中很多意义在不了解语义学的人看来,都不是意义,但在语义学里,这些都是意义。如果翻译真的是要译意,那么这些意义都应该是译者要努力在译文中体现的。

为什么原文中的cheese被原译译成"漂亮女生",而不是"奶酪"?这是因为cheese有多种意义,"奶酪"只是其中的一种。至于什么时候用"奶酪",什么时候用"漂亮女生",则需要根据语境来确定。原译根据语境判定该词在此是"漂亮女生"的意思,符合语境要求。

那为什么修改时,"漂亮女生"又被改成了"靓女"呢?这是因为cheese表示这层意义的文体属性是俚语体,而"漂亮女生"不是俚语体,二者在文体意义上有所不同。用"靓女"来替换"漂亮女生",正是出于文体意义的考虑。

但是无论是原译,还是改译,其实都还有一层意义没有译出来,即"含蓄意义"。原文表达"美女"的意思,并不是直接用beautiful girl来体现的,而是用原意为"奶酪"的词语cheese。虽然这个词在表达这个意义时,在美语中已是一个死比喻,但其理据仍然是一种比喻。在最初的认知过程中,是通过联想而获得语义定位的。但在翻译时,由于汉语中没有这种比喻,因此无法直接转译,只好把它的概念意义和文体意义译出来。

---

① 详见G. Leech, *Semantics: The Study of Meaning*, Harmondsworth: Penguin Books, 1974/1981. 9–23;有关意义与翻译的讨论,详见王东风,《语言学与翻译》,上海:上海外语教育出版社,2009。第三章 意义的界定。40–67。

这个案例说明，很多表达方式的意义呈现都不是单维的，而是多维的，即在表达了概念意义的同时，还往往表达了其他的意义。这也正是文学之所以是文学的一个本质特征，文学也因为其意义的多维性或多歧性而具有艺术性或文学美。德国思想家及翻译家本雅明（Walter Benjamin）就说过，文学翻译，若只译出了原文所表达的信息内容，那是劣质翻译的标志。也就是说，文学翻译不能只满足于把概念意义译出来，还要尽可能地把原文所含有的各种联想意义译出来，尽管在很多时候，这很难做到。但有意识去做，和因为没有识别而没想到去做，是两个不同的概念。

以原文中mouse type为例，从语义学的角度看，我们就可以很容易理解为什么该短语不是"鼠类"的意思，为什么原译中"怕羞的女生"被改成了"米老鼠"。mouse type不译为"鼠类"，是因为同句中的Minnie为对该短语的解读提供了一个直接的语境限制，从而使该短语在获得了"女性"的概念意义的同时，又获得了"米老鼠米妮"的联想意义。由于这一意义的表达方式是间接的、含蓄的，而不是直接的，因此意义类型属于"含蓄意义"。翻译时，若仅仅译成"怕羞的女生"，就只是部分地译出了原文的概念意义，而联想意义就完全丢失了。作为文学翻译，这里丢失了联想意义，也就丢失了这个短语的文学性。

与前面的cheese相比，这里的mouse type所体现出来的联想意义，具有更为积极的修辞价值，因为前者是死比喻，后者是活比喻。而之所以前者的含蓄意义没有译出来，后者译出来了，还因为后者在汉语文化圈内有强大的文化基础，毕竟米老鼠的形象在中国已经家喻户晓。

文学语言的显著特征就是形象性、生动性和联想性，而这些具有文学性的表达方式往往就是通过联想意义来表达的，因此在文学翻译中，我们要善于对同一概念意义的不同表达方式做出相应的文体比较，以便对原文的意义及意义组合做出尽可能准确的理解和再现。

本单元的讨论中还涉及对其他几种意义的讨论，具体可见点评内的分析。另外几种意义，本单元没有讨论，待后面有合适的案例时再进行讨论。

2 Love Story 节选之二

▶ 原文

(continued) "Do you have *The Waning of the Middle Ages*?"

She shot a glance up at me.

"Do you have your own library?" she asked.

"Listen, Harvard is allowed to use the Radcliffe library."

"I'm not talking legality, Preppie, I'm talking ethics. You guys have five million books. We have a few lousy thousand."

Christ, a superior-being type! The kind who think since the ratio of Radcliffe to Harvard is five to one, the girls must be five times as smart. I normally cut these types to ribbons, but just then I badly needed that goddamn book.

"Listen, I need that goddamn book."

"Wouldja please watch your profanity, Preppie?"

"What makes you so sure I went to prep school?"

"You look stupid and rich," she said, removing her glasses.

"You're wrong," I protested. "I'm actually smart and poor."

"Oh, no, Preppie. I'm smart and poor."

She was staring straight at me. Her eyes were brown. Okay, maybe I look rich, but I

▣ 原译

（接上）"你们这儿有《中世纪的衰落》这本书吗？"

她抬头瞄了我一眼。

"你们那儿没有自己的图书馆吗？"她反问道。

"听着，哈佛的规定是允许我们来莱德克利夫学院图书馆借阅藏书的。"

"我不是在跟你讲什么规定，预科生，我是在跟你讲道理。你们有五百万的藏书，我们这儿只有可怜兮兮的几千本。"

天哪，好一个盛气凌人的女生！在这种女生眼里，既然莱德克利夫女子学院和哈佛的人数比例是五比一，那么她们学院的女生理所当然会比哈佛的人聪明五倍的。要是在平时，我肯定会把她这女生给好好嘲弄一番，但是现在我实在太需要那本该死的书了啊。

"听着，我需要那本该死的书。"

"请你注意一下你的言辞，预科生！"

"你凭什么那么认定我上过预科学校？"

"因为你看起来像个有钱的笨蛋"，她说着，摘下了自己的眼睛。

"你错了"，我抗议道，"我其实又穷又聪明。"

她直勾勾地盯着我。她的眼睛是棕色的。好吧，虽然我看起来像是个有钱人，但我决不允许

wouldn't let some 'Cliffie—even one with pretty eyes—call me dumb.

"What the hell makes you so smart?" I asked.

"I wouldn't go for coffee with you," she answered.

"Listen—I wouldn't ask you."

"That," she replied, "is what makes you stupid."

被一个莱德克利夫学院的女生骂我是笨蛋，即使她有一对漂亮的眼睛。

"你又凭什么说你自己聪明？"我问道。

"我就不会跟你出去喝咖啡。"她回答说。

"听着——我不会请你的。"

"这"，她回答道，"就是你笨的原因。"

原文

(continued) "Do you have *The Waning of the Middle Ages*?"

She shot a glance up at me.

"Do you have your own library?" she asked.

"Listen, Harvard is allowed to use the Radcliffe library."

"I'm not talking legality, Preppie, I'm talking ethics. You guys have five million books. We have a few lousy thousand."

Christ, a superior-being type! The kind who think since the ratio of Radcliffe to Harvard is five to one, the girls must be five times as smart. I normally cut these types to ribbons, but just then I badly needed that goddamn book.

"Listen, I need that goddamn book."

"Wouldja please watch your profanity, Preppie?"

"What makes you so sure I went to prep school?"

批改

"你们这儿有《中世纪的衰落》这本书[1]吗？"

她抬头瞟了我一眼朝我投来一瞥[2]。

"你们那儿没有自己的图书馆吗吧[3]？"她反问道。

"听着，哈佛的人规定[4]是允许我们可以来莱德克利夫学院拉德克里夫[5]图书馆借阅藏书[6]的。"

"我不是在跟你讲什么规定，小预科生[7]，我是在跟你讲道理[8]。你们这些家伙[9]有五百万的藏书，我们这儿只有可怜兮兮的几千本破书。"

天哪[10]，好一个盛气凌人的女生！在这种女生眼里，既然莱德克利夫女子学院拉德克里夫[11]和哈佛的人数那个什么比例是五比一[12]，那么她们学院的女生就理所当然地要会比哈佛的人聪明五倍的。要是在平时，我非把这帮小东西给千刀万剐了不可[13]肯定会把她这女生给好好一番，但是现在可当时我实在太需要那本该死的书了啊。

"You look stupid and rich," she said, removing her glasses.

"You're wrong," I protested. "I'm actually smart and poor."

"Oh, no, Preppie. I'm smart and poor."

She was staring straight at me. Her eyes were brown. Okay, maybe I look rich, but I wouldn't let some 'Cliffie—even one with pretty eyes—call me dumb.

"What the hell makes you so smart?" I asked.

"I wouldn't go for coffee with you," she answered.

"Listen—I wouldn't ask you."

"That," she replied, "is what makes you stupid."

"听着，我需要那本该死的书。"

"请你丫说话请放尊重点好不好注意一下你的言辞[14]，小预科生！?"

"你凭什么那么认定我上过预科学校？"

"因为你看起来像个有钱的笨蛋"，她说着，摘下了自己的眼睛镜[15]。

"你错了"，我提出了抗议道[16]，"我其实又穷又聪明。"

她直勾勾地盯视[17]着我。她的眼睛是棕色的。好吧，虽然我看起来像是个有钱人，但我决不允许被一个莱德克利夫学院克里夫的小女生——即使她有一对漂亮的眼睛——[18]骂我是笨蛋，即使她有一对漂亮的眼睛。

"你又凭什么说你自己聪明？"我问道。

"我就不会跟你出去喝咖啡。"她回答说。

"听着[19]——我不会请你的。"

"这说你笨"，她回答道，"就是你笨的原因你还真笨[20]。"

★ 点评

1 译文用词要充分考虑语境的语义参照作用。原译中"这本书"在图书馆的语境中是多余的：借书者在向图书管理员借书的时候，说出书名即可，没必要在说出书名之后，还要补充说那是一本书。

2 "抬头瞄了我一眼"这一句译文，从语境角度看，没什么大问题，但这层意思如果回译成英文，应该是 (she) glanced up at me 之类。问题是：为什么原文放弃了这么简单而直接的说法，而用了 shot a glance up at me？二者的区别是：前者是信息型的（informative）语言表达，后者是表情型的（expressive）语言表达。从文体学的角度看，同样的意思用不同的表达方式来体现，其文体价值（stylistic value）是不同的。表情型的语言表达多见于文学作品，其手段就是用反常的（defamiliarized）表现手法，即不同于最常见的、以传达信息为目的的语言表达，来使语言表达产生一种前景化的（foregrounding）语言效果，因此在做文学翻译时，针对反常的表达方式，我们的翻译原则是尽可能地"以反常对反常",但底线必须是读者可以接受译文。如果直译原文反常化的表达方式造成读者的不解或困惑,甚至反感,那就成了死译、硬译了。这里的改译套用了汉语的说法"投来一瞥",以"投"来译原文的 shot,既不会妨碍读者接受,也体现了原文的表达方式。

3 原文这里用的是肯定句,原译改成了否定句。表面上看,原译文在此语境中做如此表达,于情于理都说得过去,但作为文学译者,一定要问问自己:为何原文不用否定句?译文不用否定句是否可以传达原文的意思?若用肯定句来发问,译文会是"你们那儿有自己的图书馆吧?"传达的意思并没有变,但比较而言,否定句带有质问的语气,口气比较冲,出自图书管理员的口中,就显得"服务态度"不够好了。所以这里没必要画蛇添足将其译成否定句。

4 "哈佛人的规定"这一译法有悖原意,也有悖情理。从意思上看,原文中没有依据支持这个解读,这种引申没必要。

5 参见第一单元的点评 8。本单元原文系第一单元原文的延续,由第一单元的原译可见,前面已经将 Radcliffe 译成了"拉德克利夫学院",这里就没有必要再用全称了,这不是口语化的特征,何况原文用的就是简称。

6 "哈佛的规定是允许我们来莱德克利夫学院图书馆借阅藏书的"是小说中的口语,但原译本身却不太口语化,长了点,其中:(1)"允许"一词太正式,同义的口语表达方式用"可以"就行了;(2)"莱德克利夫学院图书馆"中"学院"一词有点多余,原文也没有相应的词语依托,说话双方是在默认的哈佛大学拉德克利夫学院图书馆的语境之下进行谈话的,因此没有必要把双方所在并所知的地点语境交代得那么清楚,也正因为如此,译文没有必要把"学院"译出来,删去可以进一步简约该句的语言表达,使其更接近口语;(3)"借阅藏书"也不太口语化。译者应该设身处地地将自己置身于"图书馆借书"这个语境之中,由此便会很容易地发现此句的语用欠妥。

7 注意 Preppie 的写法:-ie 这个后缀是昵称标记,含"小"的昵称型意味。仅仅将其译成"预科生"就没有把这层情感意义译出来,语气上显得比较生硬。注意这里的另一个语境参数是男女大学生在调情,因此不宜把这个词译得这么硬邦邦的,不如译成"小预科生",加一个"小"字更准确地体现了原文 -ie 的表情功能 (expressive function)。此外,这里最好加一个注,交代一下在美国的语境中,什么是预科生,以体现"小预科生"的言外之意:预科生是指上大学的条件还不够,需要在预科班里做补习的学生;因此在这个特定的语境中,说话人就有轻视、逗趣等多重情感含义在内。

8 原文 I'm talking ethics 被译作"我是在跟你讲道理",此处是很不错的处理,但并不是完美处理。ethics 是一个比较依附学术和校园语境的词语。注意该语段所出现的一系列词语：The Waning of the Middle Ages，library，Harvard，Radcliffe，legality，ethics，profanity，这些词语聚合在一起，形成了一个很明显的大学语义场（semantic field）。因此，ethics 在这里在一定程度上体现了说话人的身份，是说话人身份的写照，因此更理想的翻译应该是"我这是在跟你讲一个伦理的问题"。这里之所以是伦理问题，是因为：哈佛图书馆书更多，你不去那里借书，反而到我们这个只有几千本破书的图书馆借书，这显然是不公平的。在西方的语境中，这种不公平即是一个严重的伦理问题。但在中国的语境中，这种事显然与伦理关系不大。考虑到中西文化对伦理的认识差异，原译这种退而求其次的译法也是可以理解的。在跨文化交际中，当两种文化发生冲突或差异时，妥协往往是一种不得已但却是合理的选择。

9 原译漏译原文的 guys。虽然有无该词对意思影响不大，但既然如此，原文作者为什么还要用这个词？这实际上就是之前提过的反常化现象。原译译者认为该词多余并将其删掉的认知心理是要使译文的表意能够符合日常的交际习惯。这其实是把原文反常的语言表达做了正常化处理。从诗学的角度看，这是违反诗学翻译原则的，因为原译抹去了原文中一处具有文学性（literariness）的表达方式。实际上，原文中这不起眼的 guys 大有深意。回顾拉德克里夫学院并入哈佛的历史，就可以看出，该女子学院为争取女子在哈佛大学公平的求学地位做出过漫长而艰苦的努力。曾几何时，哈佛是一所只为男生提供教育的学府，拉德克里夫学院的女生在很长一段时间里是不允许去哈佛的课堂听课的。由此可以看出，说话人，即该小说的女主人公，在说此话时的一种不平的心态。

10 原文 Christ，在此只是一个感叹词。若只求达到口语中的一个感叹效果，译作"天哪"即可。若想通过感叹词反映出西方人下意识里发出感叹时的文化取向，则可译成"基督啊"。

11 整个这一段都是该小说男主人公的心理活动，或者说是他在心里的自言自语，文体学上称此种话语为"自由直接思维"（free direct thought，亦译"自由直接思想"）。在此语境中，它是外部会话在人物内心的延伸，因此话语所处的语境也处于延伸状态，并没有发生变化。在前面，译者没有必要把 Radcliffe 译成"莱德克利夫学院"，而当话语继续进行到这里时，译者同样没有必要在这个时候还把 Radcliffe 译成"莱德克利夫女子学院"。这说明，译者心目中的语境意识还不够清晰：一方面没有掂量出原文用词分寸感背后的语境依托；另一方面也没有让自己身临其境地进入原文对话的语境之中，从而使译文在信息量的释放上显得前后不连贯。

12 原译"莱德克利夫女子学院和哈佛的人数比例是五比一"存在一个问题：事实如此吗？从现有的文献看，莱德克利夫女子学院的人数从来就没有超过哈佛大学，反倒是哈佛大学的学生人数是莱德克利夫女子学院的四五倍。此译所对应的原文是 the ratio of

Radcliffe to Harvard is five to one，不难看出问题出在对于 ratio（比例）的理解上：原文并没有说明这个"比例"是什么的比例，译者将其译作"**人数**比例"是猜测的结果，从该小说的文本中并找不到支持此译的依据。上海译文出版社版的《爱情故事》干脆就直接将这句的意思给改了，译成了"哈佛和拉德克利夫的学生人数既然是五比一"，实际上译者是认为原文这个说法是错的。但问题是，原文并没有说这个 ratio 是学生人数的比例。查阅相关文献，并且在与在哈佛大学教过书的教授讨论之后，感觉莱德克利夫女子学院能超过哈佛的比例可能有多种情况，如全体人员的男女比例、师生比例、优等毕业生比例等。但由于原文对 ratio 未作限定，且存在多种可能的情况下，译者与其去猜，不如如实反映原文的真实情况，不妨根据其口语体的文体特征，将其译成"既然拉德克利夫和哈佛的**那个什么比**是五比一"。这里所采用的翻译策略是以含糊对含糊，符合语用翻译的方式准则（maxim of manner）。

⒔ cut to ribbons 的字面意思是"把……剪成碎布条"，实际所表达的意思是 defeat totally，即"彻底打败"的意思，原译将其译成"嘲弄"系引申译法，但未必准确，且失去了原文的形象性，不如用汉语的"千刀万剐"来做对应，但一定要让语气上显得是夸张的说法，以免语气过重。

⒕ 原译虽把原文的意思译出来了，但语气没有充分体现出来，严肃有余而俏皮不足。注意原文的 wouldja 和 profanity 之间巨大的文体差距：前者大俗，后者大雅。所营造出来的文体效果正是文中这位女才子在撒野、搞怪、挑衅加逗趣时的口吻：wouldja 系 would you 非标准说法，多出自文化层次不高的人之口，出现在有"女子哈佛"之称的学府中学生嘴里尤显刺耳；而 profanity 则是比较正规的宗教学术语，更是文化层次高的人所用之语。但原译并没有把这些特点体现出来。

⒖ "眼睛"之译显然是"眼镜"之误，错别字而已，似无须点评，但还是有必要在此说几句：如今译者做翻译都是用电脑，输入法基本上都是联想式拼音。这种输入法极易出现同音别字，有时会给译文带来很多错误。故译文完成之后，切忌马上就交稿，务必多次校对和审读。而且自己看经常还看不出来问题，因此多请几个朋友审读，是一个比较有效的办法。

⒗ 原文在此"小题大做"地用了 protest，但正是这个词才进一步烘托了该段对话隐含的一种自嘲、幽默的效果。译者似乎看出了这里的玄机，直译了该词，但语气上稍显生硬。

⒘ "直勾勾地盯着"所体现出来的情感过于露骨和轻佻，不太符合男主人公所认定的一个 superior-being（译作"盛气凌人的"）女性应有的矜持。

⒙ 译者将 I wouldn't let some 'Cliffie—even one with pretty eyes—call me dumb 一句译成了"我决不允许被一个莱德克利夫学院的女生骂我是笨蛋，即使她有一对漂亮的眼睛"，表

面上看，似乎没有什么问题，但从叙事学的角度看，原译并不准确，因为原译改变了原文的叙事风格。原文此句采用的是"内视角叙事"（亦称"内聚焦叙事"）。叙事学用"视角"这个概念来讨论叙事体作品，实际上是引入了一个"谁在看"以及"怎么看"的角度。内视角包括第三人称有限视角和"叙述者＝人物"的视角。本单元所涉及的内视角属于后者。"视角"的分析方式会模拟"视"的眼球运动轨迹。以此句为例，叙述者此时正在气头上，心里面正在骂骂咧咧，当这位男生的这种骂骂咧咧的思维活动进行了一半的时候，突然注意到心里面正在骂的这位女生眼睛很漂亮，虽然后半截的骂骂咧咧在心里也骂出来了，但作者所采用的这种特别的内视角运动轨迹真实地体现了这个人物的心理活动。尤其是在这句话所处的这一段里，那个女孩的眼睛在前面已经引起了他的注意。此句是第二次。作者的高明之处就在于：用一个插入语把主人公的潜意识体现了出来，真实地再现了人的意识流运动。为此，译文不必把这个插入语往后移，以免破坏原文这一有着明显意识流特征的语言表达。

19 在整个对话中，男主人公说了三次 listen，但三次并不是紧挨着的，原译均能以"听着"来体现，较好地维系了说话人的言语风格，体现了译者有一定的语篇意识。风格的定义之一就是：一种现象有规律的重复，即形成风格。重复是语言和文学研究的一个重要课题。不同的语言学分支乃至文学理论都会给予其较高的重视。在修辞学中，它是一种修辞格；在功能语法中，它是一种词汇衔接，具有语篇功能；在诗学中，重复会形成前景化。因此，文学翻译对于重复一定要给予相当的重视。在可能的情况下，尽可能地予以相应地体现。只是此处，从语气上看，"听着"还是显得生硬了点。根据男主人公的富二代的心理特点（这一点在书中已有充分的体现），译成"听好了"似乎在语气上自然一些，又能体现一种居高临下、颐指气使的富二代及大男子的口头禅特点。

20 "'这'，她回答道，'就是你笨的原因。'"译文的语气生硬了点，而且比较令人费解，"这"字单置所造成的语气悬停，没有玩味的余地，完全没有译出女主人公在此拿男主人公开涮的俏皮口吻。后面的故事发展是该男生确实请该女生去喝咖啡了，而且女生也去了。由此可见，女生在男生还没开口请她去喝咖啡之前，就说不会去跟他喝咖啡，其语用意义是暗示男生请她去喝咖啡，但男生却没有马上领会到女生的用意。也正是在这样的语境下，女生才说出了这样的话。考虑到原文对于 that 的语气悬停所造成的短暂悬念效应，翻译时应模拟这种效果。改译"'说你笨，'她回答道，'你还真笨。'"表面上看与原文字面意思相差甚远，但意思并没有改变，所需的效果也都模拟出来了。

参考译文一

"你们这儿有《中世纪的衰落》这部书吗?"

她抬头瞪了我一眼。

"你们那儿不是有自己的图书馆吗?"她问。

"听着,哈佛学生使用拉德克利夫图书馆是规定允许的。"

"我不跟你讲规定,预科生①,我跟你讲道理。你们那儿有五百万册藏书。可我们这儿可怜巴巴的总共才几千本。"

嚄,好个自命不凡的丫头!在这种丫头的心目中,哈佛和拉德克利夫的学生人数既然是五比一,那她们姑娘不用说也就应当聪明五倍了。要是在平时,碰上这种丫头我非把她们奚落个半死不可,可是此时此刻我实在少不了那本该死的书哇。

"听着,我需要用那本该死的书。"

"请你说话放干净一点好不好,预科生?"

"你凭什么一口咬定我上过预科学校?"

"看你的样子又蠢又有钱,"她摘下了眼镜说。

"那你就看错了,"我也不服气了。"我实际上倒是又穷又聪明。"

"得了吧,预科生。我才是又穷又聪明呢。"

她说着,两眼对我直瞅。那对眼睛是棕色的。好吧,就算我的样子像个有钱人,可我也不能让个拉德克利夫毛丫头骂我蠢货啊——哪怕你眼睛长得漂亮也不行。

"你说你聪明,聪明在哪儿?"我问她。

"我就不会跟你一块儿去喝咖啡,"她答道。

"告诉你——我也不会请你。"

"你蠢就蠢在这一点上,"是她的回答。(舒心、鄂以迪 译)

参考译文二

"你们这儿有《中世纪的衰落》吗?"

她抬头朝我投来一瞥。

"你们有自己的图书馆吧?"她问。

"听好了,哈佛的人是可以在拉德克利夫图书馆借书的。"

"我并不是在跟你讲什么可以不可以,小预科生,我是在跟你讲一个伦理的问题。你们这些家伙有五百多万的藏书。我们这儿才几千本破书。"

基督啊,好一个盛气凌人的小东西!在这种女生眼里,既然拉德克利夫和哈佛的那个什么

---

① 预科生,指预科学校毕业生。在美国,所谓预科学校往往是指贵族化的私立中学。

比是五比一，那么她们学院的女生就理所当然地要比哈佛的人聪明五倍了。要是在平时，我非把这帮小东西给千刀万剐了不可，可当时我实在太需要那本该死的书了。

"听好了，我需要那本该死的书。"

"你丫说话请放尊重点好不好，小预科生？"

"你凭什么就那么肯定我上过预科学校？"

"瞧你那样，一看就是个富二代傻帽，"她说着摘下了眼镜。

"你错了，"我提出了抗议，"我其实是个穷二代才子。"

"哦，得了吧，小预科生。我才是穷二代才女呢。"

她直视着我。好一双棕色的眼睛。算了，也许我看上去确实像个富二代，但我也不能让一个拉德克利夫的小女生——眼睛长得再漂亮也不行——说我是傻帽呀。

"你凭什么说自己是才女呀？"我问道。

"就凭我不会跟你出去喝咖啡呗，"她回答说。

"听好了——我才不会请你呢。"

"说你傻"，她答道，"你还真傻。"（王东风 译；注释略）

专题讨论

小说人物对话的翻译要注意会话性

在语言学的语境下说"会话"，很容易让人联想到格莱斯的"会话原则"，亦称"合作原则"。根据这套理论，人们在会话时一般都会墨守四个准则：量的准则、质的准则、关系准则和方式准则。而在遵守合作原则的大前提下，违反某个或某些准则，则会引发接受者的推理，推理出来的东西即是话语的"言外之力"（illocutionary force），因此含有这个言外之力的语言表达就具有不同于其字面意义的"蕴含"（implicature）。在文学理论里，这基本上就是文学性了。格莱斯的会话理论是针对日常生活中真实的会话而言的，而小说中的人物会话则是一种文学现象，是一种根据日常生活语言而提炼出来的艺术语言，虽然它也万变不离会话原则，但相比生活中的语言，其蕴含发生的频率要高得多，因此富含文学性。其次，会话理论注重的是单语环境下的语言交流，跨语交际并不是其研究对象。一种语言中的会话效果，在另一种语言中如何体现才能获得最接近原文的效果，这是语用学理论暂时还没有解决的问题。小说中人物会话的种种微妙的分寸感可能是永远也无法用理论总结出来的，因此需要译者必须有极高的双语能力，既善于破解潜藏于语言表达中的言外之力，又善于将这种言外之力用具有同等蕴含品质的手段表达出来。因此，这里所说的"会话性"，既包括符合格莱斯会话原则的语言交流，又包括这个会话原则所没有概括到的文学性、情感性、动感性、可读性等所有与会话相关的方面。

　　本单元的原译在处理人物会话时,虽然都比较准确和通顺,但会话性不是很强,总体上不是很流畅,偶有生硬的表达方式出现。小说中好的会话会很流畅,往往会达到人们日常口语中能脱口而出的那种效果,却又不乏文学性。原译之所以不是很理想,其中一个重要的原因很可能是看一句译一句,对语境缺乏一个整体把握,尤其是对会话双方的性格没有一个宏观的掌控。人物语言的个性化一方面与特定人物的生活经历、教育水平、价值观、性别等密切相关,另一方面也与该人物在会话发生时的物理与心理语境有关。翻译时除了要把这些因素都了然于心之外,还必须在语际转换过程中让译文的语言表达既要体现这些因素,又要把隐含在原文中的特定效果(如本单元会话中的俏皮、逗趣、幽默,等等)译出来。就本单元而言,如果把这段会话译得像两个人在吵架,那就是失败了。

　　为了译出原文的会话性,仅仅把原文的字面意思译出来,有时会显得非常生硬。当出现这种情况时,译者要像演员进入角色一样,把握特定语境中人物的特定心理,在目标语言中寻找最贴切的、与效果最对应的表达方式。

　　原文中人物之间的对话有一个鲜明的特点,即大雅和大俗的语言表达杂糅在了一起,生动地体现出了大学生的语言个性:一方面接受的是高等教育;一方面又抑制不住年轻人的张狂。译者在理解过程中,必须仔细斟酌词语的正式等级,尤其要关注反常化的用法。所谓反常化的用法,即偏离最常用的用法,如wouldja是would you的另一种说法(变体),相对而言,would you就是最常见的说法,而wouldja就是反常的说法。这种常见与反常就需要译者尽可能地在译文中体现出来。如果采用一一对应的方式无法获得可以接受的译文,则需考虑在其他点位上做相应地补偿,如wouldja的改译,就可以说是一种幅度较小的补偿式译法。因为-ja在此是you的俚语变体,但汉语中无法找到一个直接对应的表达方式,于是改译便在"你"的后面加个"丫"来体现这一俚语效果。

　　其他具体案例详见上面对原译的修改及点评,还可以比较上面所附的参考译文。

3 Love Story 节选之三

原文

"I'm Jennifer Cavilleri," she said, "an American of Italian descent."

As if I wouldn't have known. "And a music major," she added.

"My name is Oliver," I said.

"First or last?" she asked.

"First," I answered, and then confessed that my entire name was Oliver Barrett. (I mean, that's most of it.)

"Oh," she said. "Barrett, like the poet?"

"Yes," I said. "No relation."

In the pause that ensued, I gave inward thanks that she hadn't come up with the usual distressing question: "Barrett, like the hall?" For it is my special albatross to be related to the guy that built Barrett Hall, the largest and ugliest structure in Harvard Yard, a colossal monument to my family's money, vanity—and flagrant Harvardism.

After that, she was pretty quiet. Could we have run out of conversation so quickly? Had I turned her off by not being related to the poet? What? She simply sat there, semi-smiling at me. For something to do, I checked out her notebooks. Her handwriting was curious—small sharp little letters with no capitals (who did she think she was, e. e. cummings?). And she was taking some pretty snowy courses: Comp. Lit. 105, Music 150, Music 201—

原译

"我叫珍妮佛·卡维列里，"她说，"是意大利裔美国人。"

她大概当我是个不明就里的人。"我是主修音乐的，"她又加了一句。

"我叫奥列佛，"我说。

"名还是姓？"她问道。

"是名字，"我回答道，然后我供出了我的全名是奥列佛·巴瑞特。（这样也差不多了吧。）

"哦，"她说："巴瑞特，和那位诗人同姓？"

"对，"我说："不过和她没关系。"

说完了之后我停了一下，暗自庆幸她没有像其他人一样问那个令人不快的问题："巴瑞特，和那个大堂名字一样？"因为那是我特殊的烦恼，因为我很怕别人把我跟那个建造巴瑞特大堂的家伙联系起来，那个大堂是哈佛校园里最大也是最丑陋的一幢建筑，一幢为显示我家族财力、势力和臭名昭著的哈佛主义的大型建筑。

之后她就不吭声了。难道我们这么快就无话可说了吗？难道就因为我说跟那个诗人没啥关系她就不理我了吗？什么原因呢？她只是坐在那儿，似笑非笑地看着我。为了不至于把气氛弄僵，我开始翻她的笔记本。她的笔迹真奇怪——又小又细的字，而且上面一个大写字母都没有（她以为自己是e. e. cummings吗？）。我还发现她选了一些很偏的课程：作曲文学105，音乐150，音乐201——

"Music 201? Isn't that a graduate course?"

She nodded yes, and was not very good at masking her pride.

"Renaissance polyphony."

"What's polyphony?"

"Nothing sexual, Preppie."

"音乐201？那不是研究生课程吗？"

她点点头，脸上写满了掩饰不住的骄傲。

"是关于文艺复兴时期的复调音乐的。"

"什么是复调音乐？"

"与性/色情无关，预科生。"

原文

"I'm Jennifer Cavilleri," she said, "an American of Italian descent."

As if I wouldn't have known. "And a music major," she added.

"My name is Oliver," I said.

"First or last?" she asked.

"First," I answered, and then confessed that my entire name was Oliver Barrett. (I mean, that's most of it.)

"Oh," she said. "Barrett, like the poet?"

"Yes," I said. "No relation."

In the pause that ensued, I gave inward thanks that she hadn't come up with the usual distressing question: "Barrett, like the hall?" For it is my special albatross to be related to the guy that built Barrett Hall, the largest and ugliest structure in Harvard Yard, a colossal monument to my family's money, vanity—and flagrant Harvardism.

批改

"我叫 ~~珍妮佛~~ 珍妮芙[1]·卡维列里，"她说，"是意大利裔美国人。"

~~她以为我连这都不知道~~ 夫概当我是个不明就里的人[2]。"我是 ~~主修学~~[3]音乐的，"她又加了一句。

"我叫 ~~奥列佛~~ 利弗，"我说。

"名还是姓？"她问道。

"是名字[4]，"我回答道，然后我又供出了我的全名是奥 ~~列佛~~ 利弗·巴瑞特。（我想，~~这样也差不多了吧~~ 顶多也就到此为止了吧[5]。）

"哦，"她说，"巴瑞特，和那位诗人[6]同姓？"

"对，"我说，"不过和她 ~~没关系~~ 不是亲戚[7]。"

接下来是沉默。~~说完了之后我停了一下，~~[8]暗自庆幸她没有像其他人一样问那个令人不快的问题："巴瑞特，和那个大楼同堂名字一样[9]？" ~~因为那是我特殊的烦恼，~~ 因为那是我心头的一只挥之不去的信天翁[10]，我 ~~很~~ 最怕别人把我跟那个建造巴瑞特 ~~天堂~~[11]的家伙联系起来，那个 ~~大堂~~ 楼是哈佛校园里最大也是最丑陋的一幢建筑，是一个为显示我家族财力、~~势力~~ 虚荣[12]和臭名昭著的哈佛主义的 ~~巨型纪念碑~~ 大型建筑[13]。

Love Story 节选之三 ③

After that, she was pretty quiet. Could we have run out of conversation so quickly? Had I turned her off by not being related to the poet? What? She simply sat there, semi-smiling at me. For something to do, I checked out her notebooks. Her handwriting was curious—small sharp little letters with no capitals (who did she think she was, e. e. cummings?). And she was taking some pretty snowy courses: Comp. Lit. 105, Music 150, Music 201—

"Music 201? Isn't that a graduate course?"

She nodded yes, and was not very good at masking her pride.

"Renaissance polyphony."

"What's polyphony?"

"Nothing sexual, Preppie."

之后她就不吭声了。难道我们这么快就无话可说了吗？难道就因为我说跟那个诗人不是亲戚没啥关系她就不理我了吗？什么原因呢？她只是坐在那儿，似笑非笑地看着我。为了不至于把气氛弄僵，我没事找事地[14]开始翻她的笔记本。她的笔迹真奇怪——又小又细的字，而且上面一个大写字母都没有（她以为自己是卡明斯 e. e. cummings 吗呀[15]？）。我还发现她选了一些很偏很阳春白雪[16]的课程：比较文学105作曲文学105，音乐150，音乐201[17]——

"音乐201？那不是研究生的课程吗？"

她点点头，脸上写满了掩饰不住的骄傲一脸掩饰不住的得意[18]。

"是关于文艺复兴时期的复调性[19]音乐的。"

"什么是复调性音乐？"

"与性/色情无关，小预科生。"

★ 点评

1 原译将人名 Jennifer 音译成"珍妮佛"，仅从音准的角度看，基本上没有什么大问题，但其中的"佛"字实义性太强。音译专有名词的规则之一就是不要产生与所指物不相干的联想。考虑到这里是女性的名字，可以考虑选择一个具有女性特征的字。尤其是原译中男女主人公的名字都带有"佛"字，翻译时应该避免这种不必要的关联。

2 原译"她大概当我是个不明就里的人"与前句不是很连贯，从衔接的角度看，仅有"她"字与前句中有一个指称性衔接，两个小句的信息焦点——"意大利裔美国人"和"不明就里的人"——之间难以构成语用学会话原则中的"关联"性（relevance），也就是说这两句话在语义和语用上都显得很不相关，因此看上去不是很通顺。译者在此的理解可能并没有错，因为"不明就里"这个词有"不明白其中含义"的意思。原译的主要问题是两句之间的配合不好，尤其是"不明就里的人"这一组合使本来就已经很勉强的配合显得更加费解了："不明就里的人"是对一个人的整体评价，而原文只是对一个名字的理解。原文的语言和文化背景是，意大利语与英语在人名上的差别十分明显，英美国家的人一听到 Cavilleri 这样的姓氏马上就知道这是意大利的姓氏：意大利姓氏多用 -i 结尾，如我们所熟知的意大利名人帕瓦罗蒂、里皮、普拉蒂尼等。原文中 Jennifer 特地解释了一下她的祖籍是意大利，这被 Oliver 解读成她觉得他很弱智，所以心中不快。As if I wouldn't have known 是一个省略句，还原成完整的句子有可能是这样：She sounded as if I wouldn't have known it.

③ 原译将名词 major 译成动词"主修"，在翻译方法上属于词类转换法，本无不妥，但考虑到这里是非正式场合的口语语境，"主修"显得过于正式。

④ "名字"和"名"，一字之差，在此语境之中，则有两点不同：第一，"名字"在实际运用中大多数是"姓 + 名"的意思，如"你叫什么名字"；第二，虽然这里有"是名还是姓"的语境引导，但用"名字"在此口语语境中显得过于呆板，与前句译文"是名还是姓"的呼应不是很好。

⑤ 原译用"这样也差不多了吧"来译 that's most of it，意思基本上都译出来了。但漏译 I mean，则毫无必要。文学语言的主要功能是诗学功能，不是信息功能，因此不能用翻译信息类文本的理念来翻译文学文本。从信息传递的角度出发，I mean 在此似乎是可有可无，采用零翻译完全不影响小说情节的发展。但从文学的角度看，I mean 则大有文章：首先，I mean, that's most of it 在原文中并非是用正常的表达手段来表达的，而是被放在了括号之中。作者其实是借此来体现人物在对话过程中的一个心理活动；括号外的语言表达是外部世界的语言交流，而括号内的语言表达则是人物实时的内心独白。其次，根据文体学对"思维"（thought）的分类，这里的 I mean 引导的是一个间接思维（indirect thought）。综上，如不是因为有翻译困难，此处的 I mean 不应做略译处理，其间接思维的文体标记会进一步强化原文用括号所建构的心理语境。此外，批改时还将"这样也差不多了吧"改成了"顶多也就到此为止了吧"，目的是要用"顶多"来对应原文 most，以期尽量接近人物的心理语境。

⑥ 原文 Barrett, like the poet? 这一句文字上看似简单，其实大有乾坤。此语隐含着一个文化缺省（cultural default），译文如果不采取任何去缺省措施，直译成"巴瑞特，就像那个诗人？"中国读者肯定会看不懂。所谓"文化缺省"，是指被语言使用者省略的背景知识，而之所以被省略是因为其被认为是共享的知识，也就是说大家都知道的，所以无须点明。但是，这些在源语文化中被广泛共享和默认的知识，一旦进入跨语和跨文化的翻译环节，其缺省的理据往往不复存在，因为被某一文化所缺省的而且是为该文化所特有的知识，另一文化的成员很可能不明白，因此，如果在翻译时不把隐含的知识挑明，就会造成读者理解的连贯断裂。此处缺省的背景知识是：英国著名女诗人勃朗宁夫人的全名是 Elizabeth Barrett Browning，巴瑞特是她婚前的姓。由原译"巴瑞特，和那位诗人同

姓？"可见，原译译者显然是看出了这里的缺省知识是什么，否则译文不会出现"同姓"这个说法。但由于没有对原文的文化缺省做进一步的去缺省处理，读者还是很难从中看出"那位诗人"是谁，因此可视为处理不当。针对这一表达方式的去缺省办法至少有两个：其一，文内挑明，即直接在译文中挑明那个诗人是谁，可译成"巴瑞特，和那个女诗人勃朗宁夫人同姓？"其二，文外加注，即直译加注。二者各有利弊：前者受文内表达空间的限制，无法对被缺省的知识作充分解释，但优点是阅读的连续性不会中断；后者则迫使读者把视线转向文外的注释，阅读的连续性会受到短暂干扰，但好处是可以对被缺省的知识做充分解释。

7 原译用"不过和她没关系"译 No relation，基本上译出了原文的意思，但所体现出来的语境效果则比较呆板，甚至有点冷漠，效果营造得不是很好。这里的会话发生在一对男女大学生之间，调情的意味很明显，言语俏皮活泼，表面上嘻嘻哈哈，暗地里却在较劲，比试着各自的嘴皮功夫。这里的 relation 并非只是字面上的"关系"这么简单，实际上指的是"亲戚关系"。根据这一意思，这里可以调整译文为"不过和她不是亲戚"。相比较原译，此译具有明显的幽默感。幽默理据：一般而言，"亲戚"不会隔代太远，而原文暗指的勃朗宁夫人是 19 世纪的英国人；即便他们真的有家族关系，通常也不会将这种关系称为"亲戚"。幽默即由此反常的表达而生。

8 原译用"说完了之后我停了一下"来译 In the pause that ensued，并不是很准确，因为从这个短语看，未必只是"我停了一下"。

9 原文 the hall 指一栋大楼，之所以被称为 hall 是因为那个大楼的名字叫 Barrett Hall（巴瑞特堂），但原译将其译作"大堂"则属误译，因为在汉语文化中"大堂"通常是用来指酒店或大楼的大厅。

10 从字面上看，"因为那是我特殊的烦恼"只是一句带有信息功能的话语，不会给人任何文化层面的联想，但原文却是 it is my special albatross（这是我特殊的信天翁）。这同样也是一个带有文化缺省的表达方式，说话者知道听话者清楚这句话缺省的知识是什么，因此就没有把这个知识在话语中体现出来。但这个知识中国读者一般不知道，因此译者采用了意译处理，将原文的联想意义改写为概念意义，诗学功能改写为信息功能。从文学翻译的角度看，如此处理违背诗学翻译的原则。此处被缺省的知识原型是：英国水手有一个迷信的认识，认为在海上看见信天翁象征着好运。英国著名诗人柯勒律治（Samuel Taylor Coleridge）的《古舟子咏》(*The Rime of the Ancient Mariner*) 中讲述了一个水手射落了一只信天翁，结果给这艘船带来了可怕的诅咒，其他的船员强迫这个倒霉的水手将那只死去的信天翁挂在脖子上作为惩戒，直到几乎船上的所有人都死掉时，这个水手终于真心地忏悔自己的错误，最终得以卸下一直折磨他的沉重负担。《古舟子咏》问世之后，信天翁在英语中就成了"讨厌的负担，恼人的累赘"的代名词。符合诗学原则的翻译是要尽可能把原文的联想意义和诗学功能体现出来，遇到这种带有典故和文学性的表达方式，不应该轻易用意译的方式来消解其功能，以免损害原文的文化和诗学价值。由于此处被缺省的知识信息量较大，因此可以采用直译加注释的方式来处理。

11 将 Barrett Hall 译成"巴瑞特大堂"，不是一个很好的处理方法，理由可参见点评9和注释。

12 把 vanity 译成"势力"在此语境中并不是很准确，用"虚荣"更能体现这个词的词义及其在这个语境中的语义价值。因为从男主人公的态度中不难看出，他对于他们家族在哈佛捐楼的做法很是不屑，"虚荣"这种明显带有贬义的词更符合人物的心理。

13 把 monument 意译成"建筑"，可以说是对文学翻译的误解。文学语言贵在具有文学性，文学性则来自于变异或反常的词语组合。译者在遇到这种反常的表达方式时，要问问自己：既然是"建筑"，为什么作者不用更简单、更直接的词 building？而偏要用 monument？从文体学的角度看，同一个意思可以用不同的表达方式来表达，但不同的表达方式其文体价值是不同的。从修辞的角度来看，此处用意译也不妥：原文本是个隐喻，经翻译之后变成了没有比喻色彩的语言表达了。

14 原译将 For something to do 译成"为了不至于把气氛弄僵"，不是很准确，有过度意译之嫌。结合上下文来看这个短语的意思，是小说里男主人公在女主人公的直视下，有点不好意思了，因此想做个动作来掩饰一下内心的局促和尴尬。因此，将其改为"没事找事地"似更贴切一些。

15 此处用"吗"还是用"呀"，体现了两种不同的语气：在与"以为"的配合之下，前者是一种质疑的语气，后者则是一种故作不以为然的语气。原文这句话是用括号括起来的。括号在此是一个符号，或一个标记，用以体现小说人物的心理活动，或心里话。因为是"心里话"，且是一个问句，因此毫无疑问是有语气负载其中的。考虑到此处的语境是男女大学生之间调情用语，因此用表示故意不以为然的"呀"要比表示质疑且多少有点生硬的"吗"更贴切一些。从词汇理据上看，"吗"是疑问词，因此将其定位为表示质疑，是有语言学理据的，相形之下，"呀"的质疑语气显然低于"吗"。

16 原文 snowy 是一个具有文学性的表达方式，其文学性的生成依赖于该词的反常化运用。该词的正常化或标准化语义是"雪的"，即"雪"的形容词用法。而正常情况下，snowy 不可能用来作 courses（课程）的定语，因此必须从非标准的用法中寻求互文支持。这种非标准的用法，有的因为有一定量的互文基础而被收入了词典，但值得注意的是，如果互文量不大，中小型词典可能不会收录，尤其是学生词典不会收录，因此如果碰到作者突发奇想的偶用，词典里又查不到，就需要译者根据上下文去做推理，这个案例就属于这一类。译者将 snowy 译成"很偏"，符合语境的期待，可惜的是只译出了原文的概念意义，未译出 snowy 的联想意义。译者显然是认为汉语中没有与其形意兼顾的表达方式，其实是有的，即"阳春白雪"。

17 美国大学课程都有不同的代码，亦称学科代号，这是中国大学里所没有的，因此要通过注释做个解释，以利于读者了解美国的大学文化。

18 原译将 (She) was not very good at masking her pride 译成"脸上写满了掩饰不住的骄傲"，意思没什么大错，只是"脸上写满了"几个字及其所建构的两个可以引发读者联想的意象"脸"和"写"并非原文建构的意象。就文学翻译而言，虽然原文的文学性是其追求的主要目标之一，但建构额外的文学性并不是文学翻译的分内之事，因为那并不是原文的文学性，而是译者个人的语言偏好，或者是无法准确体现原文文学性时的一种无奈的补救。在这里，"脸"的添加就属于后者，否则如果硬译成"她点点头，不善于掩饰她的骄傲"，语言表达会显得比较生硬。译者应该是考虑到这里要"掩饰"的只能是面部表情，因此将"脸"从语境信息中调出，有利于两个小句之间的连贯。至于"写"的意象，则明显是译者个人的修辞偏好了。原则上讲，译文没有必要添加原文没有的意象，除非遇到了无法克服的翻译困难，但此例并非存在大的翻译困难。

19 在本单元练习中，polyphony 一词的翻译可以说是最为重要，这个词若没有译好，这段会话中最精彩的部分就有可能变得莫名其妙，而原译就没有译好。原译将 polyphony 规规矩矩地依照词典释义译成"复调音乐"，孤立地看似乎一点错也没有，但从语篇上看，问题就出现了：为什么当女主人公被问到"什么是复调音乐？"时，回答竟然会是"与性/色情无关"？不了解西方文化的读者还以为文艺复兴时期的"复调音乐"还存在是否有"性/色情"内含的争议呢。其实，这是小说中的女主人公在跟男主人公逗趣，利用 polyphony 与 pornography（色情）字形勉强接近的特点，故意逗他玩。因此，此处的翻译目标就是要建立起 polyphony 的译文与下文之间的关联，而仅把其意思译出来，则完全无法把原文的文学性和词趣体现出来。据此，可以考虑将"复调音乐"译成"复调性音乐"，这样与下文的关联就可以建立起来了。

参考译文一

"我叫詹尼弗·卡维累里,"她说,"是意大利裔美国人。"

她大概只当我是个不开窍的。① 随后她又补了一句:"我主修音乐。"

"我叫奥利弗,"我说。

"是名还是姓?"她问。

"是名,"我回答以后,又老老实实供认我的全名是奥利弗·巴雷特。(反正这样说也八九不离十了。)

"哦,"她说,"巴雷特?跟那位诗人②同姓?"

"对,"我说,"不过扯不上关系。"

话说到这里停了一下,我内心暗暗庆幸她总算没有问常人之所问,问得我满心不快:"巴雷特?跟那个堂名一样?"因为,我一向有块特殊的心病,最怕人家把我跟出资兴建巴雷特堂的那一位拉上关系。巴雷特堂是哈佛园里最大也最丑的一座建筑物,也可以说是显示我家财力和势派、宣扬我家"信爱哈佛"臭名的一座超巨型纪念碑。

此后,她就不大作声了。难道我们真这么快就无话可谈了?还是因为我跟那位诗人沾不上边,她就不愿意睬我了?到底什么缘故呢?看她只是坐在那儿,对我似笑非笑。为了不致没事可做,我就拿起她的笔记本翻翻。她那手字也真怪——写得又小又细,一律都是小写字体,没有一个大写字母(她是想以爱·埃·卡明斯③自居?)。我见她还选了些非常"尖端"的课程:作曲学105,音乐150,音乐201——

"音乐201?那不是研究生念的吗?"

她点点头表示是,掩饰不住内心的那份得意。

"是文艺复兴时代的复调音乐。"

"什么叫复调音乐?"

"反正不是什么色情音乐,预科生。"(舒心 鄂以迪 译)

---

① 因为詹尼弗是英美人的常见名字,卡维累里是意大利姓氏,很容易辨得出来。

② 指英国女诗人伊丽莎白·勃朗宁夫人(1806—1861),她娘家姓巴雷特。

③ 爱德华·埃斯特林·卡明斯(1894—1962):美国诗人。哈佛大学出身。他在书写方式上标新立异,不用大写字母,自己署名e.e.cummings。

参考译文二

"我叫珍妮芙·卡维列里,"她说,"是意大利裔美国人。"

怎么好像我连这都不知道。"我是学音乐的,"她又加了一句。

"我叫奥利弗,"我说。

"名还是姓?"她问道。

"是名,"我回答道,然后我又供出了我的全名是奥利弗·巴瑞特。(我想,顶多也就到此为止了吧。)

"哦,"她说,"巴瑞特,和那个诗人同姓?"

"对,"我说,"不过和她不是亲戚。"

接下来是沉默。我暗自庆幸她没有像其他人一样问那个令人不快的问题:"巴瑞特,和那个大楼同名?"那个楼是我心头一只挥之不去的信天翁①,我最怕别人把我跟那个建造巴瑞特堂②的家伙联系起来。那个大楼是哈佛校园里最大也是最丑的一幢建筑,是为了显示我们家族的财力、虚荣和那臭名昭著的哈佛主义的一个巨型纪念碑。

之后她就不吭声了。难道我们这么快就没话可说了?难道因为我跟那个诗人不是亲戚她就不理我了?什么原因呢?她只是坐在那儿,似笑非笑地看着我。我没事找事地开始翻她的笔记本。她的笔迹好奇怪——字写得又小又细,而且一个大写字母都没有(她以为她是卡明斯呀?)。我还发现她选了一些很阳春白雪的课程,如比较文学105,音乐150,音乐201③——

"音乐201?那不是研究生的课程吗?"

她点点头,一脸掩饰不住的得意。

"是关于文艺复兴时期的复调性音乐的。"

"什么是复调性音乐?"

"与性无关,小预科生。" (王东风 译;与参考译文一相同的注释略)

---

① 信天翁:典出英国著名诗人柯勒律治(Samuel Taylor Coleridge)的《古舟子咏》(*The Rime of the Ancient Mariner*)。英国水手有一个迷信,认为在海上看见信天翁象征着好运。《古舟子咏》讲述了一个水手射落了一只信天翁,结果给这艘船带来了可怕的诅咒。其他的船员强迫这个倒霉的水手将那只死去的信天翁挂在脖子上作为惩戒。直到几乎船上的每个人都死掉时,这水手终于真心地忏悔自己的错误,最终得以卸下一直在折磨他的沉重的负担。从《古舟子咏》问世之后,信天翁在英语中就成了"讨厌的负担,恼人的累赘"的代名词。
② 哈佛大学各寄宿学院的建筑一般称为House,统译为"堂"。
③ 课程后面的数字为某一课程的代码。

> **专题讨论**

文学性的翻译

文学性（literariness）是文学作品的语言精髓，是一种富于诗学之美的语言表达，其生成机制是语言运用的反常化或陌生化（defamiliarization），其诗学效果是生动性和形象性，因而会引发读者的联想。文学之所以有魅力就是因为有文学性，小说如果抽去文学性就成了一连串事件的流水账，诗歌如果抽去文学性甚至会成为一段无聊之语，戏剧如果抽去文学性则与日常情境无异。

文学性是文学翻译最主要的目标之一，同时也是最大的困难之一，因为文学性的生成主要来自于语言的反常化或陌生化运用。可想而知，一个在源语文化中都显反常、陌生、变异的表达方式，在目标语言文化中有可能会显得更加反常、陌生和变异，甚至不可思议、不可理喻和难以接受，因此文学翻译之难，其实就难在文学性的翻译之上。

具有文学性的语言表达虽然有反常化的特征，但在很大程度上还是可译的，因为语言作为现实的反映，有很多所谓反常的表达方式在另外一种语言中往往也是可以找到共鸣的，但不可否认，也有不少反常的表达方式很难甚至无法以直译的方式获得译文读者的认可。因此，作为文学翻译的译者，对于文学性的翻译，应该要有一个合理的翻译管理模式，以应对不同程度的语言反常。

诗学研究表明，反常化的语言运用会延长读者的解读时间，诱使或迫使读者透过字面的反常性去推导特定表达方式的语境意义。在这一推导过程中，读者必须要发挥其想象力，否则难以达到作者所预期的效果。换言之，读者须完成由字面意义到语境意义的推导过程之后，才会体会到由语言反常化语用产生的一种生动而形象的文学美。

所谓反常化的语言表达是指与常规的语言表达相对立的语言体现，比如古诗里说的"春风又绿江南岸"，其中的"绿"字就极具诗学美，原因正是该词被作者做了反常化运用，其反常之处至少有二：其一，"绿"本是表示静态的形容词，但在此却被用作了表示动态的动词，这一反常化的运用更突出了"绿"字的色彩感，产生了前景化（foregrounding）的效果；其二，"春风"只是风，没有染色的能力，但此处却作为染色的施动者，成了动词"绿"的行为主体，其形象性和生动性由此而生。而这种诗意的产生正是读者推导的结果。读者想象力的介入，会填补上"春风"和"绿"之间的逻辑缺环，相比更为常规的说法"春风又到江南岸"，更具诗意的美——这就是因语言运用的反常化而生成的文学性。

这种具有文学性的表达方式，由于其表层意义上的反常化和诗学效果上的形象性和生动性，理想的翻译应该是直译，但直译也有不同程度的直译。理想的直译是形意兼顾的神译、妙译，译文会有一种文学的、语言的美。直译的底线是可接受性（acceptability），即不至于让人看不懂或反感；越过可接受性这个底线，就可能会让人看不懂或者反感了，而那也就不是直译了，而是死译、硬译。如本单元里的snowy courses，若译成"雪课"，就是死译、硬译，因为这个译文会让读者看不懂。

可见，虽然具有文学性的表达方式的理想翻译是直译，但在很多情况下，我们往往找不到形意兼顾的译法，在此情况下，译者只能退而求其次，采用意译的方法，但意译的方法也并不应该只是简单地将原文的概念意义表达出来。意译的目的虽然是译意，但"意"也有概念意义和联想意义的区分，因此意译也有形意兼顾式、直截了当式和功能对应式三种。

形意兼顾式的意译会采用与原文同意而不同形的译法，把原文的表意类型体现出来，如将snowy courses意译成"阳春白雪的课程"，既可以表达原文所要表达的意思，也体现了这个具有文学性的表达方式中对"雪"的形象的联想建构。只是译文的"形"与原文的"形"并不完全相同，多了"阳春白"这层意思。尽管这不会造成语义干扰，但毕竟与原文的形式不尽相同，因此将这种译法归入了意译的范畴。

直截了当式的意译是直接译出原文的概念意义，如本单元中的it (Barrett Hall) is my special albatross，其中的albatross是在英美等西方国家的一个家喻户晓的典故。在这个语境中这么使用，从英语的角度看，是一个非常生动而形象的表达，但由于一般中国读者不知道这个典故，因此仅译其字面意义，即译为"巴瑞特堂是我的一个特殊的信天翁"，读者会觉得莫名其妙，属死译、硬译。此处学生采取的是直截了当式意译法，把原文所含的概念意义直接译出来了，即"那是我特殊的烦恼"。这种译法的好处是化解了翻译困难，把原文的意思表达了出来。但弊端也很明显：形象性和生动性都丢失了，从诗学的角度上看，则是丢失了原文的文学性和诗学功能。

功能对应式意译是采用不同的表达形式却具有同等诗学功能的译法来体现原文的语境意义，如在《爱情故事》的另一个译本中，上面这个句子就被译成了："我一向有块特殊的心病。"此译不仅化解了翻译困难，而且还体现了原文的功能和意义类型——诗学功能和联想意义，保留了形象性和生动性的诗学效果。其不足之处是丢失了原文隐含的典故，让中国读者失去了一次了解西方文化的机会。弥补这一缺失的唯一方法似乎就是直译加注了，只是这样处理虽然向读者交代了原文文学性生成的过程和机制，但注释会迫使读者中断阅读。由此例可见，有些具有文学性的表达方式，无论用什么方法来体现，总是会有所得，也有所失。这就是文学翻译的难处，也是它的妙处和魅力所在。

4 Love Story 节选之四

▶ 原文

If a single word can describe our daily life during those first three years, it is "scrounge". Every waking moment we were concentrating on how the hell we would be able to scrape up enough dough to do whatever it was we had to do. Usually it was just break even. And there's nothing romantic about it, either. Remember the famous stanza in Omar Khayyam? You know, the book of verses underneath the bough, the loaf of bread, the jug of wine and so forth? Substitute *Scott on Trusts* for that book of verses and see how this poetic vision stacks up against my idyllic existence. Ah, paradise? No, bullshit. All I'd think about is how much that book was (could we get it secondhand?) and where, if anywhere, we might be able to charge that bread and wine. And then how we might ultimately scrounge up the dough to pay off our debts.

Life changes. Even the simplest decision must be scrutinized by the ever vigilant budget committee of your mind.

"Hey, Oliver, let's go see Becket tonight."

"Lissen, it's three bucks."

"What do you mean?"

"I mean a buck fifty for you and a buck fifty for me."

"Does that mean yes or no?"

"Neither. It just means three bucks."

✎ 原译

如果要用一个词来概括我们头三年的生活的话，那么这个词儿就是"弄钱"。每天一睁开眼，我们就开足脑筋琢磨怎样才能赚得到足够的钱来应付日常开销。通常也只能满足温饱，生活一点也不浪漫。还记得Omar Khayyam的诗里面那有名的几段吗？什么树下诗一卷，面包一条，美酒一壶什么的，等等？你想想，要是把那诗书换成《斯考特论企业联合》，这哪还有什么诗情画意可言？什么，是天堂？才怪！放屁！我要考虑的是买那本书得花多少钱（有二手的吗？）以及我们在哪儿（如果还有那么个地方的话）可以赊账买到那份面包和美酒。最后我们还得想想怎样才能凑足一笔钱把那一屁股债给还掉。

生活改变了。连最小的开支，也得让脑子里有个预算委员会一般审查一番、精打细算，再做决定。

"嗨，奥利弗，晚上去看贝克特的戏剧吧。"

"听着，那得三块钱。"

"你什么意思？"

"我是说，你得出一块半，我也得出一块半。"

"那你同意还是不同意？"

"都不是。我只是想说那得要三块钱。"

Love Story 节选之四

▶ 原文

If a single word can describe our daily life during those first three years, it is "scrounge". Every waking moment we were concentrating on how the hell we would be able to scrape up enough dough to do whatever it was we had to do. Usually it was just break even. And there's nothing romantic about it, either. Remember the famous stanza in Omar Khayyam? You know, the book of verses underneath the bough, the loaf of bread, the jug of wine and so forth? Substitute *Scott on Trusts* for that book of verses and see how this poetic vision stacks up against my idyllic existence. Ah, paradise? No, bullshit. All I'd think about is how much that book was (could we get it secondhand?) and where, if anywhere, we might be able to charge that bread and wine. And then how we might ultimately scrounge up the dough to pay off our debts.

Life changes. Even the simplest decision must be scrutinized by the ever vigilant budget committee of your mind.

"Hey, Oliver, let's go see Becket tonight."

"Lissen, it's three bucks."

"What do you mean?"

"I mean a buck fifty for you and a buck fifty for me."

"Does that mean yes or no?"

"Neither. It just means three bucks."

✎ 批改

如果要用一个词来概括我们头三年的日常生活的话，那么这个词儿[1]就是"弄钱"。每天一睁开眼所有醒着的时间，我们都在挖空心思开足脑筋琢磨怎样才能赚得凑到足够的票子钱来应付日常开销[2]。通常也只能满足温饱[3]，生活一点也谈不上浪漫。还记得莪默·伽亚模Omar Khayyam[4]的诗里面那有名的几句诗段[5]吗？什么大树底下诗书一卷，面包一条方，美酒一壶什么的，等等[6]？你想想，要是手上捧的不是把那个诗书卷，而是换成《斯考特论企业联合信托》[7]，你再瞧瞧，这哪还有什么那诗情画意可言？和我这真实的田园生活是多么的不搭调[8]。什么啊，是天堂？才怪！呸，放屁扯淡[9]！我要考虑的是买那本书得花多少钱（有二手的吗？）。以及我们还有什么地方在哪儿里（，如果还真有那么个地方的话），可以赊账，让我们能买到那份方面包和那壶美酒。最后我们还得想想怎样才能凑弄到[10]足一笔钱票子把那一屁股欠人家的债给还掉[11]。

生活改变了。就连最小的开支，也得经过让脑子里有的那个预算委员会一般严加审查一番[12]才能决定一番、精打细算，再做决定。

"嗨，奥利弗，咱们晚上去看贝克特的戏剧吧。"

"你丫听着[13]，那得三块钱。"

"你什么意思？"

"我是说，你得出一块半，我也得出一块半。"

"那你是同意还是不同意？"

"都不是。我只是想说那得要三块钱。"[14]

★ 点 评

1 这里的"词儿"用了儿化音，本不起眼，也没有影响意思的表达，但前句也有一个"词"，却没用儿化音，因此这里删去"儿"字，以保持用词的一致性。此外，儿化音是中国北方方言的一个音韵特征，译文要用就应该是该用的地方都要用，尤其是同样的词，更应该前后用法一致。

2 这句原译所对应的原文 Every waking moment we were concentrating on how **the hell** we would be able to **scrape up** enough **dough** to do whatever it was we had to do 可以说是这部分选文的一个风格缩影，其中的 how the hell 是口语加粗话的特征，scrape up 是俚语特征，dough 是口语和俚语的特征。结合内容可见，这段文字和第二段文字，都是叙述者的回忆，而且是一种内心独白式的回忆。若要译出其风格，翻译的对策应该是从宏观上把握，而不应拘泥于一一对应的风格体现，原因是原文特定的词语所特有的风格特征不一定在译文语言中有合适的对应，因此可以在语篇中其他合适的地方添加相应的风格特征，以作补偿，从而在整体上体现原文的风格。这句话的翻译，译者用"每天一睁开眼睛"来译 every waking moment 就是一个比较好的体现，但从风格体现上看，却还并不到位，因为"每天一睁开眼睛"是一个很常见的说法，从风格表现的角度看，常见的表达方式的风格显示度较低，甚至是阴性，即没有文学性的语言体现。但原文的表达方式并不是这样常见，注意：waking moment，其变异之处就在于 moment 怎么能发出 waking 的动作？修辞上这叫 transferred epithet，汉语也有这样的修辞，叫"移就"，其结构原理是原本修饰甲类事物的形容词，用来修饰乙类了，汉语典型案例是：不眠之夜。读者在看到这样的表达方式，因为移情的作用，自然会理解那不是"夜晚""不眠"，而是人彻夜不眠。既然是汉语也有这样的修辞方式，这里就可以考虑直译，译成"所有醒着的时间"。词语风格特征的体现通常可以从特定词语的同义词中去挑选，风格差异与词语的使用频率有关。词语的风格显示度与词语的使用频率成反比：使用频率越高的，风格显示度越低；使用频率越低的，风格显示度越高。其背后的诗学理据是，使用频率低的词语具有一定程度的变异性，而变异性具有前景化的效果，进而产生文学性。以此句中的 dough 为例，译者将其译成了"钱"，就不是一个很好的选择。"钱"回译成英语是 money，但原文没有用这个词，而是用了 dough，这两个词就是同义词，使用频率高的自然是 money。如此便不难看出，针对该词的翻译对策必定是要看"钱"这个意思里有没有比它使用频率低的同义词，如"票子"。对另一个俚语词 scrape up 的翻译对策也是如此，这个词在这里的意思是"赚（钱）"，scrape 本身有"刮擦"的意思，似乎可以译成"蹭（钱）"，但在汉语中"蹭"有白拿之意，并不符合这里的语境，不妨用"凑"字来做对应。

3 原译"满足温饱"是对 break even（收支平衡）的口语化和语境化的体现，可以接受。

4 原译译者没有译 Omar Khayyam，而是将其直接写在译文中，这在科技和"学术"翻译中是可行的，但是文学翻译中是不可以的。因为译者很有可能不知道此人是谁，不仅是因为没有译这个人名，还因为这里本应该做的注释，也没有做。此人跟中国读者其实挺有缘，早在新文化运动期间，他的诗就被译成了中文，他就是《鲁拜集》（另译《柔巴依》）的作者——莪默·伽亚模（1021—1122；另译欧玛尔·海亚姆、欧玛尔·哈亚姆等）。

5 原文此处用了 stanza，译者将其译作"段"，字面上也说得过去。用英语诗歌中的术语来说，更准确的译法是"节"，相当于汉语诗歌的"阕"。但词语真正的意义是跟从语境的，从下文可以看出，被引的诗不是以"段"或"节"的形式出现的，而只是原诗中的几个词。为了使此处的表达与下文语境相切合，这里不妨用"几句诗行"来体现，一方面体现了口语化，另一方面也不会与 stanza 的语义格格不入，因为这里所说的 famous stanza 实际上就是四行诗句。

6 这里最好加个注，而且最好能找到这里所说的那节诗，否则读者完全没有相关背景知识。在网上输入 Omar Khayyam the book of verses underneath the bough, the loaf of bread, the jug of wine，就可以找到这节著名的诗句了，即

> A Book of Verses underneath the Bough,
> A Jug of Wine, a Loaf of Bread, —and Thou
> Beside me singing in the Wilderness—
> Oh, Wilderness were Paradise enow!

既然找到了原诗，仅仅把英文引出来，并非是文学翻译的惯例，译者还应该把这诗的译文找到。这首诗的译文也并不难找，但可惜的是无论是网上的译本，还是一些诗歌翻译家的译本，实际上都没有把原诗的节奏译出来。原诗的节奏是抑扬格五音步，也就是每行十个音节，每两个音节是一个节奏单元，一轻一重，每行有五个这样的节奏单元。从音节或音步上看，这节诗实际上是个方块诗，韵式是 AABA。一般说来，译者只要引出该诗的某个译本的译文也就算是基本可以了。但责任心强的译者，如果觉得现有译文不理想，也不妨自己操刀重译：

> 大树底下但见诗书一卷，
> 美酒一壶还有面包一方。
> 伊人伴我放歌茫茫荒野，
> 呜呼，荒野茫茫就是天堂！

译文也是两个音节一个节奏单元。既然有了这个诗歌的译文，正文内的语言表达也需要据此做一些适当的配合，如原译"树下诗一卷"可改成"大树底下诗书一卷""面包一条"

改成"面包一方"等。

7 原译用"企业联合"来翻译 trusts，不是很准确，这里应该是"信托"的意思。此外，原译"要是把那诗书换成……"并没有译错，但口语感不强。该句所对应的原文在语气上除了口语性极强之外，还有调侃幽默之意，因此译文的语言表达上需要更加活泼一点。

8 see how this poetic vision stacks up against my idyllic existence 是一个比较难解的句子，原译的理解不是很准确，主要是对 stacks up against my idyllic existence 的理解不到位。在这里，stack up against 的词典释义是 compare with，估计是原译译者没有找到这个释义，因此在译文中就没有体现出来。这里的另一个难解之处是 idyllic existence，理解时很容易被 idyllic 所含的诗意所误导，但被这个词所形容的是 existence，其前面还有一个所有格的人称代词 my 来限定，显然这是特指他们现实的存在，而不是一种假设，更不是一种泛指。从他们的经济状况就可以看出来，他们现实的存在，或者说是他们现实中的田园，是很窘迫的。汉语中的"田园"同英语中的 idyll 一样，是对乡村的一种诗化。现实中的乡村可能都有"田园"，但未必都有诗意的美。因此这句话调侃的意味很浓，意思是"那诗情画意和我这真实的田园生活是多么的不搭调"，"不搭调"就是从 stacks up against 的语境意义引申出来的。

9 原译"什么，是天堂？才怪！放屁！"，语气调整得不是很到位。只要读一下，就可以发现这么说比较拗口。

10 注意这里的 scrounge 在本单元中是第二次出现，与前一个 scrounge 形成重复性衔接，而且意思也是一样的，因此不应该用不同的词来译。既然前面译成了"弄（钱）"，这里也应该译成"弄"。

11 "一屁股债"在汉语中的意思是欠了很多债的意思，但该译所对应的原文只是 our debts，并没有这个意思，而且也没有粗鄙元素，因此原译不是很合适。

12 原译"让脑子里有个预算委员会"中的"让脑子里有个"与原文所表达的意思有所不同，原文是 the ever vigilant budget committee of your mind，强调的意思是"脑子里本来就有"，即"脑子里的预算委员会"。此外，这里的 vigilant，直接将其译出作"预算委员会"的修饰语，会使译文比较累赘。可采用词类转换法将其形容词的词性调整成副词，修饰后面的动词 scrutinize，作"严加审查"，这样整句的总体语义并未流失。

13 注意原文用词是 lissen，这并不是印刷错误，而是作者利用书写变异来模拟口语的效果，如此变异的表达，一定具有一定的诗学功能和修辞意图，如强调。与之对应的汉语"听"，似乎没有合适的低频同义词供翻译选择，只能设法用强调的语气来体现这层意思。

14 原文的这几句对话用的都是斜体,从文体学的角度看,这属于书写变异,其文体价值自然区别于用标准书写的部分。从本单元的叙事方式可以看出,前面的标准书写方式体现的是叙述者的回忆或内心独白,斜体部分其实仍然是叙述者回忆,只是为了真实起见,用了直接引语。从小说的内容上看,此时文中与叙述者说话的人,即叙述者奥利弗(Oliver)的妻子,已经去世,因此这部分直接引语其实仍然是叙述者的回忆,但用直接引语在效果上自然就更加直接一些,仿佛是一个电影的镜头突然切换到了他们曾经鲜活的时光。因此,这里用斜体,就有一种暗示,暗示这并非真实,而是回忆。这部小说的写法就是一会儿回忆,一会儿又切换到真实的场景。回忆是在叙述者的内心展开,真实则是在真实场景中展开。为此,翻译时理应对这种变异做出文体上的反应,但原译对此未加处理。中文的传统排版中一般不用斜体,因此中国读者可能不太习惯看中文的斜体,实际上也很少在正式出版物上看到,但考虑到这里是回忆,不妨如原文一样也用斜体来体现歪歪倒倒的字体,倒是很像回忆中变了形的往事回闪。

参考译文一

　　如果说有一个词儿可以概括我们头三年的日常生活的话,那么这个词儿就是"弄钱"。除了睡觉的时间以外,我们无时无刻不是用足了脑筋,在考虑怎样才能凑得足够的钱,把一切少不了的开支应付过去。通常也只能勉强做到收支相抵。根本没有什么罗曼蒂克可言。还记得奥马尔·哈亚姆[①]那段有名的诗吗?什么树荫下诗一卷,面包一块,美酒一壶,等等?以《斯科特论托拉斯》代替了那本诗集,你说我还会有多少诗意,去过那田园诗般的生活?啊,是天堂?呸,胡扯!真要叫我到了树荫下,我要考虑的是买那本书要多少钱(我们能不能买到旧的?)以及我们在哪儿(如果还有那么个地方的话)可以挂个账,弄到那份面包和美酒。再有,就是我们怎样才能凑足一笔钱,把债务彻底料理清楚。

　　"嗨,奥利弗,咱们今天晚上去看看贝克特的戏[②]吧。"

　　生活改变了。连最小的开支,也要经过脑子里那个经常保持着警惕的预算委员会的审查,才能做出决定。

　　"我说,得三块钱。"

　　"你什么意思?"

　　"我是说,你一块半,我也一块半。"

　　"你到底算同意还是不同意?"

　　"都不是。就是说要三块钱。"(舒心、郭以迪 译)

[①] 奥马尔·哈亚姆(约1040—1123):波斯诗人和天文学家,著有四行诗集《柔巴依集》(旧译《鲁拜集》)。

[②] 塞缪尔·贝克特(1906—1989):出生在爱尔兰、居住在法国的当代荒诞派剧作家。他写的剧本以《等待戈多》(1954)最为著名。

参考译文二

如果要用一个词来概括我们头三年的日常生活，那么这个词就是"弄钱"。所有醒着的时间，我们都在挖空心思琢磨着怎样才能凑到足够的票子来应付日常开销。通常也只能满足温饱，一点也谈不上浪漫。还记得莪默·伽亚模①那有名的几句诗吗？什么大树底下诗书一卷，面包一方，美酒一壶②？要是手上捧的不是那个诗卷，而是《斯考特论信托》，你再瞧瞧，那诗情画意和我这真实的田园生活是多么的不搭调。呜呼，天堂？什么呀，扯淡！我要考虑的是买那本书得花多少钱（有二手的吗？）。还有，什么地方，如果真有那么个地方的话，可以赊个账，让我们能买到那方面包和那壶美酒。最后，我们还得想想怎样才能弄到一笔票子把欠人家的债给还掉。

生活变了。就连最小的开支，也得经过脑子里的那个预算委员会严加审查一番才能做出决定。

"嗨，奥利弗，咱们晚上去看贝克特的戏吧。"

"你丫听着，那得三块钱哪。"

"你什么意思？"

"我是说，你出一块五，我出一块五。"

"那你是去还是不去？"

"都不是。我只是说那得要三块钱。" （王东风 译）

专题讨论

从文体学的角度看变异及其翻译

文学翻译之难，并非是来自于常规的语言表达，而是来自于变异的语言表达。变异，为解读和翻译增添了许多变数，这种变数如果把握不好，就会伤及原文的文体价值。从文体学的角度看，一个意思可以用不同的表达方式或多个同义表达方式来表达，但不同表达方式的文体价值是不一样的。语义学里甚至在联想意义中，专门区分出了一种"文体意义"。

---

① 莪默·伽亚模（1021—1122，另译欧玛尔·海亚姆、欧玛尔·哈亚姆，等等，其确切的出生年代有争议，另说1025和1048），著名波斯诗人及天文学家，其不朽诗作《鲁拜集》迄今已有数以百计的版本。据不完全统计，从1912年起至1999年，以英译为底本翻译《鲁拜集》的中国文人，计有胡适、郭沫若、闻一多、徐志摩、伍蠡甫、黄克孙、李霁野、黄杲炘、陈次震等数十人之多。

② 典出《鲁拜集》第十二首，英国著名诗人和翻译家菲茨杰拉德的英译文（1859）是：A Book of Verses underneath the Bough,/A Jug of Wine, a Loaf of Bread, —and Thou/Beside me singing in the Wilderness—/Oh, Wilderness were Paradise enow!（大树底下但见诗书一卷，/美酒一壶还有面包一方。/伊人伴我放歌茫茫荒野，/呜呼，荒野茫茫就是天堂！）

经验主义的翻译研究总认为风格是很神秘的东西，只能意会，不能言传，但诗学和文体学则用语言学手段破解了这种神秘。这方面的研究至少在一定程度上说明，这种神秘正是来自于语言表达的变异：语音变异、书写变异、语法变异、语义变异、语域变异，等等。变异与常规的区别其实就在于使用频率。如果一个意思有多个同义表达方式，那么使用频率最高的就是最常规的，使用频率最低的就是最变异的，中间的都具有不同的变异度，这取决于对比的参照。由于变异会具有不同于常规表达的文体价值，因此翻译时，原则上讲，也应该用变异的方式来体现，以期保留原文独特的文体价值。

在本单元中，这种变异突出地表现为语域变异，如对口语词和俚语词的使用，这些词语就与标准语中的同义表达方式形成文体对照。如用scrape up dough表示"挣钱"，在这里，比scrape up使用频率高的是make，比dough使用频率更高的是money，因此文体学意义上的翻译，就不应该用"挣"来翻译scrape up，用"钱"来翻译dough，而应该在汉语"挣"和"钱"同义词资源里找一个使用频率较低的词语，如"凑"和"票子"。另一个明显变异的用词是lissen，它是listen的方言和口语变体，若简单地把它的意思译出来，译成"听"，那作者的诗学意图就体现不出来了。可以设想一下，假如作者只是要表达"听"的意思，何不直接用标准语listen呢？这个问题会引导我们的思考。虽然作为译者，我们自然会推测作者这么做的意图，但这种推测其实并没有太多的必要，译者只要把作者意图的表征体现出来就可以了，至于读者怎么解读，那是见仁见智的事。但如果译者把这种变异转换成了常规，那么读者也就无法领会到原文的诗学效果了。

表现在词语和句法上的变异，都是比照着更加常规和标准的说法来实现的。因此在实际翻译中，对于变异的表达方式，翻译的原则是以变异对变异。具体的做法就是根据特定的词义，寻找同义表达方式，根据变异程度，选择相应的同义词。但在很多情况下，有些表达方式的同义资源有限，没有直接对应的，这时就需要采用一些补偿式的方法来加以体现。如上面提到的lissen，是"听"的意思，但"听"的同义词"闻""聆"虽然使用频率比"听"低，但语域定位却是书面语，不符合lissen语域对应要求，因此改译只好用"你丫听着"的变通方式，在其他位置上设置口语特征，以保证整体效果的对应。

本单元另一个突出的变异是后面几句对话的书写变异。原译没有做出任何相应的反应，实际上是采取了文体不作为的态度。从文体学上看，这样做法是不合适的。改译建议还是用斜体来体现。具体分析见相应的点评部分。

最后有一个建议。文体学是关于文学语言和文学风格的学问，要想把文学翻译做好，尤其是想把文学作品的风格译好，建议大家最好读一些文体学方面的书。英国学者Geoffrey Leech就写过两本对文学翻译很有启发的著作，一本是*A Linguistic Guide to English Poetry*，另一本是他和Michael Short合写的*Style in Fiction: A Linguistic Introduction to English Fictional Prose*。

5 Chromosome 8 节选之一

▶ 原文

Three hundred and ninety million years after their distant ancestors fled the sea, two humans returned in search of an even older mystery. Their changed bodies could no longer tolerate the ocean so they would ride in a bubble of titanium hung with thrusters and lights, pierced by ports and a hatch, and graced with the name Omega, painted on the stern in neat block letters.

Standing in the hatch at the pilot's launch position, Devon Lucas rested one hand on a fist-sized bolt while the other blocked the glare from the two-hundred-foot research vessel Aurora. Beneath short red hair, her lined green eyes studied the steel cable that lowered the research submersible like a metal spider toward the luminous blue of the waiting South Pacific water, so clear that it didn't look substantial enough to support several tons of metal.

But it did.

When the yellow hull kissed the sea Devon released the steel hook from the big eyelet behind the sail, dropped through the single hatch, and pulled it shut. Her ears popped and, as always, her nose twitched at the sudden exchange of fresh salt air for stale sweat and plastic and ozone.

✎ 原译

在人类的远祖逃离海洋三亿九百万年后，有两个人又回到了这里，探访一个年代更加久远的未解之谜。如今他们的身体已经发生变化，无法在海洋中生存，只好搭乘一个钛制的泡泡，这泡泡上配备有推进机和探照灯，设有舱门和舷窗。它有个优雅的名字——"欧米伽号"，这个名号就刷在船尾，字体齐整而巨大。

戴文·卢卡斯站在驾驶员入口的舱门边，一手搭在一个拳头大小的螺栓上，举着另一只手，遮挡那长达200英尺的曙光女神号科考船上发出的刺眼亮光。她顶着一头红色短发，绿色的眼睛眯成一条缝，研究着船上的钢缆，那缆绳正像只金属蜘蛛一样缚着欧米伽号，将其向下放入南太平洋那波光粼粼的蓝色海水中。这缆绳看上去明显不足以承受几吨重的金属潜艇。

然而，它承受住了。

黄色的船体一吻上海面，戴文便解下了风帆后面金属环上挂着的铁钩，丢进舱门，一把关上。如往常一样，她的耳膜一阵膨胀。外面带有咸味的清新空气一下子消失了，取而代之的是混合着汗臭、塑料味和臭氧的味道，她皱了皱鼻子。

Chromosome 8 节选之一

原文

Three hundred and ninety million years after their distant ancestors fled the sea, two humans returned in search of an even older mystery. Their changed bodies could no longer tolerate the ocean so they would ride in a bubble of titanium hung with thrusters and lights, pierced by ports and a hatch, and graced with the name Omega, painted on the stern in neat block letters.

Standing in the hatch at the pilot's launch position, Devon Lucas rested one hand on a fist-sized bolt while the other blocked the glare from the two-hundred-foot research vessel Aurora. Beneath short red hair, her lined green eyes studied the steel cable that lowered the research submersible like a metal spider toward the luminous blue of the waiting South Pacific water, so clear that it didn't look substantial enough to support several tons of metal.

But it did.

When the yellow hull kissed the sea Devon released the steel hook from the big eyelet behind the sail, dropped through the single hatch, and pulled it shut. Her ears popped and, as always, her nose twitched at the sudden exchange of fresh salt air for stale sweat and plastic and ozone.

批改

在人类的远祖逃离海洋三亿九百万年后，有两个人又回到了这里，来探访寻[1]一个年代更加久远的未解之谜。如今他们的身体已经发生变化，无法再在海底遨游洋中生存[2]，只好搭乘一个钛制的圆泡泡下海[3]，这圆泡泡上配备有推进机和探照灯，设有一个舱门和几个舷窗[4]。它有个优雅的名字——"欧米茄[5]伽号"，这几个大字整齐地名号就刷在船尾，字体齐整而巨大[6]。

戴文•卢卡斯站在驾驶员入口的舱门边内，做好了启动的准备。[7]她一只手搭在一个拳头大小的螺栓上，举着另一只手，遮挡住从那长达200英尺长[8]的曙光女神号科考船上发出的刺眼亮光。她顶长[9]着一头红色的短发，绿色的眼睛眯成描着眼线一条缝[10]。，她研究正注视[11]着从船上放下科考潜水器的钢缆，那缆绳正潜水器像只金属蜘蛛一样缚着欧米伽号，将其向下放入南太平洋那波光粼粼的蓝色海水爬去中[12]。海水清澈晶莹，这缆绳看上去明显不足以仿佛难以托起这承受几吨重的金属潜艇[13]。

然而，它承受住了其实不然[14]。

黄色的船体刚刚触一吻到上海面[15]，戴文便解下松开了风帆围壳[16]后面金属环上挂着的铁钩，然后丢跳进[17]舱门，一把关上。如往常一样，她只觉得的耳朵里嗡的一声响膜一阵膨胀[18]。外面带有咸味的清新空气一下子消失了，取而代之的是混合着汗臭、塑料味和臭氧的味道，她皱子皱的鼻子也像往常一样不由得抽动了几下[19]。

39

★ 点 评

1 原文是 search，原译译为"探访"，不是很准确。"探访"是"探视与访问"的意思，将其回译成英语，无论如何也回不到 search 一词上，不如用"探寻"更准确一些。另外，在这个动词前加一个"来"字，这样与前面小句的动作关联更紧凑一些，语流也更顺畅一些。

2 原译用"无法在海洋中生存"来译 could no longer tolerate the ocean，已经是做了一定的引申处理，原译译者一定是觉得将其直译成"再也无法忍受海洋"会更不准确。只是这样的引申还是有点含糊。关联理论以及后来的认知关联理论在讨论语义时提出了"语境假定"（contextual assumption）的概念，意思是人们在解读语义时，其认知机制会不断地做着各种语境假定，以校准最终的语义定位。那么，在原文的这个语境中，哪些语境因素会帮我们准确地找到合理的理解呢？与此处表达方式相关联的语境因素有前面的 their distant ancestors fled the sea 一句，这句话的预设是：他们的祖先曾经在海洋里生活过，后来"逃离"（fled）了海洋。再往下文看，文中人物是要乘坐潜水器下海，而下海的目的则是上句所说的 in search of an even older mystery，可见他们是要下到海底。由此语境假定可以推断，could no longer tolerate the ocean 是指现在的人再也不能像几亿年以前那样在海底自由邀游了。在这样的语境假定基础之上再做引申，其准确性应该会更高一些。

3 原文没有用技术术语来指称潜水器，而是用了一个形象化的词语 bubble，译者也注意到了这里的语言特点，将其译为"泡泡"，思路是对的，方法也基本可行。只是在"泡泡"前加个"圆"字，效果似乎更好一些。同时，在后面再加个"下海"，以体现该小句的目的，并呼应前文，贯通文气。

4 译者将 Omega 译成了"欧米伽号"，从音译的角度上看没有问题，但"它有个优雅的名字——'欧米伽号'"这句话在中国读者看来，就很费解了："欧米伽号"为什么就优雅呢？对于中国读者来说，"欧米伽"只是一个科技术语，并没有什么优雅性。但是这个词的另一个中文译名却能给人以优雅的联想，即"欧米茄"，因为它可以使中国读者联想到一款瑞士名表，007 邦德也曾炫耀过他所戴的"欧米茄"表。我们在翻译时必须要了解目标读者的知识背景，这样我们才能预测译文是否能够获得预期的接受效果。而原译"欧米伽"，虽然也存在于汉语之中，但毕竟这个译名与"优雅"没有任何联系，因此如果需要在不优雅的"欧米伽"和给人以优雅联想的"欧米茄"之间挑一个，显然应该挑后者。

5 原译这里的理解基本到位。该句并非没有翻译困难，其中的 pierced 就是一个难译之点。要准确理解这个词在此处的意思，仅凭英汉词典上的释义可能是不够的，还需要查看英英词典对 pierce 的解释，其中一个适用于此处的释义是 make an opening in。根据这个释义，这句话就好理解了：此处是指那个圆泡泡状的潜水器上"开着"一个舱门和几个舷窗。从这个角度上看，原译的理解还是准确的。此句中另一个难度较小的难点是 port，这是一个多义词，因此很多学生在做练习时，都选错了词义，有的将其译为"终端"，有的将其译作"端口"，有的学生发现了这个词与船有关的一个释义"左舷"，这些都是不合适的译法。原译在此的理解是正确的："舷窗"，多指开在两舷的密封圆窗。但原译此处漏译了名词的"数"：一个舱门，几个舷窗。

6 block letters 是"印刷体大写字母"的意思，没有"巨大"的意思，但因为是印在船体上的船名，肯定不会太小，译文可用"几个大字"来体现。"大"字这么用就不像"巨大"那么大了。

7 原译用"驾驶员入口"来译 pilot's launch position，不是很准确。因为潜水器都很小，没有另设一个专门的"驾驶员入口"，何况上文已经交代，这艘潜水器上只有一个入口，即"舱门"。但若直译成"驾驶员启动位置"，位置感仍很模糊，从上下文看，驾驶员此时其实就站在舱口内。对原文意思比较保险的解读是，此时潜水器要下海出发了，驾驶员已经就位，做好了出发的准备。从驾驶员的动作也可以看出，这个位置不是在驾驶台上。如此，可以根据这个语境假定，对这层意思做引申翻译处理，将其意译成"做好了启动的准备"。

8 原译"长达"有突出"长"的意思，但原文并无此意。

9 "顶"字在此用得不准确，没有必要用这个词。

10 原译译者用"眯成一条缝"来译 lined，是误译，原因是未从原文用词的词义本身来理解。lined 是过去分词，因此要解读该词的词义，就要首先从其作为及物动词的英文释义入手，其中一义是 draw lines on a surface，即"在……上面画线"的意思。我们还可以通过网络来对这一解读进行验证。在网上输入 lined eyes，然后作图片搜索，就会发现这是"描眼线"的意思。

11 原译"眼睛……研究着……"，动宾搭配不妥。studied 的词义应该顺应其主语 eyes 的语义制约和牵扯，因此可用"注视着""盯着"等来译之。

12 原译"那缆绳正像只金属蜘蛛一样缚着"显示出译者对原文的理解还不是很清晰，原本是一个生动的形象，被译得古古怪怪。原译给人的第一个古怪的形象是：缆绳像蜘蛛？接着往下看，又推翻这个形象，但仍然古怪：缆绳像蜘蛛一样缚着？出现此问题的根本在于译者没有定位好 like a metal spider 的关联项。原文是 the steel cable that lowered the research submersible like a metal spider...，从原译看，译者似乎是把"缆绳"当作"蜘蛛"的关联项了，但这二者显然是没有可比性的两个事物，因而也不可能产生形象性和生动性。而只有被比作"圆泡泡"的潜水器在被绳子挂着往下放的时候，才会与蜘蛛有相似之处。如果将以上的语义分析与句法分析相结合，我们会更容易看出原译的问题：

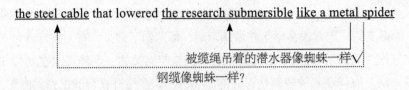

由上面的图解分析可见，原译译者的选择实际上是"钢缆像蜘蛛一样"，不仅"舍近求远"了，而且选择了一个有违常识的关联，将不可比的两个事物强制性地绑在一起，这是不可取的。

13 从"这缆绳看上去明显不足以承受几吨重的金属潜艇"一句看，原译译者的理解再次出现失误，而且再次出现了有违语法常识的选择。此处原译所对应的原文是 the steel cable that lowered the research submersible like a metal spider toward the luminous blue of the waiting South Pacific water, so clear that it didn't look substantial enough to support several tons of metal，译者的理解失误主要出现在对 it 的理解上。从功能语法看，it 的语篇功能是指称，在此是回指；从语法规则看，应该是回指其前面的单数名词，而在这个词之前的单数名词由远至近依次有 cable、submersible、spider、blue 和 South Pacific water，译者的选择居然是最远的 cable，这是缺乏语法常识的选择。英语是重形合的语言，因此形式化的规则十分明确，像这种情况，如果再没有一个原则，爱选谁就选谁，这样的任意岂不乱套？这里的原则就是就近原则，除非依就近原则所定位的语义关联明显不合，才会继续往前搜寻最具关联性的句法单位。就此案例而言，it 的回指根本没有那么复杂，就是指离它最近的 South Pacific water，而原译因为这一理解失误导致整个句子出现错误。此外，原译还漏译了一个词 waiting，虽然从语义上看这个词有些多余，但原文毕竟不是信息类文本，而是文学，waiting 在此是拟人用法，就文学翻译而言，像这种积极性的修辞，是应该积极应对的。

14 原译"然而，它承受住了"，意思没错，只是生硬了点，少了点文气。it *did* 在此是动词代用法，而原译还原了动词所代——"承受住了"，表达方式与原文不一样。其实，汉语中也可以找到类似的表达方式，利用上文的语义"仿佛难以托起"，这里可以用"其实不然"来做应对。"其实不然"是否定句，否定上文的"难以托起"，既然不是"难以托起"，那就是"托起了"——正是原文这里所表达的意思。

15 原文此处再次用了拟人手法：the yellow hull kissed the sea。原译的反应也是积极的："黄色的船体一吻上海面"，只是措辞上还稍显生硬，可改译成"黄色的船体刚刚触吻到海面"，这样既保留了拟人手法，表达也不至显得生硬。

16 原译将 sail 译成"风帆"，是一个比较严重的常识错误：潜艇或潜水器上怎么会有"风帆"？下面是 submersible 的一个图片：

sail 就是中间鼓起来的那个"圆泡泡",但几乎所有的词典都不能提供合适的翻译。此时就需要借助网络了。在搜索引擎中输入关键词"潜艇 sail",即可查到专业的译法。专业术语对此有多种译法,大陆军方称其为"围壳"(中央电视台军事节目中用的就是这个术语),全称是"指挥塔围壳",其他还有"指挥塔""瞭望塔"等,台湾的译名是"帆罩"。原来,sail 是指军用潜水艇上突出的那个部分,潜水器也沿用了这个术语。但汉语跟英语的构词习惯不一样:英语构词的一大特点是赋新意于旧词,而汉语则是赋新意于新词,因此翻译时必须要随机应变,不可死守旧义。

17 原译把 dropped through the single hatch 译成"丢进舱门,一把关上",是误译。dropped 所处的语法环境是 Devon released the steel hook from the big eyelet behind the sail, dropped through the single hatch, and pulled it shut,不难看出,dropped 的主语或施动者是 Devon,这个主语连带了三个动词,dropped 所在小句如果还原成完整句,就是 Devon dropped through the single hatch。可见,dropped 在此不是及物动词,而是不及物动词,如果所做的动作是"(把钩子)丢进舱门",语法上看,dropped 之后必须要有一个宾语,即指代"钩子"的代词 it;而作为不及物动词,Devon 在此所做的动作就不是"(把钩子)丢进舱门"了,而是把她自己"丢进舱门",即"跳进舱门"的意思。这本是一个很简单句子,语法也并不复杂,不过是个并列句而已,但在学生作业中,此类错误大量出现,这反映出翻译认知过程中的一个自我误导的现象,这种现象的产生来自于译者的先入为主。解决这种问题的办法就是要把理解建立在仔细的语法分析上,然后在合理的语法分析的基础之上,展开语义分析;不能把先入为主的预判置于语法分析之上;预判是否正确必须要经过仔细的语法分析来验证和确认。

18 译文"如往常一样,她的耳膜一阵膨胀"所对应的原文是 Her ears popped and, as always (, her nose...),对比之下,应该不难看出"如往常一样"在译文中的语法位置不对,原文是在 and 之后才出现 as always,可见,这个短语所辖的语法范围是后面由 her nose 为主语的分句。此外,"她的耳膜一阵膨胀"也译错了,原文并无"耳膜"的意思,也没有"膨胀"的意思。此误译估计与译者误解 popped 的词义有关,这是个拟声词,如"嘣""砰"等。人在开放的环境下突然被关闭在一个狭小密闭的空间中,耳洞里往往发出嘣嘣之声。原文描写的就是人的这种感觉。但生活经验不是很丰富的学生可能未必有这种经验,因此只好凭着想象去推测。这种一再改变原文词义的解读行为,已经背离了正常的解读路径,应该引起注意。

19 前面的 as always 是修饰这最后一个小句的。

参考译文

　　就在人类远古的祖先逃离海洋的三亿九百万年以后，有两个人又重新回到了海洋，来探寻一个更为久远的谜团。但是他们已经变了形的身体再也不能在海底遨游了。所以，他们将开着一个钛制的"圆泡泡"下海。"圆泡泡"上挂着几个推进器和照明灯，开着几个弦窗和一个舱口。它有个很优雅的名字——欧米茄，几个印刷体字齐刷刷地印在船尾。

　　驾驶员迪文·卢克斯站在舱口内，已做好了启动的准备。她一只手扶着拳头大的螺栓，另一只手挡住从那两百英尺长的"欧若拉号"科考船上射过来的强光。她长着一头红色的短发，绿色的眼睛上描着眼线。她正注视着放下科考潜水器的钢缆。潜水器就像一只金属蜘蛛，朝着南太平洋波光粼粼的蓝色海水缓缓爬去。静候在那里的海水，清澈晶莹，似一泓弱水，仿佛难以托起这数吨重的金属。

　　其实不然。

　　黄色的艇身刚刚触吻到海面，迪文便将钢钩从围壳后面的大穿绳孔里松开，然后跳进唯一的舱口，拉上舱门。她只觉得耳朵里嗡的一声响，刚才充满盐味的清新空气，一下子换成了汗臭味、塑胶味和臭氧味，她的鼻子也像往常一样不由得抽动了几下。（王东风 译）

专题讨论

不要忽视常识的预警

　　文学作品是对现实世界的艺术化模拟，因此是源自于生活，又高于生活。生活的经验对于文学作品的翻译有着举足轻重的作用，丰富的生活经验和对生活的细微观察对于翻译无疑是大有裨益的。所谓翻译家应该是一个杂家，说的其实就是这个道理。在了解了五味杂陈的生活之后，我们才能针对不同生活场景的描写，调动我们的生活知识，来解决语言和文化上的问题。这些来自于生活的知识就是常识。

　　在很多情况下，当我们的语言知识难以解决一些语言和文化的问题时，常识往往可以帮我们解燃眉之急。因此，一个合格的译者，在翻译时，一定会有很强的常识意识：理解过程会调动常识来破解所遇到的问题，表达过程则会调动常识来避免生成有违常识的译文。

　　在本单元中，原译就出现了多个有违常识的语言表达。

　　最典型的是：潜水器或潜艇上居然还有"风帆"。稍有点常识的人也会想到潜艇的模样，那上面哪儿有风帆？也可能有人会说，"潜水器"和"潜艇"不一样，但我们也不是没有见过"潜水器"，这几年电视上的一个热点就是"蛟龙号潜水器",报纸和电视上都放过图片和画面,那上面根本就没有什么"风帆"。即便真没见过"潜水器"的图片和画面,那常识也会告诉我们,"潜水器"是"潜水"用的,"风帆"是用来利用风力的装置,但问题是:水底下没有风,潜水器为何要风帆?按道理说,译者在碰到这种常识的问题时,应该反思自己最初对问题词语(如sail)的理解是否有问题,这样的反思如果诉诸一系列有效的破解行动,问题就有可能被发现和解决。这就是常识预警。无视常识预警,硬着头皮、逆着常识去翻译,结果很有可能译出很雷人的译文。无论如何,明显有违常识的表达方式是不能轻易进入译文的。

另一个明显有违常识的译文是:"缆绳像蜘蛛一样缚着"。这里所引发的常识问题是:缆绳怎么会长得像蜘蛛?如果常识没有对译者发出预警,说明译者的生活阅历太浅,连蜘蛛是什么样都不知道。如果常识确实对译者发出了预警,但译者没有采取进一步的确认行动,那则是很不负责的翻译行为。

第三个有违常识的地方是:"耳膜膨胀"。不知道有几个人会有过这样的感觉。常识提出的疑问是:耳膜会膨胀吗?人能感觉到耳膜的膨胀吗?

当然,有一个事实我们也必须面对,即每个人的知识都是有限的,不可能面面俱到。但在当今的世界,电脑和网络已经十分发达,因此在碰到自己不熟悉的领域时,或自己没有把握的语义定位时,不应该直接把这"没有把握"的解读输送到译文中去,而应该借助网络做仔细探查。如上文提到的那个潜水器上的"sail",一般词典对此根本无解,而如果我们的常识意识很强,绝不会轻易地把"风帆"插到一艘潜水器上。只要在网络上输入"潜艇sail",问题立刻便可以得到解决。这种搜索的逻辑就是:中英文同输,可查得在"潜艇"的主题范畴内涉及sail的翻译。

常识对于翻译的重要性毋庸讳言,因此一个好的文学翻译家,就有必要让自己成为一个杂家,因为有些常识是属于人类全体的,而有的常识却只属于很小的圈子。要做个杂家,就要了解各个小圈子的文化,即亚文化。如本单元一开始的部分就涉及一个小圈子的常识:人类的远祖来自于海洋。了解这个常识,对于涉及这方面的知识的语言表达,理解上就必定会多一份把握,因为这种常识其实就是一种语境参照,可以帮助我们排除歧义。

6 Chromosome 8 节选之二

▶ 原　文

The sub held as rock-steady as if riding the blue rails of light that shot downward, with the only sense of motion coming from the dust-like particles falling up past the ports, the steady progress of the depth gauge, and the color shift of the light. The hull emitted small squeaks and groans as the sea squeezed it, and it was usually these that unnerved even the stoutest of hearts.

But Henry seemed unperturbed, though he occasionally glanced up and several times turned down the brightness of his screen as the sea darkened from pale blue to deep purple.

Finally the sea strangled the last of the light and the chill of the deep crept in. Devon slipped on her battered Patagonia pullover and Henry matched with a brand new model faced with Gore-Tex. She checked their position and descent rate, called the ship to report all well, and stared into the infinite black, a region where the sun had never shone. Tiny glints of cool blue and green and pale purple formed silent constellations, winked out, appeared again. The lights could have been small and close, or huge and distant. Henry was watching them.

▣ 原　译

潜水艇稳稳当当地往下沉，好像驾坐在那向下射的蓝色光束一样，几乎感觉不到有任何的动静，灰尘般的微粒沿着观察窗向上飞去，深度计的数字正稳步上升，光线不时地变换着颜色。海水挤压着潜艇，发出吱嘎吱嘎的响声。通常在这种情况下，即使是最勇敢的人也不禁胆战心惊。

但是亨利却显得泰然自若，尽管他会不时地抬头看几眼，随着海水慢慢从浅蓝变成了深蓝，他几次调低了显示屏的亮度。

终于，大海掐灭了最后一丝光亮，深海的寒气慢慢渗了进来。德文穿上了她那件破旧的巴塔哥尼亚套衫，亨利也穿上了一件戈尔特斯的新款外衣，衣服正面印着戈尔特斯的标志。德文检查了一下他们现在所处的位置和下降的速度，然后给母体船打了个电话，向上面报告一切顺利。她盯着外面无尽的黑暗，这是一个从来没有阳光照射的区域，清冷的蓝光、绿光、和苍紫色的光点闪烁着，像无声的星群在眨着眼睛，时隐时现，或小，或近，或大，或远。亨利也正看着这一切。

原 文

The sub held as rock-steady as if riding the blue rails of light that shot downward, with the only sense of motion coming from the dust-like particles falling up past the ports, the steady progress of the depth gauge, and the color shift of the light. The hull emitted small squeaks and groans as the sea squeezed it, and it was usually these that un-nerved even the stoutest of hearts.

But Henry seemed unperturbed, though he occasionally glanced up and several times turned down the brightness of his screen as the sea darkened from pale blue to deep purple.

Finally the sea strangled the last of the light and the chill of the deep crept in. Devon slipped on her battered Patagonia pullover and Henry matched with a brand new model faced with Gore-Tex. She checked their position and descent rate, called the ship to report all well, and stared into the infinite black, a region where the sun had never shone. Tiny glints of cool blue and green and pale purple formed silent constellations, winked out, appeared again. The lights could have been small and close, or huge and distant. Henry was watching them.

批 改

潜水~~艇~~器就好像是骑在[2]射向下方的蓝色光束一样，稳稳当当地往如磐石般地[1]往下~~沉~~潜，~~好像驾坐在那向下射的蓝色光束一样，几乎感觉不到任何的动静~~所能觉察到的动感仅来自舷窗外像飞尘一样向上掠去的细小颗粒，~~灰尘般的微粒沿着观察窗向上飞去~~[3]，还有深度计~~上稳步攀升的读数~~字正稳步上升，以及光线~~不时地变换着颜~~的色彩变化。艇身在海水挤压~~下着潜艇~~，发出吱嘎吱嘎的~~啊~~呻吟声[4]。通常在这种情况下，~~便~~即使是最勇敢的~~大心~~人，也不~~禁~~免会~~胆战心~~惊慌失措[5]。

但是亨利却显得泰然自若，尽管~~只是偶尔会~~他会不时地抬头看几眼~~，~~。随着海水慢慢从~~浅~~苍蓝[6]变成了深~~蓝~~紫，他几次调低了显示屏的亮度。

终于，大海掐灭了最后一丝光亮，深海的寒气~~慢慢渗~~也开始爬[7]了进来。~~德文~~迪文穿上了她那件破旧的巴塔哥尼亚①套衫，亨利也穿上了一件戈尔特斯的新款外衣，衣服正面印着戈尔特斯②的标志。~~德文~~迪文检查了一下他们现在所处的位置和下降的速度，然后给~~母体船~~母船[8]打了个电话，~~向上面~~报告一切顺利。她盯着外面无尽的黑暗，这是一个从来没有阳光照射的区域~~；~~。细小的光点，有的清冷的蓝光、，有的碧绿光、和，有的苍紫~~色的光点闪烁着~~，[9]像无声的星群在眨着眼睛，时隐时现[10]，。那些光点，或小，或近，或大，或远。~~有的似小若近，有的似大若远~~[11]。亨利也正看着这一切。

---

① 巴塔哥尼亚，美国户外服装品牌。
② 戈尔特斯，世界著名的户外面料制造厂商，户外运动用品的名牌。

★ 点评

1 原译用"稳稳当当地"译 rock-steady，意思上没错，但未译出 rock 的形象性。其实原文这个修辞手段与中文一个成语"稳如磐石"偶合，不妨借来一用。这样，既可以体现原文具有文学性的表达方式，又保留了译文的阅读亲和力。

2 原文此处的动宾搭配是 ride rails of light，修辞色彩十分明显，原译为"驾坐在"，一定程度上体现了这层修辞色彩，但不足的是"驾坐"本身的搭配不是很自然，而且也没有体现动词 ride 的原型（prototype）联想，因为 ride 的语义和文化原型是"骑（马）"，该短语之前的 as if，作为明喻（simile）的修辞标记，更加明确地体现了这种修辞意图。据此，不如将 ride 直接译成"骑"，从而形成"骑着……蓝色光束"的搭配变异，以还原原文的前景化效果。

3 原文此句是描写动感和动感的来源，但译文不恰当地把这两部分的关系给断开了，从而造成了一定程度上的逻辑断裂：前面说几乎没有动静，后面马上展现的就是动态的镜头。原译的问题在于不恰当地把原文肯定式的短语 the only sense of motion 用反译法译成了"几乎否定"的形态："几乎感觉不到有任何动静"，如果此语后面接上"唯一的动感"，尚可以勉强挽回，但原译并没有这么做，而是直接给出了一个动感的画面，两部分的文气或连贯因此而受到明显的影响，原有的自然逻辑关联被掐断了。其实，此句不用反译法这种技术处理，效果会更好，语义表达也会更直接，只要顺着原文的意思译成"所能觉察到的动感仅来自于……"即可，这样与后面的语义和逻辑衔接都很自然。

4 原译"海水挤压着潜艇，发出吱嘎吱嘎的响声"是个病句，因为"发出"这个动作的实际施动者是前句中的宾语，但原译的句式在语法和逻辑上都使得这个宾语无法做出这个动作。从语法上看，"发出"这个动词并不是处在一个兼语式（前一个谓语的宾语同时又作为下一个谓语的主语）的句型中。该句式有两个特征不符合兼语式的条件：其一，主动词"挤压"不是兼语式动词（如使令类等），一般不引导兼语式结构；其二，"发出"之前有停顿，即逗号。因此，从语法上讲，"发出"的施动者就成了"海水"，而从自然逻辑上看，"海水"一般也不可能发出"吱嘎吱嘎的响声"。原文的表达很清楚，发出这一声音的是"潜艇"。尽管中国读者根据常识，可以从这个译文中判断出"发出"的动作是由潜艇施动的，但从语法看，这仍是一个语法病句。英语专业的学生对于汉语语法的连动式和兼语式的区别一般不是特别敏感，在翻译中，时有混淆，应引起重视。此句的修改方式是设法让"潜艇"处于"发出"的施动者所应有位置上，调整成"艇身在海水挤压下，发出吱嘎吱嘎的响声"，这就合理地分配了句中两个动词各自的施动者。此外，原译漏译了 groans，应该不是策略性的略译，而是译者以为这个词的意思已经被"吱嘎吱嘎的响声"概括了。这个词在此是一个较为明显的拟人用法，因此从修辞的角度，是不应该省略的。

5 原文 hearts 在此的修辞属性是借代（synecdoche）——以部分代整体，以"心"代"人"，但原译采用的是还原式处理，将借代还原成所代的主体，即"人"。作为学生，如此处理，可以理解。毕竟，用"最勇敢的心"来表示"最勇敢的人"，译文有一定变异度。但作为文学翻译，像这种积极性修辞的修辞格，如果译过来不影响接受的话，还是尽可能地直译为好。如何判断一个外来的、陌生的修辞格能否被译文读者接受，一个较可靠的判断方式就是看目标语中有没有互文参照，即看目标语的语汇库中有没有类似用法的先例，而在汉语中"勇敢的心"早已不是陌生的外来语了。这个说法在中国家喻户晓无疑是因为那部由著名男演员梅尔·吉布森主演的美国大片《勇敢的心》（*Brave Heart*），最近国内热播的一部抗日电视剧也用了这个剧名。可见，"勇敢的心"用以指"勇敢的人"这一借代用法在中国已经深入人心。既然目标语中有这个互文参照，那么这个借代就是可以直译的。

6 原译用"浅蓝"来译 pale blue，从文体学的角度看，忽略了原文搭配的变异性。"浅蓝"这个搭配在汉语中属于常规搭配，其对应的英语常规表达是 light blue，可见 pale blue 即是 light blue 的变异。原译用常规搭配"浅蓝"译之，原文的文体价值因此而受损——原本是一个具有文学性的表达方式，一旦被常规化，其文学性即被消解。解决的办法应该是选用一个相对于"浅蓝"而有所变异的同义表达方式。从语义学上看，原文除了变异所建构的文体意义没有在译文中体现出来之外，pale 所引发的另一层联想意义也没有体现出来，因为 pale 在英语中常用来表达人脸色的"苍白"，但"浅"字则无法体现这层联想。最后，除了这里有个 pale 之外，下文还有一个 pale purple，而且也是颜色词。该短语被译成了"苍紫色"，而没有被译成"浅紫色"。从功能语法的语篇功能角度看，这两处 pale 构成了词汇衔接的重复性衔接。由于这是一个远程衔接（remote tie）极易被没有经验的译者忽略。原译将下文的这个短语译成了"苍紫色"，从文体学和语义学的角度看，此译比"浅紫色"更接近于原文的文体价值和联想意义，因为在汉语中"苍"既常用来表现人脸色的"苍白"，也具有"浅白"的意思，符合这里的语境意义。但这里译成"苍紫色"，上面译成"浅蓝色"，原文的重复性衔接的结构特征没有体现出来，虽有等值性，但等值度还有提高的空间。据此，不难看出，将 pale blue 译成"苍蓝"，是最佳选择，因为"苍"字既可以与下文"苍紫"中的"苍"构成重复性衔接——再现原文的衔接结构，又可以获得与原文相应的联想意义——在汉语中，"苍"易让人联想到"苍白"，这与原文 pale 的联想意义一致；最后，"苍蓝"和"苍紫"在汉语中均有所用，只是用得不多，因此变异度也与原文相近，文学性明显要优于常规的"浅蓝"和"浅紫"。

7 小句 the chill of the deep crept in 中的 crept 是一个拟物（metaphor）或拟人（personification）的用法，因为这是一个只有动物或人才能做得动作，因此这个词与施动者 chill 的搭配是一种非常规搭配，是一种反常化的运用，但译文对其采取了常规化处理，从而压制了原文的修辞表达，这是不恰当的。

8 原文 the ship 中的定冠词具有回指（anaphora）的语法功能，被这个定冠词所特指的 ship 是上一单元原文中出现过的 research vessel Aurora，此处为了与前文做回指照应，将其译成了"母体船"。从语篇连贯的角度上讲，这么处理是正确的，否则仅仅译成"船"或"那艘船"会让译文读者感到困惑。一般而言，潜水器不是独立作业的，而是从一艘承载它的大船上放入特定水域之中的。有心的译者会从我国著名的"蛟龙号"潜水器的作业方式上得到启发。那艘承载潜水器的大船在英文中就被称作为 mother ship，汉语对应的术语是"母船"。该术语已经约定俗称，因此不应译成"母体船"。

9 原译此句漏译了 tiny（细小的），增加了"闪烁着"。这一漏一增均无必要。

10 原文 winked out 有"熄灭""不再闪亮""终止"的意思，但也不可避免地携带着 wink（眨眼）的联想意义和拟人色彩，原译将该短语一部分译成拟人格"眨着眼睛"，另一部分与后一短语 appeared again 一起，译成"时隐时现"，是比较准确的译法，很有想象力。

11 原译此处的表达很优美，符合汉语的美文习惯，表意上也没什么大的问题，但与原文所述相比，还是略有区别：原文 small and close 和 or huge and distant 是两个结构单元，且 small 与 close 在一个短语单元，huge 和 distant 在另一个短语单元，而原译则是四个相对独立的结构单元："或小，或近，或大，或远"，并没有把原文的搭配特点表达出来。此外，原译似乎忽略了原文动词短语的虚拟语气——could have been，或者是译者觉得不是很好处理，于是没有理会。这个虚拟语气在此表示叙述者的一种不是很确定的感受和感觉。翻译时应该避免用写实的笔法去描述，不妨用"似小若近，似大若远"这样带点虚化的表达方式，如此可更接近原文所描述的海底世界的那种近乎虚幻的美。

参考译文

潜水器就好像是骑在射向下方的蓝色光束上，稳如磐石地往下潜，所能觉察到的动感仅来自舷窗外像飞尘一样向上掠去的细小颗粒，还有深度计上稳步攀升的读数，以及光线的色彩变化。艇身在海水的挤压下，发出吱嘎吱嘎的呻吟声。通常在这种情况下，即便是最勇敢的心，也不免会张皇失措。

但是亨利却显得泰然自若，只是偶尔会抬头看几眼。随着海水慢慢从苍蓝变成了深紫，他几次调低了显示屏的亮度。

终于，大海掐灭了最后一丝光亮，深海的寒气也开始爬了进来。迪文穿上了她那件破旧的巴塔哥尼亚套衫，亨利也穿上了一件新款外衣，衣服正面印着戈尔特斯的标志。迪文检查了一下他们现在所处的位置和下降的速度，然后给母船打了个电话，报告一切正常。她盯着外面无尽的黑暗，这是一个从来没有阳光照射的区域。细小的光点，有的清蓝，有的碧绿，有的苍紫，就像无声的星群在眨着眼睛，时隐时现。那些光点，有的似小若近，有的似大若远。亨利也正注视着这一切。（注释与批改同，略）（王东风 译）

> 专题讨论

文学翻译应该要有很强的修辞意识

文学语言具有形象性和生动性，这是文学与非文学的一个重要区别。虽然报纸上的新闻报道也会有形象而生动的语言表达，但总体上程度不及文学，且主要是为信息功能服务，与文学语言的语言策略有本质的不同。文学之所以具有形象性和生动性，一个重要的原因，是因为文学语言会使用大量的修辞手段，即修辞格。

修辞学的一个重要研究目标就是揭示风格的形成。其研究成果表明，语言风格的建构与修辞格的使用密切相关，因此修辞学根据不同的表达方式总结出了一系列修辞格。这为翻译时准确定位原文的修辞性质，解析修辞编码方式，提供了有益的参考。理想的翻译，自然是以相同的修辞格对应原文的修辞格，这就要求翻译的学习者必须系统而全面地掌握源语和目标语的修辞格，从而能在翻译时准确识别原文的修辞格类型及其编码方式，以便在翻译时给予最优化的再编码处理。

初学翻译的学生在处理修辞现象时，往往没有全局意识，从而将具体的修辞格当作一种个别的现象来处理，因此遇到不好翻译的修辞格时，总是将其作意译处理。如此，局部的信息传递任务似乎是完成了，但原文语篇内在的修辞连贯性就受到了破坏。比如说，本单元原文中有多处拟人修辞格，原译所暴露出来的问题是体现方式不连贯，也就是说，有的体现了，有的没有体现，体现的包括：将the sea *strangled* the last of the light中的strangled译成"掐灭"、silent constellations, *winked out*中的winked译成"眨着眼睛"；没有译出来的有：The hull emitted small squeaks and *groans*中的groans（省略未译，应译"呻吟"）和the chill of the deep *crept* in中的crept（被译成了"渗"，应译"爬"）。这些现象表明，学生已经有了一定的修辞意识，但这意识还不是很强。

在中国修辞学界，最经典的修辞著作当属陈望道先生的《修辞学发凡》，该书既有系统的、形而下的修辞格分类，也有形而上的修辞学探索。凡有志于翻译的学生，应该好好读一下这本书，以培养必要的修辞意识。

① Chromosome 8 节选之三

原 文

She was a rarity among sub pilots, not only in being a woman, but in holding a Ph.D. in oceanography. For most scientists the sub was a simple conveyance, a glorified bus that let them collect samples and get back to the real work of lab analysis. But Devon had realized that she preferred the diving, the seeing of places never before seen by human eyes, to staring through microscopes or plotting graphs, and so she had made a mid-career shift. That change had been for moments just such as this one. Before her lay a place unexposed to light since the ocean basins filled. It was waiting to be explored. And it was her hand on the stick.

She pushed the throttle lever. With an electric hum the yellow hull snaked between two ochre towers and through a dense black cloud which had started as a pool of superheated water in a magma chamber somewhere far below, and which, after leaching minerals from the Earth's crust, erupted from the sea floor in one of many scalding jets. As the hot water suddenly cooled in the deep, the minerals precipitated and painted the depths in vivid color. Such sites had been discovered less than twenty years before and Devon loved them above all others. They were just so strange, so unearthly.

原 译

在潜艇驾驶员中，她算一个异类了，不仅因为她是个女的，还因为她是个海洋学的博士。对于大多数科学家来说，潜艇只是一种运输工具，是一辆很炫的公共汽车，帮助他们收集样本，这样他们才能回到实验室去分析，做真正的研究。但是德文发现自己更喜欢潜水，喜欢探寻人类还没发现的水域，而不是只对着显微镜观察，画画图表什么的，所以她中途对自己的职业道路做了一下修改。改变都是瞬间的事情，这一次也一样。现在展现在她面前的是一片处女地，自从这片海洋形成以来，这里还从来没有人涉足过，它等待着人类的探索发现。而这一切就决定于德文手中的操纵杆。

终于，她推动了压载杆。嗡的一声，潜艇黄色的船身潜入了两座赭色的山石之间，在厚厚的黑色烟雾中穿行。这些烟雾始于地下深处的岩浆房，岩浆房里的高温液体溶解了地壳中的矿物，并从海底许许多多的热液喷口中喷射出来，热液遇到海水骤然降温，溶解在热液中的矿物随之凝固并沉淀下来，给深海描上了各种鲜艳的颜色。这片区域被发现还不到二十年，德文特别喜欢这里，太奇特了，好像不是在尘世一样。

7 Chromosome 8 节选之三

▶ 原文

She was a rarity among sub pilots, not only in being a woman, but in holding a Ph.D. in oceanography. For most scientists the sub was a simple conveyance, a glorified bus that let them collect samples and get back to the real work of lab analysis. But Devon had realized that she preferred the diving, the seeing of places never before seen by human eyes, to staring through microscopes or plotting graphs, and so she had made a mid-career shift. That change had been for moments just such as this one. Before her lay a place unexposed to light since the ocean basins filled. It was waiting to be explored. And it was her hand on the stick.

She pushed the throttle lever. With an electric hum the yellow hull snaked between two ochre towers and through a dense black cloud which had started as a pool of superheated water in a magma chamber somewhere far below, and which, after leaching minerals from the Earth's crust, erupted from the sea floor in one of many scalding jets. As the hot water suddenly cooled in the deep, the minerals precipitated and painted the depths in vivid color. Such sites had been discovered less than twenty years before and Devon loved them above all others. They were just so strange, so unearthly.

✎ 批改

在潜艇水器驾驶员中，她算一个异类了，不仅因为她是个女的性，还因为她是个海洋学的博士。对于大多数科学家来说，潜艇水器只是一种运输工具，是一辆很炫的公共汽车，帮助他们把收集到的样本~~这样他们才能带回来~~，~~这样他们才能回到实验室去分析，做真正的研究~~真正的分析工作是在实验室里做的[1]。但是~~德文~~迪文发现自己更喜欢~~开~~潜水器[2]，喜欢看那些尚未被探寻~~人类还没发现~~的眼睛所看到过的水域地方[3]，而不是只~~对~~盯着显微镜观察[4]、画画图表什么的，所以她中途对自己的职业道路做了一下修改了行[5]。改变都是瞬间的事情，这一次也一样。那次变故也是说变就变，就像此刻海底景观所发生的变化一样。[6] ~~静卧~~现在展现在[7]她面前的这片海底，是一个~~片~~处女地，[8]自从这片海洋盆填充沉积形成[9]以来，这里还从来没有人涉足过，~~还从未见过光亮的地方~~。它正等待着人类的探索发现。而这一切就决定于~~德文~~迪文~~手中的~~放在操纵杆上的那只手[10]。

终于，[11]她推动了一下油门压载杆。嗡的一声随着电子设备发出的一阵轻微的嗡鸣，潜艇黄色的~~艇~~船身~~潜入~~开始在两座赭色的~~塔~~出石之间，~~在厚厚和~~一片浓重的黑色烟雾中~~穿行蜿蜒~~蛇行[12]。~~这些~~片烟雾本是一股超热的水[13]，始于地下深处的岩浆房，岩浆房里的高温液体溶解~~在溶解~~了地壳中的矿物质后，并从海床~~上~~底许许多多的某个热液喷口中喷射出来，~~一~~。像这样的热液喷口，海床上有许许多多。[14] 热液水遇到深海水中[15]骤然降温，溶解在热液中的矿物质随之~~凝固~~并沉淀下来，给深海描上了~~各种鲜艳~~丽的颜色彩。这片区域被发现还不到二十年，~~。~~与其他类似区域相比，~~德文~~迪文特别喜欢这里。这里~~—~~太奇特了，好像不是在尘世一样太超凡脱俗了[16]。

点 评

1 原译用"做真正的研究"来意译 the real work，不恰当地突出了"真正的研究"所表达的对比性含义，似乎这位潜艇驾驶员从事的工作不是"真正的研究"，但原文表达并不是这个意思。在译文的句子结构中，"做真正的研究"是一个动宾结构，除了与前面的动宾结构共享一个主语之外，不再受别的句法单位约束，但 the real work 在原文中并没有同等的独立性，它在句法上还有一个限定结构，即后面的 of lab analysis，因此 work 的语义范围就被限定在 lab analysis 之中了，而译文"做真正的研究"的语义范围就没有这层限定，因此产生误导的可能性就比较大。

2 此处将 the diving 意译成了"潜水"，属严重误译。这暴露出初学翻译者一个典型的认知障碍，即总是用自己现有的且往往是最初的词汇记忆来解读原文，而忘记了英语实际上是一词多义的语言。正确的解读方式应该是根据语境来选择词义，当语境与自己的记忆发生冲突时，不要盲目相信自己的记忆，而应立即查词典，并仔细研究语境，以期找到与语境匹配度最高的释义。这一案例的典型意义在于，diving 的词典释义中只有"潜水"的相关性最高，但从语境上看，该语篇的一个基本图式（schema）是潜水器下深海，而最具语境价值的是这个词前有一个定冠词 the 限定。传统语法认为，名词第一次出现时不用定冠词，只有特指的才用定冠词，那么这个词特指什么呢？功能语法对这个"特指"的"指"做了明确界定：定冠词具有回指功能，即回指上文出现过的同义概念，而上文与 diving 概念相关的只有"驾驶潜水器潜入海底"，这其实也是一种 diving（潜水）。因此，在此语境之中，diving 不是"潜水"的意思，而是"开着潜艇潜入海底"的意思。

3 the seeing of places never before seen by human eyes 被译成了"探寻人类还没发现的地方"。此译表现出原译译者对于文学翻译还存在着一定的认识问题，归结起来就是重内容轻形式。就内容的传达看，此处的翻译倒是很有特色，非常简洁地把原文的意思表达了出来，但原文毕竟是文学语言，形式所具有的文学价值不可忽略。具体说来，此译存在三个问题：第一处是句中由两个 see（分别表述为 seeing 和 seen）构成的重复没有体现出来，而近距离的重复具有较强的修辞效果，不应被忽略；第二处是对 human eyes 的翻译，其中的 eyes 被省略了，虽然该词的意思已经表达出来了，但文学语言的主要功能毕竟不是传递信息，理想的文学翻译应该是既能体现原文的信息功能，又能体现其诗学功能，或称审美功能，如此，eyes 这个具象词就应该译出来；第三处是对 places 的处理，原译再次犯了意译不当的错误。原译把 places 译成了"水域"，这个意译完全没有必要。"水域"在英文的对应的词语是 waters，指一定的水体所占有的区域，并且一定会把水面的意思包含在内，而在原文中，places 是指海底或海床上的区域，这个概念一般不用"水域"来指涉。照字面译成语义范围比较宽泛的"地方"即可。此外，原文下文还有一处

a place，与本句中的 places 构成重复，而且从语义上看，二者是关联的，单数的 a place 其实就是这里复数的 places 语义所指中的一处，从语篇衔接的角度看，二者构成词汇衔接，但原译将 a place 译成"（处女）地"，因此这两处的原本构成重复性词汇衔接的表述就分别成了：海域——地，衔接强度明显不及原文。

4 原译"对着显微镜观察"，意思表达不是很清晰，搭配也显得比较生硬，尤其是与前后句之间的语义关联译得不太好，影响了文气的贯通。

5 原译为"中途对自己的职业道路做了一下修改"，如果说前面原译连续有多处意译不当，那么此处就是一个比较典型的硬译现象，带有明显的学生腔。有经验的文学翻译者一方面会重视原文表达方式的形式特征，另一方面又善于根据原文的所指意义联想到译文语言中具有同等所指意义的不同表达方式。原译"对自己的职业道路做了一下修改"这层意思在汉语中就有一个非常简洁且常见的表达方式"改行"。

6 原译"改变都是瞬间的事情，这一次也一样"问题有二：其一，"改变都是瞬间的事情"一句中，对"改变"一词没有任何限定，意思就变成泛指一切"改变"，而且这一泛指还因为译者增加的"都是"得到了进一步的强化，原文的意思因此而被扭曲，原文对应部分是 that change，名词前有一个特指性同时又是回指性的限定，回指前句的同义词 shift，因此问题出在漏译或不当略译指示代词 that；其二，在该译文的句子语境中，"这一次"的意思很含糊，所指不明。从功能语法的衔接理论来看，*this* 具有指称性（reference）的衔接功能，该词大多数是用作回指或前指（anaphora），偶尔用作下指或后指（cataphora）；在此句中，该词的衔接作用正是下指，即指下面（即下句）发生的事情。指称的运用可以为语篇节省表意空间，但译成汉语时，这些在原文中被节省的语义内容往往无法原样节省，因此需要根据上下文做必要的引申。

7 原文 lay 在此属于拟人修辞格，原译用"展现"译之，未体现这一修辞特征，原文的文学性被意译所扼杀。但这个词若简单地译成"躺在"，语言表达上会比较生硬。翻译时我们经常会碰到这种词穷语竭的情况，此时我们要积极调动脑海中同义词库，或者查同义词词典，往往可以找到同义且能为语境所容的表达方式。改译用了"静卧"一词，相关意群改为"静卧在她面前的这片海底"，如此，既体现了拟人的修辞色彩，又使语言表达流畅而富有文采。

8 a place unexposed to light 被意译成了"处女地"，这又是一处不当的意译。首先我们要知道汉语中的"处女地"是什么意思。汉语词典对"处女地"的释义是"未开垦的土地"，显然此解不符合原文的语境。而且，"处女地"貌似译出了原文人迹未至的意思，但实际却掩盖了原文 unexposed to light 的含义，从而无法准确地体现海底深处暗无天日的情境。理想的翻译应该还原原文具体而生动的说法。

9 "这片海洋形成以来"属于明显的误译,翻译方法是意译,但却因为译者忽略了或者不理解 ocean basin filled 的专业词义而误取了原意。译者在此显然是遭遇了专业知识不足的困惑。原文 the ocean basins filled 与海洋地质学有关:ocean basins 意为"海盆",basin fill,意为"盆地填充沉积",因此 ocean basin filleds 可译为"海盆填充沉积形成"。

10 原文 it was her hand on the stick 是一个强调句,被强调点是 her hand,但译文的语义重心却落在"操纵杆"上,错位明显。

11 "终于"这个词是译者采用增词法加进译文语篇的,意在建构一个连接性的衔接纽带,以加强两个段落之间的联系。但这个词本身所携带的语义却产生了原文本来没有的信息,因为这个词预设了一个持续性的时间概念,因此增加这个词的同时,实际上也就增加了前后两个动作之间的时间长度,仿佛是过了一段时间之后才开始了下一个动作。但原文并没有这个时间副词,因此不排除小说人物此时有一种迫不及待的心理。译文没有必要增加这个词。

12 原译"嗡的一声"漏译了 electronic。此外,原文将名词 snake(蛇)用作动词,采用拟物法,极其生动地刻画了潜水器行进的方式,但原译则将该词意译成了"潜入",不仅丢失了"蛇"的意象,也丢失了这个词所蕴含的曲折前行的信息内容,可见意译不当不仅会损害原文的诗学功能和文学性,还会影响原文信息内容的传递。

13 原译这部分给读者带来最大的困扰是:海底怎么会冒浓烟?原译是"潜艇……在厚厚的黑色烟雾中穿行。这些烟雾始于地下深处的岩浆房,岩浆房里的高温液体溶解了地壳中的矿物,并从海底许许多多的热液喷口中喷射出来",但实际情况并非如此。原文只是将海底黑色的高温喷液比喻成了黑烟,但原译没有及时而清晰地把这黑烟的实际情况交代清楚。其实,只要顺着原文的叙事顺序层层翻译,而不急于用合句法去意译,就可以一步步把原文的意思体现出来。在前面译成"……黑色烟雾中穿行"之后,接下来根据原文的句子结构,应该首先处理 cloud which...as a pool of superheated water,然后再顺势交代其他内容,这样译文就不至于那么令人费解了。

14 erupted from the sea floor in one of many scalding jets 被译成"从海底许许多多的热液喷口中喷射出来",显然是误译,或者说是漏译,漏译了 one of。但若译成"从海底许多热液喷口中的一个喷射出来",语句显然比较拗口。改译采用了分译法,亦称分句法,将句中可以分出去翻译的部分单独翻译。

15 原译"热液遇到海水骤然降温"没将原文的 in the deep 的意思译出来。

16 原译将 so strange, so unearthly 译成"太奇特了,好像不是在尘世一样",只是译出了此语在此的意思,但并没有译出主人公在这个特别的语境之中那种对美的惊叹,也就是此处形容词的情感意义。译者应该身临其境地想一想在这样的情境之中,什么样的表达方式最能体现小说人物此刻所看到的美景和心中油然升起的感叹之情。原译显然没有译出这种情感意义，一个明显表征是，原文的两个 so，没有引起译者重视。

参考译文

在潜水器驾驶员中，她算一个另类了，不仅因为她是女性，还因为她是海洋学博士。对于大多数科学家来说，潜水器只是一种运输工具，是一辆很炫的公交车，帮助他们把收集到的样本带回来，真正的分析工作是在实验室里做的。但是迪文发现自己更喜欢开潜水器，喜欢看那些尚未被人类的眼睛所看到过的地方，而不是只盯着显微镜，画画图表什么的，所以她中途改了行。那次变故也是说变就变，就像此刻海底景观所发生的变化一样。静卧在她面前的这片海底，是一个自从这片海盆填充沉积形成以来还从未见过光亮的地方。它正等待着人类的探索发现。而这一切就取决于迪文放在操纵杆上的那只手上。

她推了一下油门杆。随着电子设备发出一阵轻微的嗡鸣，黄色的艇身开始在两座赭色的塔石之间和一片浓重的黑色烟雾之中蜿蜒蛇行。这片烟雾本是一股超热的水，始于地下深处的岩浆房，在溶解了地壳中的矿物质后，从海床上的某个热液喷口中喷射出来。像这样的热液喷口，海床上有许许多多。热水在深海中骤然降温，溶解在热液中的矿物质随即沉淀下来，给深海描上了艳丽的色彩。这片区域被发现还不到二十年。与其他类似的区域相比，迪文特别喜欢这里。这里太奇特了，太超凡脱俗了。（王东风 译）

专题讨论

意译的尺度

本单元原译中最突出的翻译失误是意译的尺度把握不够稳妥。一般人理解的"意译"中的"意"在语言学上称之为"所指"（signified）。由于英语是一词多义为主的语言，因此词语在不同的语境中的"所指"往往不同。在翻译这种跨语跨文化的交际中，不同语境中特定的"所指"在另外一种语言文化中可能会有字面意义与原文不同的表达方式，即同意不同形的表达方式，如在口语或俚语文体语境中表示"死"这个所指，英语可以说kick the bucket（蹬桶），汉语可以说"翘辫子"。归化式意译为了追求语言的地道性，经常用这种平行对应的归化方法。但这种译法的弊端也显而易见，因为不同的表达方式之中往往积淀着不同的文化元素和语义联想，我们在实现"所指"貌似的同时，可能会使译文在译入语的文化语境中，产生不同的文化和语义联想。假如我们在翻译西方的作品时，用了"翘辫子"这个表达方式，其实就悄然地把中国清朝时期男人都留辫子的文化联想植入了来自西方的文本，从而破坏了文本内在文化的统一性。除了词语形式之中所蕴含的文化性之外，词语本身的语义联想也往往与形式有关，如把a place unexposed to light译成"处女地"，除了有原文所没有的"处女"的文化联想之外，语义联想也与原文所要表达的意思不同。本单元原译的意译不当之处多与语义有关，16处点评之中，就有8处涉及意译不当的讨论。具体就不再赘述了。

意译不当是一种翻译失误，这并不是说在翻译中就不能用意译。意译是翻译的最基本的手段之一。虽然一般而言，最准确的翻译一定是直译，但由于语言和文化的差异，在很多情况下会碰到直译不能达意或无法获得流畅表达的问题，因此意译作为一种辅助手段，对翻译来说是必不可少的。本单元原译之中有多处意译是很不错的，如把rarity译成"异类"、把glorified译成"很炫的"、把vivid译成"鲜艳的"等。

总之，意译是必要的，但要注意把握尺度，尽量不要让意译产生原文所没有或不应该有的文化或语义联想。

Chromosome 8 节选之四

▶ 原 文

She flipped a row of switches to power up the sub and touched the button for the thallium iodide floodlamps. Three artificial suns exploded.

Henry gasped. At the bottom of the sea lay the offspring of a fairy-tale castle and a polluting underwater factory. Tapered spires of orange and black shot clouds of smoke that glowed with red and yellow flecks. Piles of jagged rocks lay in broken heaps like shattered battlements. Razor-edged ridges and knife-slashed canyons scarred the floor, smeared ochre and yellow and black. Blown stone swelled into bells and arches and tubes.

The creatures were even stranger. Albino crabs scuttled and fought while blind shrimp wandered the valleys and gathered in rings around vents. Strange pale fish, some eyeless, hunkered on the periphery. Groves of six-foot tube worms waved like wind-blown wheat. Mussels and red-blooded clams clung to scorched rocks above the jellied mats of bacteria that carpeted the sea floor.

✎ 原 译

她拨开了一排开关，启动潜艇，打开碘化铊泛光灯，三个人造太阳亮了起来。

亨利倒抽了一口冷气。展现在他眼前的海底，是一座童话故事里的城堡，和一个排污的水下工厂。或橙或黑的火山锥不断地喷出烟雾来，烟雾中还带有红红黄黄的光斑。凸凹不平的岩石乱七八糟地堆在一块，就像散乱的碉堡城垛一样。山脊像剃刀一样锋利，峡谷像是被刀划开的口子，在海底留下了五颜六色的伤疤，有赭的、黄的，还有黑的。风化石胀鼓鼓的，有的像铃铛，有的像弯弓，还有的像圆管。

海底的生物就更加奇形怪状了。白化蟹在快速地游动搏斗，盲虾在山谷间摸索游荡，时而聚集在一些热液喷口的周围。还有些奇奇怪怪的鱼，皮肤苍白，有些连眼睛也没有，呆呆地匍匐在一边。六英尺长的管虫，一丛一丛的，在海底摇摆得像风中的麦子。各种贻贝和精力充沛的蛤蜊吸附在烧焦的岩石上，岩石下面，一层层粘糊糊的细菌，像地毯般铺满了整个海底。

原文

She flipped a row of switches to power up the sub and touched the button for the thallium iodide floodlamps. Three artificial suns exploded.

Henry gasped. At the bottom of the sea lay the offspring of a fairy-tale castle and a polluting underwater factory. Tapered spires of orange and black shot clouds of smoke that glowed with red and yellow flecks. Piles of jagged rocks lay in broken heaps like shattered battlements. Razor-edged ridges and knife-slashed canyons scarred the floor, smeared ochre and yellow and black. Blown stone swelled into bells and arches and tubes.

The creatures were even stranger. Albino crabs scuttled and fought while blind shrimp wandered the valleys and gathered in rings around vents. Strange pale fish, some eyeless, hunkered on the periphery. Groves of six-foot tube worms waved like wind-blown wheat. Mussels and red-blooded clams clung to scorched rocks above the jellied mats of bacteria that carpeted the sea floor.

批改

她拨开了一排开关，启动潜艇水器，打开点了一下碘化铊泛光灯按钮，三个人造太阳轰然亮了起来[1]。

亨利倒抽了一口冷气[2]。展现在他眼前的，横陈海底，是的[3]，活脱脱是[4]一座童话故事里的城堡，和一个正在排污的水下工厂。或橙或黑相间[5]的火山尖锥[6]不断地喷出烟雾[7]来，烟雾中还带有红红黄黄的光斑。凸凹不平的岩嶙峋的怪石乱七八糟横七竖八地堆在一块，就像散乱被摧毁的碉堡城垛一样[8]。山脊宛如锋利的像剃刀一样锋利[9]，峡谷像是被刀划开的口子，在海底留下了五颜六色的伤疤，有赭色的，黄色的，还有黑色的[10]。高高隆起的风化石水蚀石[11]胀鼓鼓的[12]，有的像铃铛大钟，有的像弯弓拱顶[13]，还有的像圆管。

这里海底的生物就更加奇形怪状了。白化蟹们在快速地游动搏斗且战且走[14]，盲虾们有的在山谷间里摸索游来荡去，时而有的围聚集[15]在一些热液喷口的周围。还有些奇奇怪怪的鱼长得也很奇怪，皮肤苍白白的[16]，有些连眼睛也没有，一动不动地待呆地匍匐[17]在一边旁。这儿的管虫足有六英尺长的管虫[18]，一丛一丛的，就像随风摇曳的在海底摇摆得像风中的麦子[19]。各种贻贝和精力充沛满腔红血的蛤蜊血蚶[20]吸附在烧焦的岩礁石上，岩礁石下面，是一层层粘糊糊胶状的细菌，像地毯般铺满了整个海底。

点评

[1] 原文用 exploded（爆炸）来体现灯光的开启，在英语中属于 metaphor 的用法，但汉语修辞称其为"拟物"，即把灯光比作为另外一种"物"——炸药。原译"亮了起来"未体现出这种"爆炸"似的效果，但此处若直译成"爆炸"，中国读者也无法体会原文的表达效果，会让人误解为"灯爆了"。原译估计因此而采用了意译的方法，但不足的是没有意译出"爆炸"所具有的那种瞬间爆发的效果。

2 原译将 gasped 译成"倒抽了一口凉气",是一个可以接受的意译。这显然是译者在语境的引导下做出的选择,因为若按词典释义将其译成"深深地吸了一口气",似乎太平淡了,与语境所烘托出的惊愕感不是很贴切。译文无疑具有很强的归化意义,因为这种说法并非英语所有,但由于译文的语境贴合性比较好,且文化特有性较弱,故可以接受。

3 原文 lay 在此为拟人手法,原译用"展现"译之,未将这一修辞手段及文学性反映出来。改译所用"横陈",取自"玉体横陈"的成语。原文此处语境系绝美的海底美景,故用此词既能体现原文的拟人手段,又能给人以含蓄的美的联想,而译文的文学性也因此而得到强化。

4 原文此处对应词是 offspring,在该句中是一个具有隐喻性的修辞手段,但直译成"子孙""后代"显然无法达到译文语言的最低接受度,因此只能考虑采用意译来处理。原译的处理很失败,直接省略了这个隐喻,因此相关的本体和喻体之间的比喻关系就变成了直接的指涉关系了,也就是说,本来原文的表达是:A 就(像)是 B;译文则成了:A 就是 B。如此,译文会让人误以为这里描述的是一个被海水淹没的城堡,这就成了误译了。原文的意思应该不难明白:看上去就像是童话城堡的子孙——其实就是说很像的意思。译文应该以某种方式让读者看出这里是比喻。改译用"活脱脱"化解了 offspring 造成的直译困难,实际上是把原文的隐喻改译成了明喻,因为"活脱脱"的实际功能就是个比喻词。

5 原译用"或橙或黑"译 orange and black 并不是很贴切,给人的感觉是要么是橙色的,要么是黑色的,但实际情况并非如此泾渭分明。此外,"或橙"这个搭配也比较拗口。不如改成"橙黑相间"。

6 原译用"火山锥"来译 tapered spires 貌似比较准确,其实不然。首先"火山锥"这个专业术语在英文中有专门的说法,即 volcanic cone,从文体上讲,原文既然用的不是专业术语,那么翻译的时候也不应该用,否则文体意义不等值;其次,"火山锥"一般体积都很巨大,起码是"山"的规模,但在原文的语境中,spires 显然没有"山"那么高,否则一个小小潜水器的灯如何在海底能看到它的全貌?因此,翻译时最好还是避免用"火山锥"这一术语,照字面译成"尖锥"即可。

7 这里所说的"烟雾"是一种隐喻的说法,指的是海底热液喷口喷出来的热液,详见上一单元的译文和第 13 条点评。

8 原译将 piles of jagged rocks lay in broken heaps like shattered battlements 译成"凸凹不平的岩石乱七八糟地堆在一块,就像散乱的碉堡城垛一样",其中"凸凹不平""乱七八糟"和"散乱"用词不够准确和贴切。

⑨ 原译"山脊像剃刀一样锋利",孤立地看完全没有问题,但与前后句("**就像**散乱的碉堡城垛一样。山脊像剃刀一样锋利,峡谷**像**是被刀划开的口子")联系起来看,效果就不是很好了,问题主要出在:"就像……一样。……像……一样……像"的结构显得很凌乱,缺乏整体设计感。

⑩ 原译"有赭的,黄的,还有黑的",读起来效果不是很好,原因是汉语习惯很少用"赭的",多用"赭色的",但如果这里加了个"色",接下来并列的另外两个颜色词也要加上"色",以求结构和节奏的平衡。

⑪ blown stone 的意思词典上查不到。遇此情况,可求助于网络。在百度网上输入该词(2015-05-01 搜索),获得以下条目:

Exterior Wall Coatings, Masonry Coatings and House Painting, ...

Repairs for Blown Brick or Blown Stone Repairs and Protection for Brick and Stone The major causes of blown brick or blown stone is the incorrect use ...
www.avantcoatings.co.uk/

从中可以看到 blown stone,从条目的图片和说明上可以初步判断该词的意思是"风化石",因为墙体风化才需要修理(repairs)。点击进去可见以下内容:

Repairs for Blown Brick or Blown Stone

The major causes of blown brick or blown stone is the incorrect use of cement materials when re-pointing such buildings. We offer a brick matching and stone matching service to restore your property's original appearance. Alternative methods such as brick cladding or stone cladding can be used to restore the walls appearance. In some circumstances, specialist stone render can be used to rebuild stone faces where an exact matched stone cannot be found.

图中照片所示显然是风化的墙壁,配合说明文字可以清楚地判断出 blown stone 就是"风化石"的意思。此案例对于翻译的启示是:凡遇词典查不到的词时,可以通过网络来搜索;网络搜索此类疑难词的方式有多种,这里所展示的只是其中一种。然而,将该词译成"风化石"是否合适还有一点存疑：海底下没有空气、没有风，何以"风化"？何来 blown 所需的"吹力"？想必作者自己也没有仔细掂量这个词的准确性。在水里被侵蚀的石头一般叫"水蚀石"，英文是 waterworn stone。为了不使译文字面出现明显不合常理的语言表达，改译还是将 blown stone 译作"水蚀石"，权当是个意译。

⑫ 原译将 swelled 译成"胀鼓鼓的"，用词不够准确和贴切。根据相关词语 bells and arches and tubes 在此语境的意义，swelled 一词在此选取"高高隆起"之意。

⑬ 原译将 bells 和 arches 分别译成了"铃铛"和"弯弓"，不够准确和贴切，给人的联想都太小了，没有配合好动词 swelled 所突出的"高高隆起"之意，语境的相容性不是很好。

⑭ 原文 scuttled and fought 被译成"在快速地游动搏斗"，其中"游动搏斗"的搭配显得比较生硬，而且没有体现出原文用 and 对两个动作的连接。改译成"且战且走"，是要用"且……且……"结构来体现原文对两个动作之间的关系。

⑮ 原文 blind shrimp wandered the valleys and gathered in rings around vents 中有两个并列的谓语动词：wandered 和 gathered。这两个动词从类型上看，前一个是动态动词，后一个是静态动词，而所依附的主语则只有一个，即 blind shrimp。shrimp 可以单复数同体，在此用作复数。同一个主体不能同时完成一静一动两个动作，所以有两种可能：一是"时而……时而……"型；一是"有的……有的……"型。考虑到文中还有 in rings（一圈一圈地围着），因此这个主体不是一个单一的形态，而是有多个群体，因此不宜采用"时而……时而……"的句型。原译"盲虾在山谷间摸索游荡，时而聚集在一些热液喷口的周围"采用的就是这种译法，因此译文显得不太流畅。现代汉语中"时而"多叠用，只用一个，会给人话没说完的感觉。此外，"摸索游荡"的搭配也比较生硬，原文只是 wandered（游荡），可见"摸索"是译者根据 blind shrimp 中的 blind 推导出来的，但既然前面已经译出了 blind，这里再作"摸索"的引申就没有必要了。

⑯ 原译"……鱼，皮肤苍白"，显得比较拗口。鱼的典型形态是有鱼鳞，指其为皮肤，有点别扭，毕竟原文没有用 skin（皮肤）这个词。

⑰ 原文 hunkered（蹲伏）是个静态动词，但译文"匍匐"则是个既有动态语义又有静态语义的词，估计是原译译者误以为"匍匐"只是"趴在那里不动"，忽略了它还有"爬行"的意思，而且这个意思更常用，因此用"匍匐"来译 hunkered 并不准确。

⑱ 原译"六英尺长的管虫"，并没有译错，但考虑到这段的主题之一是突出一个"奇"字，因此这个译文就显得平淡了，没有突出"六英尺长"的奇特性。

⑲ 原译"在海底摇摆得像风中的麦子"把本来很生动的一个意象表达得过于平淡无奇。

⑳ 原文 red-blooded clams 被译成"精力充沛的蛤蜊"显得很拗口，不符合人们对"蛤蜊"的

认知。"蛤蜊"只是贝类的一种，与"精力充沛"似乎扯不上关系。其实这里指的是一种充满血红色液体的蛤蜊，故称 red-blooded，在广东地区是一种很常见海鲜，叫"血蚶"。

参考译文

她拨开了一排开关，启动潜水器，点了一下碘化铊泛光灯按钮，三个人造太阳轰然亮起。

亨利倒抽了一口冷气。在他眼前，横陈海底的，活脱脱是一座童话故事里的城堡和一个正在排污的水下工厂。橙黑相间的尖锥不断地喷出烟雾，烟雾中还带有红红黄黄的光斑。嶙峋的怪石横七竖八地堆在一块，就像被摧毁的碉堡城垛一样。山脊宛如锋利的剃刀，峡谷就像是被刀划开的口子，在海底留下了五颜六色的伤疤，有赭色的，黄色的，还有黑色的。高高隆起的水蚀石，有的像大钟，有的像拱顶，有的像圆管。

这里的生物就更加奇特了。白化蟹们在且战且走，盲虾们有的在峡谷里游来荡去，有的围聚在一些热液喷口的周围。鱼长得也很奇怪，白白的，有些连眼睛也没有，一动不动地待在一旁。这儿的管虫足有六英尺长，一丛一丛的，就像随风摇曳的麦子。各种贻贝和满腔红血的血蚶吸附在烧焦的礁石上，礁石下面是一层层胶状的细菌，像地毯般铺满了整个海底。（王东风 译）

专题讨论

翻译用词的准确性

无论是写作，还是翻译，用词都要讲求准确。准确地用词可以达意，可以传情。古人说："下字之法，贵乎响，言其有声；贵乎丽，言其有彩；贵乎切，一字可追魂摄魄；……"。翻译，如同写作——命题写作，或者说是，命意写作，因此遣词造句，必得像写作一样，追求用词的准确性，切忌被原文的表层形式牵着鼻子走，译出脱离母语基本语感的语句来。由于翻译是一种命意写作，因此对用词准确性的要求又比写作更为苛刻，因为写作要求的用词准确，主要是指用词能够准确地切合语境；而翻译除了这一点之外，还要求所用词语能够准确地体现原文对应词语的意义。可见，翻译对于用词的准确性，有着语内和语际两方面的要求。

这里所说的"语内"是指译文文本的语篇语境（text linguistics）；而所谓"语际"则是针对原文而言，即译文文本与原文文本之间的语际关系。

就语内而言，译者选用的词语首先要能够满足句法上的搭配要求，以实现词语语境的可接受性。在语义学中，词与词的合理搭配本身就是一种意义，叫"搭配意义"，而搭配意义又与搭配习惯密切相关。有的搭配是习惯性的搭配；有的是非习惯性的搭配，但能够被接受；而有的非习惯性搭配就难以让人接受。翻译中,译者想要掌握好这个度,既要看原文的搭配是常规搭配还是变异搭配,又要看译文词语的搭配在译入语中是否与原文搭配的语义联想一致或接近。比如该单元原译中的"或橙或黑",看上去或读起来均比较拗口。原因是"橙"这个字在汉语中极少单独使用来表示颜色,且"或橙"这种搭配也同样罕见,相比较原文orange and black,原文用词是常规的、常见的,而译文用词则是罕见的,二者文体意义(stylistic meaning)就不对应。同类情况还有"赭的",汉语的搭配习惯是"赭色的"。此外,原译中的"散乱的碉堡城垛",其定语的选择就不够准确,译文让人费解。"碉堡城垛"因为受"散乱的"的限定而被隐喻成了一个可以"散开"的东西,读者会觉得费解,其原因是"碉堡城垛"的原型(stereotype)并不是一个可以"散开"的东西,因此此处隐喻不贴切。原译中另一个用词有欠准确的地方是"风化石胀鼓鼓的",这个主谓结构的搭配让人难以接受的原因是,"胀鼓鼓的"一词实际上是把"风化石"比拟成了一个可以充气的东西,这同样也不符合人们对风化石的认知。以上这几个例子都属于搭配不合理的现象。还有一种用词不准确的现象是搭配不合法,主要是指搭配违反语法,这种情况原译中基本上没有。

译文的语篇语境由译文语言的词语建构而成,因此西方翻译学界一直有一个说法,即翻译就是一个再语境化(recontextualization)的过程。中国学者也早就注意到这个现象,钱钟书认为:"文学翻译的最高理想可以说是'化'。把作品从一国文字转变成另一国文字,既能不因语文习惯的差异而露出生硬牵强的痕迹,又能完全保存原作的风味,那就算得入于'化境'。"把"化境"译成英文,最准确的译法应该就是recontextualization了。

在钱钟书看来,"化境"的一个最鲜明的特征就是"不因语文习惯的差异而露出生硬牵强的痕迹,又能完全保存原作的风味"。要做到这一点,首先就要对语境有一个正确的认识:语境是一个整体,这个整体是由局部建构起来的,所有的局部都是整体的有机组成部分。这种语境建构在创作时很容易实现整体性,但在翻译时,整体性却因为语言和文化差异的挑战,经常在语际转换过程中遭到破坏,致使语内的语篇语境未能实现应有的整体性效果,即出现钱钟书所说的"生硬牵强"的现象。这种现象在本单元的原译也时有所见,如"铃铛、弯弓"这两个词与所处语境的配合显得比较牵强,这两个词的原型都难以给人形体很大的联想,与原文语境所展现的那种壮观的气势不相协调;另一处显得更加牵强的地方是"精力充沛的蛤蜊"。

钱钟书所说的另一种情况,即"保存原作的风味",本单元原译也多有体现不到位的现象,如"三个人造太阳亮了起来",这一句单独看上去没有任何问题,但一比照原文即可看出原文的动词是exploded,原译未体现出这个词拟物的"风味"。类似的情况还出现在"展现在他眼前的海底,是一座童话故事里的城堡"这句之中:译文未把原文具有拟人"风味"的lay译出来。"盲虾在山谷间摸索游荡"和"还有些奇奇怪怪的鱼,皮肤苍白"这两句译文,表达都有点别扭。对照原文可发现原来译者是画蛇添足了:这两句的别扭之处"摸索"和"皮肤"皆是译者添加进去的。

其实,这些语内语境建构过程中的种种不协调或"生硬牵强",从译文本身看,似乎是译者的遣词造句不够谨慎周全而造成的。但对照原文,不难发现其实都是语际转换过程中翻译不准确造成的。换句话说,就是因为对相关词语的语境意义理解和表达不准确造成的。

译者在翻译过程中都会尽全力实现理解和表达的准确,译文不准确并不能说明译者在翻译时不追求准确。但我们也必须承认,译者的任何选择,对其本人来说,都是其努力的结果,因此译者本人以为都是准确的。但有经验的译者,往往会把译好的译文放一段时间再拿出来看一下。为什么呢?这是因为经过一段时间之后,译者多少已经淡忘了当初的心理语境,尤其是原文具体的用词用语,因而能够把译文当作一个独立的文本来看。再读译文时他往往就能看出当初因为语言和文化差异的干扰而用词不够准确的地方,而那些别扭甚至是雷人的译文,其实对译者来说都是一个个亟待修改的标记,它们实际上是在对译者说,不是原文别扭或雷人,很可能是译者的理解出了问题。其实,这是换一个角度来搜寻译文不够准确的地方。此时,再对照原文看一看,想一想,在语境整体性的制约下,重新思考,而且往往是要推翻原来的译法,寻找更为贴切的语言匹配方式,以修复被破坏的语境整体性,真正达到钱钟书所说的"化境"之境界。

9 Jamaica Inn 节选之一

▶ 原 文

The wheels of the coach creaked and groaned as they sank into the ruts on the road, and sometimes they flung up the soft spattered mud against the windows, where it mingled with the constant driving rain, and whatever view there might have been of the countryside was hopelessly obscured.

The few passengers huddled together for warmth, exclaiming in unison when the coach sank into a heavier rut than usual, and one old fellow, who had kept up a constant complaint ever since he had joined the coach at Truro, rose from his seat in a fury; and, fumbling with the window-sash, let the window down with a crash, bringing a shower of rain in upon himself and his fellow-passengers. He thrust his head out and shouted up to the driver, cursing him in a high petulant voice for a rogue and a murderer; that they would all be dead before they reached Bodmin if he persisted in driving at breakneck speed; they had no breath left in their bodies as it was, and he for one would never travel by coach again.

Whether the driver heard him or not was uncertain; it seemed more likely that the stream of reproaches was carried away in the wind, …

✎ 原 译

车厢的轮子陷入路上的车辙后发出了嘎吱嘎吱的响声，偶尔车轮会把和雨水混合在一起的泥浆甩到玻璃上。乡村的任何风景都被玻璃上的泥浆无情地遮盖住了。

一些乘客挤在一起取暖，当马车陷入一条比往常更深的车辙时，这些人一致地惊叫起来。有个老头从特鲁罗上车之后就一直没停止抱怨。他狂怒地从座位上站起，摸索着窗扇，伴着一声巨响把窗户拉下了，使得一阵雨淋在了他和其他一起乘车的人身上。老头猛地把头伸出去，朝着车夫大喊，用一种极度暴躁的声音咒骂他是个流氓和杀人犯；如果他仍然坚持用这么危险的速度行驶的话，在到达博德明之前他们都会死掉；他们都已经快被颠得没有呼吸了，并且他自己再也不会坐马车旅行了。

车夫是否听到了老头的责备是不确定的。似乎这一连串的责备都已经随风飘逝了。

原文

The wheels of the coach creaked and groaned as they sank into the ruts on the road, and sometimes they flung up the soft spattered mud against the windows, where it mingled with the constant driving rain, and whatever view there might have been of the countryside was hopelessly obscured.

The few passengers huddled together for warmth, exclaiming in unison when the coach sank into a heavier rut than usual, and one old fellow, who had kept up a constant complaint ever since he had joined the coach at Truro, rose from his seat in a fury; and, fumbling with the window-sash, let the window down with a crash, bringing a shower of rain in upon himself and his fellow-passengers. He thrust his head out and shouted up to the driver, cursing him in a high petulant voice for a rogue and a murderer; that they would all be dead before they reached Bodmin if he persisted in driving at breakneck speed; they had no breath left in their bodies as it was, and he for one would never travel by coach again.

Whether the driver heard him or not was uncertain; it seemed more likely that the stream of reproaches was carried away in the wind, …

批 改

车厢的轮子[1]陷入路上的车辙后时[2]发出了嘎吱嘎吱的呻吟[3]声，偶尔车轮[4]会把和雨水混合在一起的泥浆甩到玻璃车窗[5]上一，与没完没了的疾雨混在一起，[6]窗外乡村的任何风景都被玻璃上的泥浆无情地遮盖住了，什么也看不到[7]。

一些几个[8]乘客挤在一起取暖，这时当马车突然重重地陷入一条比往常更深的车辙[9]时，这些人大家不约而同地发出了一阵一致地惊叫起来[10]。有个老头从特鲁罗上车之后就一直没停止在抱怨。他狂怒地从座位上站起，摸索着到推拉窗的窗扇，伴着啪的一声巨响把窗户拉下子[11]，使得一阵雨打了进来，淋在了他和其他一起乘客的人[12]身上。老头猛地把头伸出去，朝着车夫大喊，用一种极度暴躁的声音地[13]咒骂他是个流氓和混蛋、[14]杀人犯；按这要命的速度，如果他仍然坚持用这么危险的速度行驶的话，在到达等到博德明，车上的人之前他们都会要死光了掉[15]；他们都已经快被颠得气都喘不过来没有呼吸了[16]，并且反正他自己这辈子是再也不会坐马车出门旅行了[17]。

车夫是否听到了老头的这番咒骂，责备是不确定的得而知[18]。似乎这一连串的通责备骂都已经随被风飘逝吹走[19]了。

点 评

[1] "车厢的轮子"，不如简化为"车轮"，不仅更简洁，而且表意更准确。

[2] 原文在此表示时间的关系连词是 as，其时间逻辑是主句的谓语动词和从句的谓语动词是共时的，而不是先后的，原译用"后"来译，就改变了这个时间关系，而这个时间关系

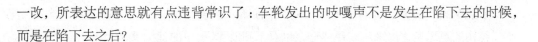

一改，所表达的意思就有点违背常识了：车轮发出的吱嘎声不是发生在陷下去的时候，而是在陷下去之后？

3. 原文这里用了两个动词 creaked 和 groaned，前一个是拟声，后一个是拟人，但原译只译了前一个，即"嘎吱嘎吱"，后一个应该不是漏译，而是故意的略译，因为译者可能觉得，只译前一个就可以把意思表达出来了。从信息传递的角度看，第二个动词确实是多余，但这个文本毕竟不是信息类文本，因此对这个所谓"多余"的信息采取略译的方法，就体现出了译者对文学语言的一种误解。文学语言的一个典型特征就是制造语境效果，从而让读者能有身临其境之感。因此，无论是从诗学的角度、修辞学的角度，还是文体学的角度，这个 groaned 的主要功能并不是传达信息，而是营造审美效果；翻译时只要有可能，就不应该略译。最佳的体现方式，毫无疑问，是在不妨碍读者接受的前提下，采用以拟人对拟人的手段将其译出。

4. 这里的"轮子"可以删掉，因为从结构上看，将其删掉，后面的动词"会把"就会与前面句子的动词形成连动式，因此共享了第一句的主语"轮子"。而且，连动式的形成，会使这连续的几个动作显得更加流畅，语言也会因此而简练一些。

5. 译文"玻璃"，若回译的话，是 glass，但原文用的并不是这个词，而是 windows。其实这里用"车窗"译之，并不会造成译文的不畅，既然如此，不如还是用"车窗"。

6. 原译把 constant driving rain 仅仅简化成"雨水"，是不恰当的，漏译过多。原译译者这么做的原因可能是为了让句式更加简练。其实无此必要，如果感觉原文句子的信息量过大，翻译时就应该考虑采用分句法，把长句截短。

7. 原译"乡村的任何风景都被玻璃上的泥浆无情地遮盖住了"，表达上比较生硬，也不够简练。最别扭的地方是"任何"，估计是受 whatever 词义的影响，直接删掉即可。这句中又一次出现了"玻璃"，与前句中的"玻璃"一起，两个紧挨着的句子都出现这个词，无论是语义上还是修辞上都是毫无必要的，且原文自始至终都没有出现 glass，因此没有必要。而且这个词与其连带部分也是造成这句不够简练的原因。既然前文是"泥浆甩到车窗上"，后面的句子完全可以将前文出现过的词语省略掉。原文此句最难处理的词是 hopelessly，原译译为"无情地"，说明译者在此是动了脑子的，但这个处理并不是很好。hopelessly 所指涉的情感是发自主人公的内心，而"无情的"这个词所描写的情感则一般是来自于外部。译者之所以没有把这个词直译成"无望的"，是因为在这个词语环境中这么译会造成表达不畅，这也正是这个词的难译之处。破解办法是从这个词的词义或深层结构开始分析：首先这个词的词根是 hope，是及物动词，那么这个动词的逻辑主语只能是这段文字的叙述者，也就是这里的主人公；既然是及物动词，那么它深层结构中的逻辑宾语又是什么呢？结合这句的语义，应该是指"看窗外的乡村景色"这个动作。析出了这个副词的深层结构，那么，译者在直译行不通的情况下，可以在表层结构中把深层结构的意思表达出来。改译"什么也看不到"，其引申的理据就是来自于这个深层结构：即"想（hope）看什么也看不到"。此外，从深层结构的分析也可见，原译用"无情地"来作引申的确不够准确。引申法翻译，多是出于无奈，是直译受阻的一个补救措施，与理想的直译相比，引申法翻译总会在"得"的同时，往往又有所"失"。在这个语境中，最理想的方法是将其译成"无望地"，这样可以通过移情的方式，把主人公的情绪体现出来。但由于无法将"无望地"很好地融入译文的结构，只好退而求其次采用引申法来翻译了。

8 用"一些"来翻译 a few，显然不准确。

9 原文此处用了一个很有意思的表达方式 a heavier rut。说其有意思是因为 rut 的意思是"车辙"，heavier 是"更重的"："车辙"怎么会有重量呢？因此诗学意识不是很强的译者，就会简单地把这个词按 deeper（更深的）去理解并翻译，但问题是：deeper 是个常见词，作者若是仅仅表达这个意思，为什么不直接用 deeper 呢？其实，这是一种修辞格，英语叫 transferred epithet，汉语叫"移就"，意思是把本来用来说明某类事物的词语用来说明另一类事物。典型的例词是"不眠之夜"，显然不是"夜"不能"眠"，而是人不能眠。heavier 本来应该用作 heavily，来修饰动词 sank，或用作 deeper 来修饰 rut，但作者没有这么用，而是一反常态地用了 heavier。这种修辞的妙处就在于让读者想到 deeper 的同时，又不可避免地会联想到这个词的语义原型，于是就会与动词 sank 相关联，可谓是一词二用，一举两得。翻译时，即使在汉语中找不到具有同等功能的表达方式，也不应仅仅将其译成"更深的"了事。既然"更重的"这层联想意义出现在了我们的解读过程之中，那么在翻译时可采用增词法，将这个语义成分（semantic component）表达出来，也就是说，用一词二译的方式来应对原文一词二用的修辞手段。具体做法就是用"深"来形容"车辙"，而将其联想意义中的"重"用来修饰动词"陷入"。

10 原译"这些人一致地惊叫起来"显得比较生硬，文学感不强。"这些人"可以改成"大家"，"一致地"可以改为"不约而同地"。

11 原译"摸索着窗扇，伴着一声巨响把窗户拉下了"给人的感觉是马车的车窗被拉坏了。这里需要对原文的 sash 做进一步的说明，仅仅译成"窗户"是不够的，这就很容易造成误解，因为大多数的"窗户"都是左右开合的。从语境看，这里的 sash 是上下推拉的窗框。

12 改译删掉这句原译译文中的"使得"可以使动作连接更连贯和流畅。

13 "用一种极度暴躁的声音咒骂"这一原译显得很不简练，其实"用一种极度暴躁的声音"从语义和句法功能上看是动词"咒骂"的方式，因此可以直接将其简化成方式状语"暴躁地"，没必要这么拖沓。

14 "流氓"一词，只译出了 rogue 的词典意义，完全没有语境化。文学翻译不能照搬词典，必须要根据具体的语境作语境化适应，也就是与语境相融合。解读文本时要注意，特定的语境会迫使特定的词语在语义上与语境发生关联。像原译中的这个词"流氓"，放在这个语境中就显得非常不和谐：一个"老头"（男性）因为车速问题而骂赶车人（另一个男人）是"流氓"，这会让中国读者难以接受。从语境化的角度看，rogue 在此是一个男人骂另一个男人的词，可接受的译法应该是"混蛋"之类。此外，原文此句中的 curse...for... 是"骂……是……"的意思，原译的处理是对的，但很多学生没有看出这两个词的搭配意义。

15 原文 that they would all be dead before they reached Bodmin if he persisted in driving at breakneck speed 由关系连词 that 引导，是间接引语，管约它的动词是前面的 cursing，也就是说这里是叙述者转述文中的那个"老头"的话，而这番话不仅是口语，而且还是骂人话，因此在翻译对策上，就要把这两个特征放到优先体现的序列中来。从原译"如果他仍然坚持用这么危险的速度行驶的话，在到达博德明之前他们都会死掉"来看，译者显然没有意识到上述两个特征，因此在翻译中没有有意识地去体现：译文既不口语化，又不像骂人的语气。另外，原文中 breakneck speed 的翻译也很值得推敲：这是说快，还是说慢？原译"危险的速度"显然是在说快。但实际是，在这么一个坑坑洼洼的路面上，一辆马车不至于那么快；其次那老人为什么跳起来骂人，是因为刚刚被狠狠地颠了一下；他骂人的直接原因就是因为这狠狠的一颠；再次，在这个风雨交加的夜晚，坐车的人巴不得早一点到目的地，因此除了颠之外，还会因为没法跑快而抱怨。其实，原文中还有一个更有力的语境支持，但由于篇幅所限，该书只挑选了原文的一个片段，笔者给学生的实际练习要比这个长。实际上在同一大语境的前面段落中，出现过与这马车的车速有关的描述：the dispirited horses plodded（垂头丧气的马儿缓缓而行），plodded 在英文词典中的释义就是 walk slowly。尽管本单元所提供的语境支持有限，但对于 breakneck 这个词的翻译，就文学翻译而言，本来就不应该照搬词典的意思，不应该只译其概念意义，而无视其联想意义或意象的存在。如果作者要表达的是"危险的"或"快的"意思，那么作者何不直接用更常见的词 dangerous 或 fast？作者目的何在？具有联想意义的表达方式的表意特征就是不直接把要说的意思说出来，而是利用词语的语义原型引发读者的联想。文学语言主要就是运用联想意义来建构文学性的，因此即便不考虑未在本单元原文中出现的语境因素，这里也不应该放弃对联想意义的体现。既然直译成"断脖子的速度"不可接受，而意译成"危险的速度"又丢失了意象，那又该怎么处理才好呢？具体的翻译思路可以这么考虑：西方文化中，"断脖子"是死的意思，也就是"要命"的意思，而"要命"若放在这里也是一个联想式的表达方式，不妨用"要命的速度"来译，至于速度是快还是慢，就交于读者去解读，正如原文也没有直接说是快还是慢一样。还有另外一个思路，也可以从"断脖子"这个意象去考虑。前面刚出现过一次剧烈的颠簸，因此可以在"颠"上面做文章,例如,可将其改译成"再这么跑下去,脖子都快颠断了"之类。

16 这里被改的原因也是因为原译不够口语化。

17 for one 的词典释义是"举个例说"或"作为其中一个",原译将其译成"自己",是一个可以接受的语境化处理。但"并且"二字用得不好,虽然所对应的原文连词 and 再简单不过,但在文学翻译中,这些细节如果处理不好,就会影响译文的文学体现。这个词之所以原译译得不好,是因为不口语化,也不像是骂人的语气,该词在此完全可以略去不译。同样的问题还出在原译对 travel 的翻译上,在这样的语境中,译作"旅行"就显得太文绉绉了,不如译成"出门",甚至省略不译。

18 原译"车夫是否听到了老头的责备是不确定的"比较生硬,用"责备"来回指上面老头的 cursing(骂人),意思上也不准确,而且语气也弱了点。既然这里是回指上面的 cursing,还是将其译成"咒骂"之类的表达方式为好,毕竟"咒骂"和"责备"并不是同义。"是不确定的"在此很生硬,不妨改成"不得而知"。

19 Reproach 确实有"责备"的意思,但在此语境之中毫无疑问是回指 cursing 的。根据功能语法中有关同义性词汇衔接的理论,其词意已经被 cursing 同化,因此可以视为是 cursing 的同义词,但其文体意义有书面语的特征,因此可以选一个"咒骂"的书面语同义词来做对应:"责骂"就是一个可以接受的选择。此外,原译"随风飘逝",孤立地看没有问题,而且很优美,但用来描述一番骂人的话,就显得不协调了。

参考译文

　　车轮陷入路上的车辙时发出嘎吱嘎吱的呻吟声,有时还会把烂泥溅在车窗上,与持久而迅疾的雨水混在一起,窗外乡村的风景被遮得严严实实,什么也看不见。

　　几个乘客挤在一起取暖,这时马车突然重重地陷进了一条更深的车辙之中,大家不约而同地发出了一阵惊呼。有个老头从特鲁罗上车之后就一直在骂骂咧咧。他狂怒地从座位上站起来,摸到推拉窗的窗栓,啪的一声拉下,一阵雨水打进来,淋在了他和其他乘客的身上。老头伸出脑袋,暴躁地冲着车夫大骂,骂他是混蛋、杀人犯;照这么个要命的速度,等到博德明,车上的人都要死光了;他们现在气都喘不过来了,反正他自己这辈子是再也不会坐马车出门了。

　　车夫是否听到了老头的这番咒骂,不得而知。似乎这一通责骂都被风吹走了。

专题讨论

语境引力下的语义顺应

顺应，是语用学的一个概念，指阅读过程中的语义选择应顺应语境的要求。

英语一词多义的情况很普遍，而现代汉语则是一词一义的情况居多，这一差异是造成英汉翻译中误译的主要原因。因为现代汉语的认知习惯常常会在英语有多义选择的情况下误导译者。为避免因多义词误导而造成的翻译失误，初学翻译者要强化语境意识，要纠正不良的语言习惯，如过分依赖词典、过分相信自己对英语单词的记忆等。

中国人学英语最大的障碍是认知障碍。现代汉语的词语为多音节，以双音节词为主。几个字的组合，意义就比较固定，因为每个字都有其意思，组合在一起的时候，字义与字义被捆绑在一起，互相影响和制约，词的意思就被固定下来了。无论你把这样的词放在什么语境，意思基本上都是一样的。因此，现代汉语的词汇对语境的依赖性小。这个语言上的特点就使得中国人在阅读时不太会习惯性地根据语境调整其对词义的解读，下意识地以为词义基本上都是不变的。对于学英语的中国人来说，这种不依赖语境的词语认知习惯就成了一种难以克服的认知障碍。

英语中常见的词往往都有多个意思，然而一旦这些词语被置于特定的语境，一般只能有一个意思是那个语境所需要的，因此英语的词语对于语境有一种天然的依赖。英语老师经常对学生说的一句话是：No context, no text。法国哲学家德里达也曾说过：语境之外，别无一物。可见，在西方语言中，语境对于词语的语义定位有着绝对的重要性。

再来说说英语的词典。词典释义都是孤立的、概括的、不全面的。词典释义不全面不少人可能觉得不是太好接受，但这却是事实。因为英语是活的语言，处在不断变化之中，一个英语单词会随着时间的推移，不断衍生出新的意思。以本单元所选原文而论，coach 是马车，driver 是马车夫，但如今这两个词的意思已经变成"大巴"和"司机"了。这只是词典释义"不全面"的原因之一。另一个更重要的原因是，语境有多种多样，词典则只能以不变应万变，何以能够应万变呢？因为这种"变"需要有人的能动参与，需要人依据语境的主观能动的语境介入，才能够应词语之万变。

中国人做英汉翻译，必须在解读英语时有意识地把汉语的认知习惯调整到英语的认知模式中去，要习惯于在词典释义的基础之上，根据语境的变化选择词义。也就是说，词义的选择要顺应语境，而且这样的选择并非只是在词典释义中选择，而是要根据语境的动态需要，对词典释义做必要的同义性扩展。比方说，某词的某一词典释义比较适合某语境，但又不是很恰当，此时可在该词的同义词中去寻找，这就是所谓的"必要的同义性扩展"，目的是要顺应语境。再打个比方，语境就像是一个磁铁，而英语中一个多义词的各种词义，就像是一堆不同的物质，而适合特定语境的词义就像是这些物质中的铁屑，会被这个磁铁吸出来。吸引铁屑时由于引力的牵扯作用，铁屑的外形很有可能出现一些变化，但铁的质地并未改变。

以本单元的翻译为例，因语境引力作用从众多释义中吸出来的词义就有很多，像上面所说的coach之于"马车"和driver之于"马车夫"，就是比较典型的案例。而因为语境的引力作用而出现一定程度语义和文体变形的词义则更要引起我们的重视，如：

• hopelessly	什么也看不到
• heavier	重重地……更深的
• breakneck	要命的
• had no breath left in their bodies	气都喘不过来了

这几个表达方式，相比较其词典释义都有了一定的变形，但并没有完全脱离其语义原型。造成这种变化的外力作用，就是语境引力的语义牵扯作用。

Jamaica Inn 节选之二

▶ 原 文

Now the horses were climbing the steep hill out of the town, and, looking through the window at the back of the coach, Mary could see the lights of Bodmin fast disappearing, one by one, until the last glimmer winked and flickered and was gone. She was alone now with the wind and the rain, and twelve long miles of barren moor between her and her destination.

She wondered if this was how a ship felt when the security of harbour was left behind. No vessel could feel more desolate than she did, not even if the wind thundered in the rigging and the sea licked her decks.

It was dark in the coach now, for the torch gave forth a sickly yellow glare, and the draught from the crack in the roof sent the flame wandering hither and thither, to the danger of the leather, and Mary thought it best to extinguish it. She sat hurdled in her corner, swaying from side to side as the coach was shaken, and it seemed to her that never before had she known there was malevolence in solitude. (to be continued)

✍ 原 译

马儿正爬着陡峭的山坡，出了城镇，透过车厢后部的窗户，玛丽看见博德明的灯光正在迅速消失，一个接着一个，直到最后的微光闪着闪着，也消失了。风雨交加，如今她独自一人，还有在她和目的地之间长达十二英里的荒野。

她不知道船离开安全的港湾时有什么感受。即使狂风卷着索具，大海舔着甲板，也没有船能比她更孤独了。

此时车厢里很昏暗，因为火把发出微弱的黄光，从车顶裂缝进来的风四散着火焰，威胁着皮革，玛丽觉得最好还是把它扑灭。她蜷缩在角落，由于车子的晃动，左右摇晃，这对她来说似乎是从未有过的来自孤独的恶意。（未完待续）

原文

Now the horses were climbing the steep hill out of the town, and, looking through the window at the back of the coach, Mary could see the lights of Bodmin fast disappearing, one by one, until the last glimmer winked and flickered and was gone. She was alone now with the wind and the rain, and twelve long miles of barren moor between her and her destination.

She wondered if this was how a ship felt when the security of harbour was left behind. No vessel could feel more desolate than she did, not even if the wind thundered in the rigging and the sea licked her decks.

It was dark in the coach now, for the torch gave forth a sickly yellow glare, and the draught from the crack in the roof sent the flame wandering hither and thither, to the danger of the leather, and Mary thought it best to extinguish it. She sat hurdled in her corner, swaying from side to side as the coach was shaken, and it seemed to her that never before had she known there was malevolence in solitude. (to be continued)

批改

马儿正在~~爬着城外的陡峭的山坡~~[1]，~~出了城镇~~，透过车厢后部的窗户，玛丽~~可以~~[2]看见博德明的灯光正在迅速消失，一个接着一个，直到最后~~一星灯的~~微光~~眨巴着~~[3]、闪烁着~~闪着~~，~~也~~然后就消失了。风雨交加[4]，如今她独自一人，~~还有~~在她和目的地之间~~还有~~[5]长达十二英里的荒~~芜的~~沼泽~~地~~野[6]。

她不知道船离开~~安全的港湾的庇护~~[7]时有什么感受。即使狂风~~卷着~~啸[8]缆索具，~~大~~海浪舔着甲板，也没有~~哪艘~~船能比她更孤独的了。

此时车厢里很昏暗，~~因为~~火把发出~~微弱~~病态[9]的黄光，从车顶裂缝钻进来风~~四散着~~把火焰吹得东倒西歪[10]，威胁着皮革都快要烧到皮具上了[11]，玛丽觉得最好还不如是把它扑灭了[12]。她蜷缩在角落，~~由于~~随着[13]车子的晃动，左右摇晃，~~这对~~[14]。她来说~~以前~~似乎~~是还~~从不知道~~未有过的~~来自孤独的恶意竟是如此可怕[15]。（未完待续）

点评

[1] 原译用"爬着陡峭的山坡，出了城镇"来译 climbing the steep hill out of the town，句法理解上有问题。out of town 在此是"在城外"的意思，因此正确的理解和翻译应该是：在爬城外的陡坡。

[2] 原文 Mary could see the lights of Bodmin fast disappearing 被译成了"玛丽看见博德明的灯光正在迅速消失"，乍一看去似乎没有什么问题，但对照原文就会发现 could 漏译了。虽然改译成"玛丽可以看见博德明的灯光在迅速地消失"，似乎与原译差别不大，但二者之间还是有微妙的不同："可以看见"显得"看"得有点费力，因为由上下文看，书中人物

是隔着车窗看的，而且距离还有点远。就翻译而言，在此省略 could 并没有为译文赢得更多的文采。这里并没有什么翻译困难，因此没有必要作此省略。

3 原文 winked and flickered 被译成了"闪着闪着"，意思上并没有错，修辞上也用了叠词，有一定文采，但译文却因此而没有体现出 winked（眨眼）一词的拟人色彩。

4 原译将 with the wind and the rain 译成"风雨交加"是一个既准确又流畅的译法。这里所说的准确并非仅仅是指词义上的，还有诗学或修辞上的。原文这个介词短语是一个很有节奏感的表达。凡节奏必来自于重复，这里的重复就是一种富有诗意的重复。整个词组是一个抑抑扬格二音步的结构（三三式），若用"–"表示抑，"+"表示扬的话，原文此处的结构就是：

– – + – – +

with the wind and the rain

而"风雨交加"是一个二二式的节奏结构，与原文匹配等值度极高。由于四字格是中国读者喜闻乐见的一种表达方式，因此这种不损害原意的四字格使用是值得鼓励的。虽然原文这种不显眼的诗学流露极易在翻译中被忽略，但我们却不能否认它们的客观存在。

5 "风雨交加，如今她独自一人，还有在她和目的地之间长达十二英里的荒野"，此句似乎流畅，但实际是个病句。问题主要出在"还有"上，这个词引导了一个谓语部分，但这部分的谓语在整个句子中找不到合适的主语匹配，也无法与同句其他两部分形成合理的语法关联。

6 原译用"荒野"来译 barren moor，没有把 moor 的意思"沼泽地"突显出来。

7 原文 the security of harbour 被译成了"安全的港湾"，颠倒了原文修饰语与被修饰语之间的关系，语义关系也随之颠倒。原文的语义重心是 security，其字面意思是"安全"，其实反映的是人物心里对"安全感"的渴望。原译颠倒其意思，把这种重心不必要地转移了，原文移情的效果也就丢掉了。

8 the wind thundered in the rigging 中，thundered（雷鸣）的用法从文体学的角度看，是一种变异用法；从修辞学的角度看，则是拟物，即把 wind（风）比拟成了"雷"，语义上有"雷鸣"的联想（联想意义）。原译"狂风卷着索具"，未把拟物和音效的联想体现出来。古人说，"下字之法，贵乎响，言其有声"。改译的目的就是要把 thunder 的音响效果译出来。若套用"雷鸣"，译成"风鸣"，也不是不可以，但音效比较柔和，难以体现惊涛骇浪中的那种气势。翻译时，经常会遭遇到这种词到用时方恨少的情况。一个行之有效的解决办法是：初选的某词在效果或功能上不理想时，可以考虑在该词的同义词资源中去寻找。而文学语言中，变异度较高的词语往往会起到很好的作用。在这一案例中，可以考虑选用同样具有音响效果的"啸"，与"风"搭配，字面上可以形成"风啸缆索"的四字词组。同时为了体现原文动宾排比 the wind thundered in the rigging and the sea licked her decks 的结构特征，下一个动宾短语也可译成四字格——"浪舔甲板"，即将原文的 sea（海）调整成了"浪"，这一调整的理据是 sea 在此是借代用法，即用整体代局部，也就是用"海"来代替"浪"，因此如此调整对概念意义没有损害，修辞上虽因此而损失了一个借代，但由此借代而参与建构的整体诗学效果，可以由译文的两个四字格及由陌生化表达而形成的文学性来加以补偿。最终形成的译文"风啸缆索，浪舔甲板"，既富有文采，又更准确地体现了原文的诗学功能和信息功能。

9 原文 sickly yellow glare 被译成了"微弱的黄光"。问题比较明显：sickly 被译成"微弱的"，是一种简约化的意译处理，但并非是准确的文学翻译。文学翻译时碰到这样的情况，译者应该经常问问自己：既然可以采用简约化的方式意译，那么为什么作者不用简约化的表达方式呢？那样不更简单直接吗？以此句为例，若是作者要表达的意思是"微弱的"，那为什么不用更为直接的 weakly 呢？在传统意译的无数案例中，这样的简约化意译很常见，但那样的传统基本上是经验主义主导的传统。如今几乎无论是从哪个理论的角度看，这样的翻译都是不合适的（inadequate）。sickly 的语义原型的核心是"病"，其语义地位要高于"虚弱的"，是上义词和下义词之间的关系，而且二者所造成的语义联想也不同。对于具有诗学功能的表达方式，最佳的翻译方法其实就是直译，但诗学直译的理想境界是美，诗意的美。底线是"可接受性"，越过这个底线译文就会生硬、费解、不通，甚至是病句。此例如果译成"有病的黄光"，就不是直译了，而是死译硬译。推荐译法是"病怏怏的黄光"。

10 原译"四散着火焰"未体现出原文 sent the flame wandering hither and thither 的诗学效果。wandering 在此为拟人用法，hither and thither 为英语成语，富有韵律感。这两点译文都没有体现出来，而且句法上也很生硬。

11 原译用"威胁着皮革"来译 to the danger of the leather，显然是硬译。此处若译成"危及皮具"，也很生硬。毕竟在中国读者心目中，马车厢里点着一个火把，而且还有人清醒地坐在马车里，用"危及"或"威胁"都显得不太切合这个语境。考虑到此处的文学性不是很强，故建议将其意译成"都快要烧到皮具上了"。意译的理据一是因为直译效果不好；二是"都快要烧到"已经包含有"危险"和"威胁"的语境意义了。

12 原译用"扑灭"来译 extinguish，从语境的角度看，译得有点过，体现的动作幅度过大。"扑火"一般是指扑比较大的火，车厢里点的火把通常都不会很大，用"灭"字即可。

13 原译"她蜷缩在角落，由于车子的晃动，左右摇晃"中，因为用了"由于"，从而使"左右摇晃"与动作主体的关联出现了语法歧义，从结构上讲，既可以是"车子"在"左右摇晃",也可以是"她"在"左右摇晃"?原文的语法关系很明确,译文因为结构没有组织好,因此读起来比较拗口。把"由于"换成"随着",问题就解决了。

14 原译的"这"字是一个误译。语法上,"这"主要用于替代前面出现过的句言单位,但用在这里则有替代不明的问题:它在这里替代前文的什么呢?从句法上讲,只能是替代前面的"她蜷缩在角落,由于车子的晃动,左右摇晃,"但如此却又和"这"后面的内容形成逻辑不通的问题,因为"她蜷缩在角落,由于车子的晃动,左右摇晃"逻辑上不会导致"对她来说似乎是从未有过的来自孤独的恶意"。误译的原因是译者将原文此处作形式主语的 it 误判为前指性代词了。

15 最后一句 there was malevolence in solitude 被译成了"来自孤独的恶意",属硬译,令人费解,是明显的翻译失败。该句的翻译难度较大,主要是因为 malevolence 和 solitude 这两个词的词义都难以定位。malevolence 的词典释义比较单一,即"恶意",英文词典的释义是 ill will(恶意)或 malicious behavior(恶毒的行为)。solitude 则主要有两个意思:一是孤独,二是荒野,但在 in solitude 的搭配中,主要是"孤独""独处""独自一人"的意思,在此是表示人物对自己所处状态的一种主观感受。受此意影响,malevolence 必定不是指"恶意"或"恶毒行为"。因为"孤独"是一个抽象概念,无法做出有"恶意"的动作或"恶毒行为"。但其字面意思对我们理解有启发意义,这里的字面意思是"孤独之中有恶意",那么这个"恶意"的承受者只能是此处的人物,而感受到恶意来袭的人必定会觉得那股来袭的恶意是可怕的,由此便可引申出下面这层意思:孤独是如此可怕。

参考译文

此时,马儿正在爬着城外的陡坡。透过车子的后窗,玛丽可以看见博德明的灯光在迅速地消失,一个接着一个,直到最后一星灯光也眨巴着,闪烁着,然后就消失了。风雨飘摇之中,她现在孑然一身。在她与目的地之间还有十二英里荒芜的沼泽地。

她在想,当一艘船在离开港口的保障时,会是一种什么样的感觉。即便是风啸缆索,浪舔甲板,也没有哪艘船会像她那样凄然。

车里的光线已经暗下来了。火把闪动着病怏怏的黄光,从车顶裂缝钻进来的风把火焰吹得东倒西歪,都快烧到皮具上了。玛丽在想,还不如把它灭了呢。她蜷缩在角落里,随着马车的振动,左右摇晃。以前她似乎还从来不知道孤独竟是如此可怕。

> 专题讨论

注意比拟类修辞格的翻译

在汉语的修辞体系中，有一种修辞格叫"比拟"，由"拟人"和"拟物"两种辞格组成。这两种辞格在文学作品中会大量出现，从而参与建构文学语言的生动性和形象性。可见，翻译时如果没有把原文的修辞手段恰当地体现出来，原文的生动性和形象性势必会受到损害。

英语修辞格的划分与汉语修辞学传统在某些方面不太一样，如英语里就没有"拟物"这一修辞类型，但并不是没有这种修辞手段。这种辞格在英语里叫metaphor。一般把metaphor译成"隐喻"或"暗喻"，但实际上metaphor至少包括汉语的三种修辞格，即隐喻、借喻和拟物。至于"拟人"，英语修辞体系里倒是有专门的术语——personification。

我们还是从汉语修辞角度去讲"比拟"，以免把概念搞混乱了。所谓拟人，就是把物比拟成人；而所谓拟物，就是把甲物比作乙物，或把人比作物。比拟类修辞格最突出的特点是动词性。由于英语和汉语句法规则和搭配习惯有同有异，同的地方就比较好处理，而异的地方则经常会导致翻译过程中的比拟丢失（意译）或者硬译，从而损害原文的修辞价值或诗学效果。

在本单元原文中，拟人和拟物都出现了，但原译的表现，从修辞上看，则明显不具有一致性，有的翻译了，有的没有翻译。对于初学翻译者而言，是否能译出修辞格是其诗学翻译能力的表现。诗学能力（poetic competence），亦称修辞能力，指译者识别和体现原文诗学手段或修辞格的能力，可见这样的能力是由识别和体现两方面组成的。文学翻译的失误大多与译者的诗学能力有关，而且其中又有相当一部分失误与识别能力有关。大量案例说明，很多修辞翻译失误的现象主要是由于译者没有将其识别出来而造成的。而在因为识别失误而导致体现失误的案例中，又有大量案例并没有太大的体现困难，之所以没有译到位是因为译者没有看出来。相对而言，比拟还算是比较容易识别的一种修辞格，但从学生的练习情况看，识别和体现这两方面都还是有所欠缺。将本单元的学生译文粗粗地量化一下，其译文对原文修辞格的体现率是50%。没有体现出来的地方包括：

the last glimmer **winked**;

the wind **thundered** in the rigging;

the flame **wandering**。

体现出来的地方包括：

how a ship **felt**;

the sea **licked** her decks;

no vessel could **feel** more desolate。

从现象上看，没有译出来的几个比拟，都存在一定的翻译困难，因此很可能是识别出来了，而语言能力跟不上，但也有可能与学生的诗学意识或修辞意识不足有关。我们还要注意到一个现象，在中国的传统外语课堂教学中，每当碰到这种修辞格的时候，老师们为了解释这个修辞格的意思，常常是采用所谓paraphrase的方式来做解释，比如wink可能就被解释成了flicker之类，而thunder在此可能就被解释成make a loud noise。再加上传统翻译课对意译方法的推介，学生很有可能会被误导。这些解释的方法和意译的方法本身并没有大错，但老师在讲解时如果不及时介绍其修辞价值和诗学功能，学生的诗学和修辞意识就无法得到应有的培养和强化，以致碰到这种情况时就会采用解释性的翻译，而不是应有的诗学或修辞翻译。如果学生具有很强的诗学和修辞意识，他们很可能就不会这么容易地放过这些修辞格。有意为之，和无意为之，意义是不一样的。

Jamaica Inn 节选之三

原文

(continued) The very coach, which all the day had rocked her like a cradle, now held a note of menace in its creaks and groans. The wind tore at the roof, and the showers of rain, increasing in violence now there was no shelter from the hills, spat against the windows with new venom. On either side of the road the country stretched interminably into space. No trees, no lane, no cluster of cottages or hamlet, but mile upon mile of bleak moorland, dark and untraversed, rolling like a desert land to some unseen horizon. No human being could live in this wasted country, thought Mary, and remain like other people; the very children would be born twisted, like the blackened shrubs of broom, bent by the force of a wind that never ceased, blow as it would from east and west, from north and south. Their minds would be twisted, too, their thoughts evil, dwelling as they must amidst marshland and granite, harsh heather and crumbling stone.

原译

（接上）这个马车一整天都像个摇篮一样摇晃着她，现在正发出吱吱声，表达着它的威胁。狂风撕扯着车顶，大雨带着新的恶意噼噼啪啪地打在窗户上，现在已经没有山坡的庇护了。道路两旁乡村无限伸展着。没有树，没有车道，没有村落，只有连绵数英里的荒野，昏暗且人迹罕至，连绵起伏，像一个沙漠，伸向看不见的地方。玛丽心想，没有人能在这荒野的地方活下来，并且像其他人一样留下来；孩子生下来可能会是扭曲的，就像发黑的灌木被风折弯，大风从未停止过，它似乎是从四面八方吹来的。他们的思想也会是扭曲的，邪恶的，因为他们必须住在沼泽、花岗岩、刺人的植物和破碎的石头中间。

Jamaica Inn 节选之三 11

原文

(continued) The very coach, which all the day had rocked her like a cradle, now held a note of menace in its creaks and groans. The wind tore at the roof, and the showers of rain, increasing in violence now there was no shelter from the hills, spat against the windows with new venom. On either side of the road the country stretched interminably into space. No trees, no lane, no cluster of cottages or hamlet, but mile upon mile of bleak moorland, dark and untraversed, rolling like a desert land to some unseen horizon. No human being could live in this wasted country, thought Mary, and remain like other people; the very children would be born twisted, like the blackened shrubs of broom, bent by the force of a wind that never ceased, blow as it would from east and west, from north and south. Their minds would be twisted, too, their thoughts evil, dwelling as they must amidst marshland and granite, harsh heather and crumbling stone.

批改

（接上）这辆马车一整天都像个摇篮一样吱吱嘎嘎哼哼唧唧地摇晃着她的马车，现在正发出一种吱吱声瘆人的音符[1]，表达着它的威胁[2]。狂风撕扯着车顶，没有了山坡的庇护，大雨又开始带着新的恶意噼噼啪啪地打在对着车窗户上狂啐毒液，现在已经没有山坡的庇护了[3]。道路两旁的乡村野[4]无限地伸展着。没有树木，没有车小道[5]，没有村落，只有连绵数英里的荒泽[6]昏暗且人迹罕至黑魆魆地从未有人穿越[7]，连绵起伏无尽，像一个沙漠[8]，伸向看不见的地方。玛丽心想，没有人能生活在这片荒野上的人的地方活下来，并且像其他人一样留下来不可能和其他人一样[9]；孩子生下来可能会就是扭曲的，就像发黑的灌木金雀花[10]被风折弯，夫那风忽东忽西，忽北忽南，从未停止过，它似乎是从四面八方吹来的[11]。身在这满目沼泽、花岗岩、荆棘和碎石的地方，[12]他们的心灵思想也会是被扭曲的，他们的思想也会变得邪恶的[13]，因为他们必须住在沼泽、花岗岩、刺人的植物和破碎的石头中间。

点评

1 原文的拟声用语 creaks and groans 被译成了"吱吱声"，修辞对应没有完全到位。用"吱吱声"译 creaks 没有问题，但同时用来译 groans，译文的拟声联想就与原文不一样了，因为 groans 的语义原型是人的呻吟声。

2 原译用"表达着它的威胁"来译 held a note of menace，语言上显得很生硬，而原文 held a note of 在此也并不是"表达"的意思。当直译出来的译文在表达上出现别扭、生硬、不通等负面效果时，译者就应该根据原文的语境意义推敲该表达方式的同义表达方式，因为同一个意思是可以用不同的表达方式来体现。原文此处的语义核心之一是 note，译文的"表达"可能来自于此，因为这个词有"记录""笔记"的意思，估计译者是根据这个词义引申出"表达"的。该词的另一个词义是"音符"，而这里的语境正是在对马车行进发出的声音进行联想式描写，因此这个词义才是这个语境所需的联想意义。原文另一语义核心是 menace，语义原型是"威胁"的意思，直译似乎难以组合成能让人欣然接受的译文（"发出一种威胁的音符"？），因此需要译者根据搭配条件和语境制约做适当引申。

3 原译"大雨带着新的恶意噼噼啪啪地打在窗户上"，语言上比较生硬，气势和效果也远不如原文 the showers of rain, increasing in violence now there was no shelter from the hills, spat against the windows with new venom，原因是原文中的几个陌生化的表达方式在译文中没有得到对应的体现：首先是 spat（吐唾沫）的拟人修辞格没有译出来；其次是 with new venom 被译得太生硬（带着新的恶意），venom 的语义原型——毒蛇之类的毒液——也没有得到应有的体现。此外，还有一处漏译和一处误译：漏译的是 increasing in violence，这并不是一个有翻译困难的地方，有可能是译者觉得"大雨"已经把这个意思包含进去了。其实不然，这里的 increasing 在语义上是与本句后面的 new 配合，二者之间有因果关系；误译的是 now，表面上看这个词再简单不过，但从句法上看，其实不然：为什么 now 之后突然出现了一个完整的句子？其实这个 now 在此并不是原译所说的"现在"的意思，作"现在"讲时 now 是副词，但此处这个词的后面却是一个从句，因此它的句法作用在此其实是关系连词，常作 now that（that 可省略），句法作用是引导原因状语从句，相当于 since 和 because 等，因此这句的译文应是：因为没有了群山的庇护，所以雨下得更大了。

4 原译"道路两旁的乡村"给人的感觉是路两旁的村舍一个挨着一个，但紧接着下文就出现了自相矛盾的说法："没有树，没有车道，没有村落，只有连绵数英里的荒野，昏暗且人迹罕至，连绵起伏，像一个沙漠""没有人能在这荒野的地方活下来"。该矛盾之处源自于原译译者对 country 的误读和误译。这个词虽简单，但有多义，它可以表示"乡村"，也可以表示"乡野"，即城镇之外的地方。而在此语境中，则不是"乡村"，而是"乡野"。表面上看，这似乎只是一个小错，但所暴露出的问题则是翻译中的一个典型问题：由于翻译不是原创，因此译者对语境的建构就不具有原创认知上的流畅性和一致性，翻译困难的不断干扰使得这种流畅性和一致性经常被打断，语境的整体性往往会被不经意地拆解。为了弥补这一漏洞，有经验的译者在完成句、段、节、章的翻译后，会再次审读，而在全书译完之后，不仅至少会从头到尾读一遍，而且还会放一段时间再读，目的就是要使译文在整体性上得到进一步的完善；尤其重要的是，在译文的一些语境或语义断裂处潜伏着的先前没有察觉的误读或误译也能被发现并改正。

5 lane 可以表示"车道"，但用在这里不合适，因为现在马车就跑在"车道"上，所以怎么可能是"没有车道"呢？根据上下文，这里译成"小道"更合适一些，因为语境显示，这里是一片沼泽，连村舍都不见一个。

6 原译译者用"荒野"译 bleak moorland 不是很确切，moorland（沼泽地）的意思没有译出来。

7 原译译文用"人迹罕至"译 untraversed 并不是很准确，原文是"无人穿越"的意思，用以形容沼泽的荒芜和凶险十分贴切，而原译"至"字则无法表达这层意思。

8 原文 rolling 被译成"连绵起伏"也并非不可，但考虑到 rolling 的语义原型是"滚"，而汉语中也有"大漠滚滚入画来"的说法，因此不妨借来一用。

9 原文 No human being could live in this wasted country and remain like other people 被译成"玛丽心想，没有人能在这荒野的地方活下来，并且像其他人一样留下来"，有几处不妥：其一，remain 不是"留下来"的意思，该词用于系表结构时，表示一种存在的状态，有"仍然（是）"的意思；其二，因为 remain 词义被误读，因此译文的两个分句读起来就显得自相矛盾：既然没有人能在这里"活下来"，怎么又会有"其他人""留下来"了呢？这个否定句的字面意思似乎是：没有人能够在这里生活，而且还能跟其他人一样。但这么解读仍然有一个自相矛盾的问题：既然"没有人能够在这里生活"，那么"其他人"又是指谁？其实，这里有一个否定转移的问题：原文的否定词表面上是否定主语，但实际上是否定谓语，而且要注意，这句的谓语是并列的，因此这句的意思是：人不可能生活在这里而且还能跟别人一样。但这样的解读仍然不能作为最终的译文，还需要作进一步的表达优化。"人不可能生活在这里而且还能跟别人一样"并非是说没有人生活在这里，而是说生活在这里的人不可能还能像其他人一样，这个解读也是有语境支持的，下文就对这样的"不一样"做了进一步的说明。

10 原译漏译 broom。原文 shrubs of broom 的语义重心在 broom，就像 a cup of water（一杯水）中的语义重心在 water 一样，不可做所谓的"省略翻译"处理。文学语言是具有形象性和生动性的，这些特征往往就依赖具象的事物来体现。broom 是"金雀花"的意思，将其译出来会为译文的语境建构提供一个具体而鲜明的生态标记，而原译译文所用"灌木"与之相比就显得不那么鲜明了。如今是网络时代，读者若想知道"金雀花"是何物，在搜索引擎中的图片搜索一栏输入该词即可看到其图片。其实，译者在翻译时，就需要经常通过图片搜索来查看所译之物，以强化语境认识。

11 比较原译"它似乎是从四面八方吹来的"与原文 a wind that never ceased, blow as it would from east and west, from north and south，不难看出，原文很具体、很形象，译文则过于概括。原译译者所用的译法是化具体为笼统的概括式引申或意译，这在文学翻译中是不可滥用的，否则会直接伤害上文所提到的文学语言的形象性和生动性。这样的"引申"

只有在遇到不可逾越的翻译困难时才会使用，因此是一种不得已的、退而求其次的翻译方法。

12 "因为"句显得比较别扭和生硬，其中有多处措辞不够简练，影响了句式的构建，如"刺人的植物"和"破碎的石头"可分别简化成"荆棘"和"碎石"。"因为"二字用得也不合适，原文并没有用这种连词，逻辑关系需读者自己去推导，因此逻辑关系没有译文这么突出，而这样的突出其实对语境意义的体现并没有好处，反而使译文的表达很生硬。造成译文生硬的另一个原因是译者将原因句放在结果句的后面。汉语因果句的正常语序是因前果后，英语因果句的正常语序是果前因后，因此翻译时除非语序有明显的诗学价值，否则常需做语序调整。尽管语序变了，但实际上仍然是以常规对常规。

13 针对原文 Their minds would be twisted, too, their thoughts evil，原译译者再次使用概括式引申，将其译作"他们的思想也会是扭曲的，邪恶的"，原文的 minds 和 thoughts 被概括成一个词"思想"。其实，原文此处的修辞意识十分明显：用同义词和排比句式来表示强调。译者不应该没有看出来，但最终落笔时，还是走了简约化的路线。原文可以说是一个没有什么翻译困难的句子，可直译而没有直译，只能说明译者对于什么是文学，什么是文学语言，还缺乏系统的认识。文学翻译的首要功能是诗学功能，而不是信息功能，因此不能采用信息化的翻译方法。文学翻译是一种形式取向的翻译，追求的是诗学功能或审美功能的对应，也就是说这样的形式取向是有其诗学追求的，其目标正是语言之美，因此那些画虎不成反类犬或词不达意、以词害意、佶屈聱牙的硬译不在其列。此句的翻译关键是两个同义词的处理。文学从不会把同义词当同一词使用，不同的词，不管其意思是否相同、相近，或是相似，其诗学价值和功能都是不一样的，因此只要目标语中有相应的同义词资源，合理的处理办法通常是以同义词对同义词。mind 和 thoughts 所对应的同义词就有"心灵"和"思想"。

参考译文

（接上）这辆像摇篮一样吱吱嘎嘎哼哼唧唧摇着她整整一天的马车，此时发出了一种瘆人的音符。风撕扯着车顶。没有了群山的庇护，雨越下越大，如注的雨水又开始对着车窗狂啐毒液。路两边的乡野伸向无边的空间。没有树木，没有小路，没有成群的农舍，没有成片的村落，有的只是没完没了的荒泽，黑黝黝的从未有人穿越，就像滚滚大漠，绵延至目不能及的地平线。玛丽想，生活在这个荒原里的人不可能和其他人一样，这里的孩子们生来就会肌体扭曲，就像金雀花那焦黑的枝干一样，被忽东忽西、忽北忽南、永不停息的风压弯了躯身。在这沼泽满目、硕石遍野、石南狰狞、残岩嶙峋的地方，他们的心灵会被扭曲，他们的思想也会变得邪恶。

（王东风 译）

> **专题讨论**

所指原型对文学语言形象性的建构及翻译对策

　　文学语言最主要的特征之一是形象性。从语义学的角度看，这种形象性是通过语言的联想意义（associative meaning）来建构的。相比较联想意义的各种类型，其中的含蓄意义（connotative meaning）最为典型。含蓄意义的表意机制是通过具象的原型及其所负载的文化符号来传达某个抽象的意思，如"这女孩是我们班上的一枝花""我的爱人是一朵红红的玫瑰"。由于这种意义的建构需要诉诸具象的原型，因此在意义的认知建构过程中，读者通过具象的原型折射到抽象的意思，这是一个由能指到所指的认知建构过程。在此过程中，尽管读者最终获得的是抽象的意思，但具象的原型不可避免地会在其认知过程中留下或深或浅的痕迹，产生或强或弱的形象感。这其实就是一个比喻和比拟的识别过程。所谓从能指到所指的过程实际上就是一个由喻体到喻义的过程。从认知诗学的角度看，越是新颖的、陌生的比喻和比拟，其形象性越强，诗学效果也越强；而越是熟悉的比喻和比拟，其形象性和生动感就越弱。但从实际翻译的角度看，越是新颖、陌生的比喻和比拟，翻译难度也就越大。因为新颖和陌生的比喻和比拟不具备可靠的互文参照来做语义定位，其所指意义也就比较飘忽，这一点在单语环境中尚且如此，更别说是跨语跨文化的交流了。但难度大并不是说就不可译。因为人类交际所依托的自然环境和人本身的生理特征是大同小异的，而依托自然环境由人来建构的文化虽然有很多差异，但也有很多共通之处，这就为跨语跨文化交际中的比喻和比拟的翻译提供了认知的基础，这同样也解释了为什么有那么多原本是陌生的比喻和比拟现在已经被我们的语言和文化所接受了，如"黑市""瓶颈""鳄鱼的眼泪""处女作""武装到了牙齿"，等等，均是舶来的比喻和比拟，现如今俨然已成为汉语的常用语。

　　上面提到，越是陌生的比喻和比拟，其形象性越突出，诗学效果也越强。从这个角度上看，文学翻译中，越是陌生的比喻和比拟，越是呼唤我们的翻译。然而，在翻译教学中，我们发现，学生们在碰到陌生的比喻和比拟时，常常会选择目标语中常用的同义表达方式来体现原文的所指意义。值得注意的是，这种翻译方法一直以来都有着根深蒂固的文化背景。因为中国翻译界深受道家"得意忘言"的影响，因此在翻译中常常忽略文学语言形象性的建构。所谓"得意忘言"或"得意忘形"的翻译方法虽然可能在局部求得文通理顺的语言表达，但实际上是与文学的语言策略反其道而行之的。当一系列局部的陌生化表达方式都被常见的表达方式所取代之后，原文语言的形象性或文学性必然会受到系统的破坏。虽然这样的破坏一般不会覆盖全部译文，但只要"得意忘形"的译法在译者的方法选项中处于优先的地位，那么在翻译陌生化的表达方式时，这样的译法就很有可能会危及原文的形象性。本单元所示学生的译文中就存在多处这样的问题。

为了体现原文的形象性，最理想的方式是直译，但直译也有程度和质量的不同，而且由于文化差异的存在，未必所有形象性的语言表达都可以得到理想的直译体现。为此，在针对具有形象性的表达方式时，译者的翻译方法要有一个优先顺序。我们建议的优先顺序是：

直译
直译与意译相结合
直译加注
平行式意译（慎用，避免过于归化）
意译

12. Jamaica Inn 节选之四

原 文

Mary lost count of time and space; the miles might have been a hundred and the hour midnight, for all she knew. She began to cling to the safety of the coach; at least it had some remnant of familiarity. She had known it since the early morning, and that was long ago. However great a nightmare was this eternal drive, there were at least the four close walls to protect her, the shabby leaking roof, and, within calling distance, the comfortable presence of the driver. At last it seemed to her that he was driving his horses to an even greater speed; she heard him shout to them, the cry of his voice blown past her window on the wind.

She lifted the sash and looked out. She was met with a blast of wind and rain that blinded her for the moment, and then, shaking clear her hair and pushing it from her eyes, she saw that the coach was topping the breast of a hill at a furious gallop, while on either side of the road was rough moorland, looming ink black in the mist and rain.

原 译

玛丽记不清走了多少里和多长时间了。可能已经100里了，可能已经是半夜了。她粘着车厢，觉得只有这里至少有些熟悉感和安全感。清晨时候它就已经在那儿了，玛丽觉得那已经是很久之前了。这趟旅程就像永不能结束的让人极痛苦的梦魇。不过，至少四面还有东西围着，破烂的漏水顶篷保护着她，还有能听见她呼叫的司机，这让她感到安心。她似乎感觉到他在挥鞭加速，她听见他朝马儿大喊，他的声音随着一阵风刮过她的窗前。

她将窗向上推开，想看看外面。结果一阵狂风夹着雨，她的头发一下被吹乱了，挡住了她的眼睛。她甩了甩头发，将它们甩开。她发现马车正向山上狂奔，路的两边是沼泽，在这雾霭重重的雨天，这一片漆黑向她袭来。

文学翻译 译·注·评

▷ 原 文

　　Mary lost count of time and space; the miles might have been a hundred and the hour midnight, for all she knew. She began to cling to the safety of the coach; at least it had some remnant of familiarity. She had known it since the early morning, and that was long ago. However great a nightmare was this eternal drive, there were at least the four close walls to protect her, the shabby leaking roof, and, within calling distance, the comfortable presence of the driver. At last it seemed to her that he was driving his horses to an even greater speed; she heard him shout to them, the cry of his voice blown past her window on the wind.

　　She lifted the sash and looked out. She was met with a blast of wind and rain that blinded her for the moment, and then, shaking clear her hair and pushing it from her eyes, she saw that the coach was topping the breast of a hill at a furious gallop, while on either side of the road was rough moorland, looming ink black in the mist and rain.

✎ 批 改

　　玛丽记不清走了多少~~里~~路，过了~~和~~多长时间~~了~~。只知道，[1]路可能~~已经走了已经有100~~一百英里[2]~~了~~，时间也[3]可能已经是半夜了。她~~粘着~~开始留恋车厢内的安全感，觉得~~只有~~这里至少还有些熟悉的感~~和安全感~~觉[4]。从清晨开始，她就熟悉了车里的一切~~时候它就已经在那儿了~~[5]，玛丽觉得那已经是很久之前的事了。不管这趟没完没了的旅程~~就像永不能结束的~~让人极痛苦的是如何像梦魇一样可怕，。不过，至少这里还有四面~~密闭的~~车壁在保护着她~~还有东西围着~~，头上还有一方~~破烂的~~漏水的破顶篷保护着她[6]，外面还有能听见她呼叫的~~司机~~车夫[7]，这让她感到安心。最后，[8]她似乎感觉到他在挥鞭加速，她听见他朝马儿大喊，他的声音随着一阵被风刮过她的窗前。

　　她将窗向上推开，~~想看看~~向外面看去[9]。结果一阵狂风夹着雨吹来[10]，她的头发一下被吹乱了，挡住了她的眼睛一时间她什么也看不见[11]。她甩了甩头发，将~~它们~~头发甩开。她~~发现~~看见马车正向山上狂奔，路的两边是~~荒芜的~~[12]沼泽，在这雾霭重重的雨天，~~这森森然一片漆~~墨黑向她袭来[13]。

✯ 点 评

1 原译漏译 for all she knew。译不译这个小句，表面上看，对原文的意思并没有多大影响，因此译者在此显然是采用了"省略翻译"的方法。但实际上作者是想借这个表达方式，让读者进入人物的心里，从而拉近人物与读者的距离。不管作者是不是这个意图，在文学翻译中，只要不是因为有翻译困难而不得已，译者一般不要轻易略译。

2 原译的"里"字用得不合适："里"是汉语文化的计量单位，因此是汉语的文化符号，英语文化的计量单位是英制，二者在长度上是不一样的，所反映的文化也不一样，翻译时

90

通常不用来对译。

3 这里也是一处漏译，漏译了 the hours，也可能是译者故意略译，但这是没有必要的，因为没有翻译困难，而且原文的两个并列分句一个用空间（miles）做主语，一个用时间（hours）做主语，空间和时间所突显的文体特征和视觉效果其实是在呼唤译者的注意。翻译时，真实地体现出这一句法特征有利于其诗学功能的建构，利大于弊，何乐而不为呢？

4 原译在此对原文句子结构进行了较大幅度的整合，将第一句中的 the safety（安全感）与后面的另一个分句中的 familiarity（熟悉感、亲近感）合并且挪后，组成了一个并列短语，即"熟悉感和安全感"。从语义上看，这一调整是不合适的，因为前一分句中的动宾结构是 cling to the safety of the coach（留恋车厢的安全感），原译将 the safety of 调位后意思就成了"粘着车厢"，表达明显生硬。文学翻译的一大要领是译文不仅要译出原文的意思，还要尽可能地译出表达这个意思的方式，因为这个方式往往具有诗学功能或审美功能。此外，原译还漏译了第一分句中的 began。从翻译技术的角度看，此句翻译困难不大，原译如此调整得不偿失。

5 此句原译令人十分费解，根本原因是原译译者硬译了代词 it，将其译成了"它"。读者会觉得有点莫名其妙，因为代词的句法功能是指称，且主要是回指，即指代前面距离较近的单数名词结构，但往前句看，名词性结构是"熟悉感和亲近感"，但不是单数，而是两个概念，于是这句在阅读效应上就产生了不连贯的现象，莫名其妙型的阅读否定由此而生："它"是谁呀？原文 it，按句法，回指的是前句中的 familiarity 或 some remnant of familiarity（残存的熟悉感），而在这两个语言单位中，中心词都是 familiarity。从英语和汉语的差异看，it 这个代词在此不应译成代词，而应译成它所代之词，否则便会出现所指不明的语言问题。相信懂英语的人都知道，英语和汉语在代词使用上的差异：英语使用代词频率要远远高于汉语。这就意味着在英汉翻译时，很多英语的代词要做非代词化处理，办法之一就是还原其所代之意，然后译之。

6 原译改变了原文的逻辑结构，将 however 引出的表示"不管……"的逻辑结构改成了由"不过"引出的转折结构，语气的紧凑感不如原文。其次，"这趟旅程就像永不能结束的让人极痛苦的梦魇"一句中，定语过长。第三，"至少四面还有东西围着，破烂的漏水顶篷保护着她"这两个小句之间的关联若有若无，读起来很别扭，很不流畅。

7 driver 被译成了"司机"，这是一个不该出现的错误。从表面上看，似乎是原译译者没有看出"司机"与下文的"马车"之间的语境关联，但实际上，很可能是译者在没有看完全文的情况下，就动手翻译了。于是，实际的翻译过程就成了看一句译一句。如果前句的翻译和后句的翻译相隔的时间超过了译者记忆的短期存储期，译者在翻译后句的时候往往就不会注意到前文与后文之间的语义连贯。因此，正确的翻译程序是要先看完整个语篇，而且最好要多看几次，这种不被中断的阅读更容易让译者形成完整的语境意识。以本案例为例，由于 driver 和 coach 相隔较近，且在一段之中，处于可以一气呵成的阅读范围之内，因此译者如果不是因为翻译而中断了阅读，应该可以在一气呵成的阅读中很容易地建立起这两个词之间的语境关联，不至于出现让"司机""挥鞭"开着"马车"这样的翻译纰漏。

⑧ 此处漏译 at last。

⑨ 原译此处多了一个原文所没有的概念意义——"想"，原文只是 looked out。

⑩ 此处若没有"吹来"作承接，这句与下句之间的衔接就显得很不流畅。

⑪ 原译将 a blast of wind and rain that blinded her 译成"一阵狂风夹着雨，她的头发一下被吹乱了，挡住了她的眼睛"，译得不是很准确。原文 blinded her 的施动者是 a blast of wind and rain（一阵风雨），但译文的施动者成了"吹乱的头发"。虽然从下文 shaking clear her hair and pushing it from her eyes 看，"头发"也是导致人物看不见的原因，但原文的叙述顺序更能体现情境的真实性，保留这一顺序，会使译文的叙述更有层次感和生动性，因此原译没有必要改变原文的叙述方式。

⑫ 原译漏译 rough。

⑬ 原文 ink black 在汉语中有现成的对应"墨黑"，因此没必要在翻译时用"漆黑"来改变其联想意义。此外，原译译者对 loom 的理解似有问题。《新牛津词典》(*The New Oxford Dictionary*) 对该词的定义是：appear as a shadowy form, especially one that is large or threatening，译者似乎并没有看出 looming ink black 是一个系表结构，而将 looming 当作一个及物动词来理解了，因此译成了"（向她）袭来"。

> **参考译文**
>
> 　　玛丽也记不清过了多长时间，行了多少路。只知道，路好像行了有一百英里，时间也已好像是午夜时分了。车上的安全感开始让她留念。至少这里还残留着一些她已经熟悉的东西。从大清早一开始，她就熟悉了车里的一切，可这似乎已是很久以前的事了。不管这没完没了的旅程是如何像噩梦一样可怕，至少这里还有四面密闭的车壁在保护着她，头上还有一方漏雨的破车顶，车夫也近在咫尺，只要她喊一声，他就会热情地出现在她面前。最后，她似乎感到车夫让马跑得更加快了，她听见他在对马吆喝。那吆喝声随着风掠过她旁边的窗口。
>
> 　　她托起滑窗，向外看去。一阵风雨迎面袭来，一时间她什么也看不见了。她摆了摆头，将头发从眼前甩开。她看见马车正飞快地登上一个小山包，路的两边都是荒芜的沼泽，烟雨朦胧之中，森森然一片墨黑。（王东风 译）

> **专题讨论**

翻译中的朗诵式自查：有拗必纠

在以上的点评7中，笔者提到，译者在动手翻译时应该先完整地看几遍要翻译的文本，以便形成完整的语境意识；而如果看一句译一句，就很有可能会出现前言不搭后语的语境错乱现象。点评7中的把"车夫"译成"司机"一例就是一个比较典型的错误。这种错误一方面是译者没有看完整个语篇就动手翻译的结果，而另一方面也暴露出该译者在翻译过程中的另一个不当之处，即译完之后没有再做审读，就上交了译文。

正确的翻译过程，应该是首先看几遍所要翻译的文本，然后再动手翻译。翻译完之后，还要仔细审读几遍；这"几遍"之中，最好要有对照式校对，即对照原文的校对，而且至少要有一遍"朗诵式自查"。以下重点谈一谈"朗诵式自查"的作用。

翻译过程中的"朗诵式自查"是指完成翻译之后用朗诵的方式体验译文的语感，若发现有拗口之处，可视具体情况做适当修改。这些拗口的地方包括不顺、别扭、怪异，甚至雷人的表达。有趣的是，若不进行朗诵式阅读，这些有问题的地方往往不会凸显出来，而在朗诵时凸显出来的上述问题，往往潜伏着译者在翻译时可能犯下的错误，这些错误有的是表达上的不妥，包括语病，有些则是理解上的不准确。

以本单元的原译为例，如果译者在完成翻译之后再朗读一遍，即便是在心里默读，也会轻易地发现译文"司机""挥鞭"赶"马车"的荒谬之处。其他别扭的地方如"她粘着车厢"等，如果对照原文，再查查词典，掂量掂量语境，就会发现译者对"粘着"二字有理解的偏差。

朗诵式自查不仅可以让自己的耳朵发现译文语境建构过程中的不和谐，还会清晰地暴露出初学者句本位的思维模式。很多学生一直以来是在句本位的教学环境中成长起来的：阅读课分析的是"句子"；语法课教的是"例句"；翻译课教的也是"例句"。长此以往，学生的语篇意识淡薄，表现在翻译上就是不会太顾及句与句之间的关联。而这种问题，往往也可以在朗诵式的阅读中暴露出来，因为朗诵是要一气呵成的，而句际关联有问题的地方在朗诵时就会显得文气不畅。如原译中这一段：

> 她粘着车厢，觉得只有这里至少有些熟悉感和安全感。清晨时候它就已经在那儿了，玛丽觉得那已经是很久之前了。这趟旅程就像永不能结束的让人极痛苦的梦魇。不过，至少四面还有东西围着，……

这段之中，加着重号的文字都是读起来有点别扭或者不顺的地方。具体讨论可见对原译译文的批改和点评。

朗诵式自查只是发现翻译中存在问题的一种方式，或者说是一种强制的阅读方式。因为在实际的翻译心理运作过程中,译者一直是在对自己的译文做各种阅读,所有的问题都是通过这些阅读发现的,但这些阅读往往都是不自觉的、本能的,因此目的性有所不同。而朗诵式自查差不多就是翻译过程的最后一道关卡。设置这样一个强制性的自读过程,对于发现可能的翻译失误有着十分重要的作用。在这最后一道审查程序中,只要是语感上觉得拗口、别扭、不顺、古怪,乃至雷人的地方,都要引起译者高度重视,应该重新回到文本中去,看一看原文,翻一翻词典,搜一搜网络,进一步检查一下译文是否准确,切实做到"有拗必纠"。

The Bodies Left Behind 节选之一

原 文

She approached the front door. Hit the bell.

It rang but there was no response.

She pressed the button once more. The door was solid but flanked by narrow windows curtained with lace, and Brynn could see into the living room. She noted no motion, no shadows. Only a pleasant storm of flames in the fireplace.

She knocked. Loud, reverberating on the glass.

Another shadow, like before. She realized that it was from the waving of the orange flames in the fireplace. There was light from a side room but most of the other rooms on this floor were dark, and a lamp from the top of the stairs cast bony shadows of the stair railings on the hallway floor.

Maybe everybody was out back, or in a dining room. Imagine that, she thought, a house so big you'd miss the doorbell.

A throaty honk above her. Brynn looked up. The light was dim and the sky was shared by birds and mammals: mallards on final approach to the lake, a few silver-haired bats in their erratic, purposeful hunt. She smiled at the sight. (continued)

原 译

她走向前门，按了按门铃。

铃响了，但没有人回应。

她又按了按门铃，大门依然紧闭着，房子侧面有挂着蕾丝窗帘的窄窄的窗户，布莱琳可以借此看到客厅。她发现没有人在走动，也没有人影，只有一簇簇火花在壁炉里欢快地跳动着。

她敲了敲门，敲门声很大，连窗玻璃都被震动了。

另一个影子，像之前一样，她意识到那是壁炉的橘黄色火花在跳动。边房里有微弱的光线，但大部分在这层楼的房间都是漆黑的，在楼梯顶上有一盏灯，楼梯围栏骨感的影子被灯光投映在走廊的地板上。

可能大家都出去了还没回来，或者在饭厅。她想，想象一下，房子太大了，你会听不到门铃。

一阵嘶哑的禽鸟叫声在她头顶响起，布莱琳向上望去。光线很暗，飞禽和哺乳动物分享着夜空：绿头鸭们在前往湖里的最后一段路上，少数银毛蝠正古怪而目标明确的捕食中。她看着笑了笑。（未完待续）

原文

She approached the front door. Hit the bell.

It rang but there was no response.

She pressed the button once more. The door was solid but flanked by narrow windows curtained with lace, and Brynn could see into the living room. She noted no motion, no shadows. Only a pleasant storm of flames in the fireplace.

She knocked. Loud, reverberating on the glass.

Another shadow, like before. She realized that it was from the waving of the orange flames in the fireplace. There was light from a side room but most of the other rooms on this floor were dark, and a lamp from the top of the stairs cast bony shadows of the stair railings on the hallway floor.

Maybe everybody was out back, or in a dining room. Imagine that, she thought, a house so big you'd miss the doorbell.

A throaty honk above her. Brynn looked up. The light was dim and the sky was shared by birds and mammals: mallards on final approach to the lake, a few silver-haired bats in their erratic, purposeful hunt. She smiled at the sight. (continued)

批改

她走向前门，~~一~~。按了按门铃。[1] 铃响了，但没有人回应。

她又按了按门铃，~~一~~。~~大~~门很结实依然紧闭着[2]，房子侧面有门的两边有窄窄的窗户，挂着蕾丝窗帘~~的窄窗户~~[3]，布莱琳[4]可以借此看到客厅。她~~没发现没有什么~~大在走~~动~~静，也没~~看见有~~大什么影子[5]，~~一~~。只有一~~簇簇~~熊熊的火焰花[6]在壁炉里欢快地跳动着。

她敲了敲门，~~一~~。敲门声很大，连窗玻璃都被震动了。

~~另~~又是一个影子闪过，像之前一样，~~一~~。她意识到那是壁炉里的橘黄色火花在跳动。一间边房里有微弱的~~灯光~~线[7]，但大部分在这层楼的房间都是漆黑的，~~一，在~~。楼梯顶上有一盏灯，楼梯围栏杆骨感的影子[8]被灯光投映在走廊的地板上。

可能屋里的人都在后面吧~~大家都出去了还没回来~~[9]，或者在饭厅。~~也不想想~~，她想暗自思忖，想象一下，这么大的房子~~太大了~~，你会听不到门铃声很正常[10]。

一阵嘶哑的~~禽鸟叫声~~雁鸣[11]在她头顶响起，布莱琳向上望去。光线很暗，飞禽和哺乳动物正分享着~~夜~~天空[12]：绿头鸭们在前往湖里的最后一段路上，少数几只银毛蝠正~~古怪而且标明确的~~诡异地伺机捕食~~中~~猎物[13]。她看着笑了笑。（未完待续）

★ 点评

1 注意原文此处的语法和标点异常。从语篇的角度看，作者经常使用这种标点变异来制造一些不完整句，从而对一些动作或画面进行特写，从这个角度看，这种标点变异和不完整句的运用就成了这个语篇的一个突出的文体特征。文体学上称此为"语法变异"，具有特殊的文体价值，而当这种变异不断出现并形成语篇的一个特点的时候，翻译不应该将其忽略不加体现。详见文末的讨论。

2 将 solid 译成"紧闭"是误译。误译的原因一方面是原译译者先入为主的揣测；另一方面是译者对 solid 这个词的词义一知半解。

3 flanked by narrow windows 被译成"房子侧面有……窄窄的窗户"，也有误译之嫌。从语法看，flanked 的语法主语是 door（门），即 the door was flanked by...，准确的理解应该是"门的两侧"，因此原译"房子的侧面"显然不准确，说的已经不是一回事了。

4 原译将 Brynn 译成"布莱琳"是不合规矩的。关于人名和地名的翻译，翻译界早已达成共识：名从主人，约定俗成；没有约定俗成的人名地名，译者应该去查人名地名词典；词典里也查不到的话，则需要依据人名地名词典里提供的音译规则来处理；现在网络很发达，也可以借助网络查找。原译将 Brynn 译成"布莱琳"，首先不符合"名从主人"的原则，因为这个词的发音是 [brin]，而不是 [brain]。根据读音和译音规则，可以译成有性别倾向的"布琳"或无性别倾向的"布里恩"。补充一点，人名地名的发音，网络上的"灵格斯"词典里就有语音发音设置。

5 原译用"没有人在走动"来译 motion 也没有什么太大的问题，但问题是，后面紧接着的是"也没有人影"，二者连在一起读起来有点别扭。因为这两个小句表达的是同一个意思，不应该用"也"来连接。其实，motion 比原译译文更加概括和抽象，汉语中现成的对应词"动静"比较合适。另外，原译将 shadows 译成"人影"也不是很合适，原文下文又出现了这个词，而且前文也出现过这个词，因此从上下文看，shadows 只是"影子"，并没有确定是"人"的"影子"。

6 "一簇簇火花"未译出 storm of flames 中 storm 所体现出来的力度。

7 light 指"灯光"，原译将其译成"光线"并不准确，仔细琢磨还有点令人费解。此外，原译译者还为其添加了一个限定语——"微弱的"。这种增词在此毫无必要，如果作者真要表达这个意思，何必只用一个 light 呢？从译者之前将 solid 译成"紧闭"不难看出，该译者在翻译过程中的一个不良习惯：先入为主。

8 bony shadows of the stair railings 中的隐喻性限定语 bony（多骨的；骨头的），形象性

很强，反映出了作者细腻的观察能力。将因灯光的照射而投在地上的栏杆影子比作"骨头"，直译的难度比较大，但唯有直译才能体现原汁原味的形象性。原译此处译得很成功，巧妙又直截了当地用"骨感的影子"轻松化解了这里的翻译困难，处理得很好。

⑨ 这句原译是误译，估计又是译者先入为主的判断干扰了其对语言的分析。这句的误译主要是因为译者没有正确理解 out back 在句中的意思，尤其是对 back 的理解出现了严重的误判。译者的先入为主是受自身居住文化的影响，下意识地以为这里所说的屋子就是中国大多数人住的屋子，所以就无法理解这里的 out back。从语法和语义上讲，out 在此是指"外面"，back 是指"屋子的后面"，连起来就是"不在屋内，而在屋子的后面"的意思。而"屋子的后面"一般是指屋子后面的院子。译者受先入为主的判断干扰，使其未能朝这个方向去思考，从而造成了误译。

⑩ 原文 Imagine that, she thought, a house so big you'd miss the doorbell，按文体学对思维体现（thought presentation）的分类，属于"自由直接思维"（FDT，free direct thought），看上去很像引语的一种，但文体学有更为细致的分类。FDT 就是人物心里话的原型，因为没有引号，所以称之为"自由直接思维"。因为对思维自由直接的体现，其文体效果是让读者仿佛直接看到人物的内心，从而拉近读者与人物的心理距离。针对这种表达方式的翻译对策，一方面是尽可能保留原文的体现顺序，以再现原文的心理体现模式；另一方面是译文尽可能地用口语，因为是人物的心里话。从这个角度看，原译体现得不是很好：首先，译文改变了原文的体现顺序，把原文本来居中的引导从句调到了句首的位置，从而破坏了原文由外部环境直接切换到人物内心的叙事方式；其次，口语化体现不到位，译文用词比较拗口，不像是口头能说得出来的那种表达；再次，将原文自己对自己说话时所用到的 you 译成了"你"，汉语读起来就显得过于怪异，仿佛是旁边还有另一个人似的。英语和汉语祈使句的主语虽然都是第二人称，但这个第二人称是不是都要表达出来，两种语言的习惯还是有差异的；最后，译文"她想，想象一下"的表述也比较生硬和拗口。

⑪ 原译将 honk 译成"禽鸟叫声"，不是很准确，因为在英文中 honk 特指大雁的叫声，而不是泛指"禽鸟叫声"。英语与汉语一样，对于不同的动物的叫声有不同的用词，其语言学理据是拟声，汉语里有龙吟、虎啸、猿啼、犬吠、鹤唳、雁鸣……，英语也有类似的现象，如雁的叫声是 honk，鸭的叫声是 quack，狗的叫声是 bark，鸽的叫声是 coo……，翻译时应尽可能译出其拟声的效果和习惯搭配。

⑫ 原译将 sky 译成"夜空"，在译文语义中增加了"夜"的语义成分，但这一处增词违背了增词的原则。增词的原则是添加字面上没有但语境中有的语义成分，然而原译的增词却没有足够的语境支持。在 sky 所处的这个语境中，不难看出，夜色还没有降临。

⑬ 原译"正古怪而目标明确的捕食中"是个病句：该语处于谓语的语法位置，但却没有谓

语，估计是"正"字后面漏写了一个"在"字。不过，即便是"正（在）古怪而目标明确的捕食中"，在表达上也显得很生硬，根本谈不上什么画面感。原译译者似乎没有将原文所表达的意思理解透彻，或者说没有把原文所表达的意思与蝙蝠那种没有规律的飞行动作联系起来，因此未能在自己的翻译思维中将其转化成蝙蝠捕猎的画面——心中无景，笔下岂能有画？这里的翻译难点是 in their erratic, purposeful hunt，既然原译照字面译出来的效果不佳，那就意味着按原文字面翻译的路子走不通，必须调整思路。调整思路这里可分两步走，第一步先调整好结构，此句的结构其实很容易调整，用课堂上常用的释义法（paraphrase）即可做到。只是笔者在这里会把这个术语写成 para-phrase，意思是只调整结构，不替换词语，于是与原结构最接近的结构是：(a few silver-haired bats) hunted erratically and purposefully。这个结构调整的思路其实就是把 hunt 由原来的名词调整成动词，这么做的语言学理据是 hunt 的深层结构是一个动词，如此调整可以摆脱介词 in 对应"在……中"的翻译思维定式的束缚。第二步调整是为 erratic(ally) 和 purposeful(ly) 这两个词各找一个合适的译文载体：erratic(ally)，《英汉大词典》的释义中比较接近本语境的有"不规则的""古怪的""无固定路线的"，正是蝙蝠飞行方式的准确描写，联系到本语境与一个谋杀案有关，所以可以考虑将其译成"行迹诡异的"。至于 purposeful(ly)，直译是"有目的地"，语感还是比较生硬，不如调整成其近义词"伺机（地）"。如此，这部分可以改译成"几只行迹诡异的银发蝠正在伺机捕捉猎物"。当然，不排除还有别的调整方案。

参考译文

她走到前门。摁铃。

铃声响了，但没有人应。

她又摁了一下门铃的按钮。门很结实，但两侧有窄窗，挂着蕾丝窗帘，因此布琳可以透过窗帘看到客厅。她没有发现什么动静，也没有看见什么影子。只有壁炉里的火苗在欢快地跳动着。

她敲了敲门。声音挺大，连玻璃都震动了。

又看到了影子，像先前一样。她意识到那是壁炉里的橘色火苗在摇动。侧屋里有灯光，但这一层中的其他屋子大多都是黑的。楼梯顶上有一盏灯，灯光把楼梯骨感的影子投在过道的地板上。

也许，屋里的人都在后面，或在饭厅。也不想想，她暗自思忖，这么大的房子，听不到门铃声很正常。

头上响起一阵沙哑的雁鸣。布琳抬头看了看。光线已经变得昏暗，鸟儿与蝙蝠正在分享着长空：绿头鸭趁着天还没有黑正在往湖里赶，几只行迹诡异的银发蝠正在伺机捕捉猎物。看着眼前的景象，她笑了笑。（王东风 译）

> 专题讨论

语法反常的诗学功能及翻译对策

从诗学的角度看，反常的语言体现会因为其反常而吸引人的眼球，常称之为前景化（foregrounding），其功能是诗学功能（poetic function），亦称审美功能（aesthetic function）。这是文学语言最主要的功能之一，因此对于文学翻译而言，它是在呼唤译者的准确体现。但在传统的翻译实践中，中国译者对这一由西方诗学家和语言学家提出的功能并未给予足够的重视。在"得意忘言"为主流的翻译方法影响下，文学翻译者们常将一些反常的表达方式翻译成常见的表达方式，追求所谓"地道"而"流畅"的表达效果，结果使原文的文学性受到了不同程度的破坏。

反常的语言体现可以出现在语言表达任何方面：书写上的、语音上的、语法上的、语义上的、语用上的、文体上的，等等。修辞学将这种种反常归纳成了一系列的修辞格，并强调其修辞功能和价值。因此，诗学和修辞学的翻译追求是尽可能地体现原文的反常化，以体现原文的诗学功能和修辞价值。

本单元原文一个比较突出的特点就是语法反常，主要表现在两个方面：一方面是句号的反常化使用，在一些本该用逗号或连词的地方，作者用了句号；另一方面是短语句大量使用，所谓短语句就是主谓结构不完整的句子。而且这两种反常多是结合起来使用的，其诗学功能是营造一种紧张的气氛，因为这个语篇的宏观主题是一桩谋杀案。句号的大量使用使得原本流畅的语言叙事被切分成一个个小节，其效果是模拟电影里的画面切换，造成一种蒙太奇的效果。短语句的大量使用使得原本更长的表达被截短了，从而加快了叙事节奏，这同样也是为了强化语境的紧张感。

在原译中这些反常显然没有得到应有的注意，因此在翻译过程中被误认为是语言之间的差异，而不是语言表达的变异，并做了常规化处理，因此原文利用语法反常而建构的文学性就遭到了系统性的破坏。

本单元原文的语法变异主要有以下几处（变异部分用下划线标示）：

She approached the front door. <u>Hit the bell.</u>

She noted no motion, no shadows. <u>Only a pleasant storm of flames in the fireplace.</u>

She knocked. <u>Loud, reverberating on the glass.</u>

<u>Another shadow, like before.</u>

<u>A throaty honk above her.</u>

以"She approached the front door. Hit the bell."一句为例。此句的动作与前句的动作是同一个施动者发出，且是先后连续的动作，常规的表达应该是前后句做并列句体现，即She approached the front door and hit the bell，但原文在两个连续的动作之间出人意外地用了个句号，也没有用连词。原译显然忽略了这个反常的语法体现。

认知诗学认为反常的表达方式会诱导读者设置一系列的语境假定（contextual assumptions）并从中做出选择。认知诗学揭示的其实就是读者的阅读体验过程。一般情况下，敏感的读者读到这里，脑海里就会跳出一个问题：为什么这里用句号？不可否认，不敏感的读者可能不会注意到这种反常。但针对文学翻译，译者应该如实地体现原文的这种反常，因为诗学认为，文学作品的文学性就是由反常的表达方式生成的，而至于体现了原文的反常之后，读者读不读得出来，那是读者的阅读能力问题，而译不译得出来，则是译者的表达能力和诗学意识问题。就原文此处的反常化体现而论，一种可能性比较大的语境假定就是：Hit 这个本不应该处于主位（句子的第一个语法单位）的动词被突显出来了，因此该动作的画面感得到了突出，让人有一种画面的特写感，这就是诗学里常说的因反常而生成的前景化。而由于这一动作与前一动作的联系被切断，这一动作被特写的同时，前一动作也因此而获得了独立的表达。于是，前后两个动作就仿佛是电影里的两组镜头，有一种蒙太奇的效果。就译文而言，我们将其改译成："她走到前门。按铃。"从汉语的角度看，似乎有点不合常规，但必须指出的是，原文那样的表达在英语中也是反常的，改译只是采用了"以反常对反常"的翻译策略而已。两种反常在各自语言中的反常度是差不多的，因为就像英语读者不至于因为这里的反常而看不懂一样，中国读者在看到这样的译文时，也不至于看不懂。

还有一点也很重要，因为从语篇的角度看，作者经常使用这种标点变异来制造一些不完整句，从而对一些动作或画面进行特写；于是，这种标点变异和不完整句的运用就成了这个语篇的一个突出而系统的文体特征。但原译中有好几处这样反常化的语言表达，都被译者做了常规化的处理。如此一来，原文依托语法反常而生成的文学性也就被消除了。无论从哪个角度看，这么做都是得不偿失的。

14 The Bodies Left Behind 节选之二

原文

(continued) Then, looking back into the house, her eye noted something out of place: behind a massive brown armchair a briefcase and backpack lay open and the contents—files, books, pens—were dumped on the floor, as if they'd been searched for valuables.

Her gut clenched.

Brynn McKenzie drew her weapon.

She looked behind her fast. No voices, no footsteps. She was stepping back to the car to get her cell phone when she saw something curious inside.

What is that?

Brynn's eyes focused on the edge of a rug in the kitchen. But it was glistening. How can a rug be shiny?

Blood. She was looking at a pool of blood.

All right. Think. How to handle it?

Heart stuttering, she tested the knob. The lock had been kicked out.

Cell phone in the car? Or go inside?

The blood was fresh. Three people inside. No sign of the intruders. Somebody could be hurt but alive.

Phone later.

Brynn shoved the door open, glancing right and left. Said nothing, didn't announce her

原译

（接上）她接着又看回房子，忽然注意到一些东西并不在它们本该在的地方，在一张棕色的大扶手椅后面，一个公文包和一个背包大开着，里面的文件、书、笔被随意扔在地上，就像有人翻找过一些值钱的东西。

她的胃部一阵发紧。

布莱琳抽出了她的枪。

她快速地向背后扫了一眼，没有谈话声，也没有脚步声，她退到车边想拿手机，但她发现房子里有些不对劲。

那是什么？

布莱琳盯着厨房里毛皮地毯的边缘，那儿在闪闪发亮，一块毛皮地毯怎么会发亮？

血，她看到了一摊血。

好吧，想想，怎么处理这状况？

心跳得很快，她试着扭了一下门把手，锁是被踢开来了的。

去拿车里的电话？还是走进房子里？

血是新鲜的。房里有三个人，没有被入侵的痕迹，有人可能受伤了但还活着。

还是待会去拿手机吧。

布莱琳用力撞了一下门，门开了，她向左右迅速看了一眼。什么也没说，没有宣布她

102

The Bodies Left Behind 节选之二

presence. Looking, looking everywhere, head dizzy.

　　She glanced into the lit bedroom to her left. A deep breath and she stepped inside, keeping her gun close to her side so it couldn't be grabbed, as Keith had lectured in his class on tactical operations, the class where she'd met him. (to be continued)

的到来，到处看了一圈，有点头晕。

　　她看向她左边那个亮着的卧室，深呼吸，走进去，把枪贴向自己这边，以防被人抢走，就像基斯在课上教的战术动作一样，她就在那门课上认识了他。（未完待续）

▶原文

　　(continued) Then, looking back into the house, her eye noted something out of place: behind a massive brown armchair a briefcase and backpack lay open and the contents—files, books, pens—were dumped on the floor, as if they'd been searched for valuables.

　　Her gut clenched.

　　Brynn McKenzie drew her weapon.

　　She looked behind her fast. No voices, no footsteps. She was stepping back to the car to get her cell phone when she saw something curious inside.

　　What is that?

　　Brynn's eyes focused on the edge of a rug in the kitchen. But it was glistening. How can a rug be shiny?

　　Blood. She was looking at a pool of blood.

　　All right. Think. How to handle it?

　　Heart stuttering, she tested the knob. The lock had been kicked out.

　　Cell phone in the car? Or go inside?

✎批改

　　她接着，她的目光又看回到屋内房子[1]，忽然注意到一些东西并不在它们本该在的地方屋内有点不对劲[2]，在一张棕色的大扶手椅后面，一个公文包和一个背包大开着，里面的文件、书、笔被随意扔在地上，就像有人翻找过一些值钱的东西。

　　她的胃部心头一阵发紧[3]。

　　布莱琳·麦肯齐[4]抽出了她的手枪[5]。

　　她快速地向背后扫了一眼，没听到有人说话的谈话声音[6]，也没有脚步声，她退到往车边退去，想去拿手机，但突然她发现房子里有些不对劲异状[7]。

　　那是什么？

　　布莱琳的目光落在盯着[8]厨房里毛皮一块地毯[9]的边缘上，那儿在闪闪发亮，一块毛皮地毯怎么会发亮[10]？

　　血，她看到子的是[11]一摊血。

The blood was fresh. Three people inside. No sign of the intruders. Somebody could be hurt but alive.

Phone later.

Brynn shoved the door open, glancing right and left. Said nothing, didn't announce her presence. Looking, looking everywhere, head dizzy.

She glanced into the lit bedroom to her left. A deep breath and she stepped inside, keeping her gun close to her side so it couldn't be grabbed, as Keith had lectured in his class on tactical operations, the class where she'd met him. (to be continued)

好吧~~有情况~~[12]，想想，怎么处理这状况？

心跳得很快，她试着扭了一下门把~~手~~。锁是已经被踢踹开来了的。[13]

去~~拿~~车里的~~拿~~电话？还是~~走进房子里去~~[14]？

血是新鲜的。房里有三个人~~，~~。没有被入侵的痕迹~~，~~。有人可能受伤了但还活着。

还是待会去拿手机吧。

布~~莱~~琳用力撞了一下门，门开了，她向左右迅速看了一眼。什么也没说，没有~~宣布通报~~[15]她的到来~~，~~。看，到处看~~了一圈~~[16]，有点头晕。

她看向~~她~~左边那个亮着~~灯~~的卧室~~，~~。深呼吸，走进去，把枪紧贴~~向在身体的一侧~~自己这边[17]，以防被人抢走，就像基斯在课上教的战术动作一样，她就是在那门课上认识了他。（未完待续）

★ 点评

1 原文句子的第一个成分，即主位，是副词 then，并有逗号隔开。其语法功能除了表示时间概念的副词作用外，还有衔接上文的作用，功能语法上将其视为连接（conjunction），而且还属于有标记主位（marked theme）。原译将这个语法单位置于句子主语之后，句子就成了无标记主位（unmarked theme）句，与原文句法形态不同。虽然将"然后"置于句首还是句中，中文读起来都差不多，但也正因为如此，原译对这个词的位置改变就显得没有必要了。文学翻译还是要养成一种习惯，对于有标记主位，即由非主语占据句子的首位，还是应该尽可能地保留其语法地位。此外，译者用"看回房子"来译 looking back into the house，不够严谨，忽略了介词 into 的意思。原译译文若用回译（back translating）的方式来检验的话，into 应该改成 at。

2 用"一些东西并不在他们本该在的地方"来译 something out of place 是误译。应该是原译译者没有意识到 out of place 是一个固定词组，因此没有查词典，望文生义了。而且在寻求语境支持时，也对语境和相关词义进行了强制性关联，一个明显的症候就是将单数性质的 something 译成了复数性的词语"一些东西"，想必是受了下文"在一张棕色的大扶手椅后面，一个公文包和一个背包大开着，里面的文件、书、笔被随意扔在地上"的影响。但 something 毕竟是 something，不是 some things（一些东西）。这表明，主人公在发现屋内有异样的时候，还只是一个笼统的感觉，尚未注意到细枝末节。如果译者对于这个词的解读没出现偏差的话，应该会发现 out of place 有可能是一个固定短语。

3 gut clenched 在英语中用来表示人紧张时的一种反应，原译译为"胃部一阵发紧"，效果不是很好。其实，gut 的语义原型并不是"胃部"，在此用作引申义，是指人在紧张时的一种生理反应。原译"胃部一阵发紧"很有可能让中国读者误以为此人胃有毛病，一碰到紧张情况，就会不适，这对读者是一种误导。汉语对应的说法有"心头一紧""心一沉"等，效果和语义都与原文相仿，不妨用作对应译文。

4 原文在此处用了主人公的全名 Brynn McKenzie，原译只译了名字"布莱琳"（Brynn），没有译姓 McKenzie。从语篇推进的角度看，作者没有必要在这里用这个人物的全名，因为通常只有特殊情况下才会使用全名，如人物第一次出场等。在本单元所选的原文的语境中，这个人物出场的时间已经不短了，而且前面一直都是用代词或只用名，符合常规，但此处作者一反常态地使用了全名。这从诗学的角度看，是一种反常；从文体学看，是一种变异。前面的单元多次强调，反常或变异会生成文学性。因此，此处人名的反常使用也应该引起我们的注意。至于读者是否能解读出来这里的文学性，那是读者的阅读能力问题，作为译者则有必要将其译出，以便为读者提供最充分的解读依据。具有文学性的表达方式，往往具有联想性，而针对同一个反常的表达方式，不同的读者则可能有不同的解读。而这种解读的多样性，正是文学的魅力之一。

5 英语的代词使用频率比汉语高得多，这就意味着英语代词在翻译中有不少会失去代词的语法身份。汉语是重意合的语言，代词使用较少，因此在很多情况下，如果略译原文代词不影响甚至有利于译文语言的表达，这时就应该采取略译或零翻译的方式来应对。

6 No voices 被译成"没有谈话声"，在此与语境很不协调。作为警察的主人公此时已经发现了疑似抢劫的现场，她这时回头看，是要看身后有没有歹徒，而"谈话"是指两人或两人以上的对话，而且现在这里已经是案发现场，在这位警察的身后，无论是什么人也不可能还处在"谈话"的状态之中。在此，译者应该根据语境去揣摩主人公动作的动机。

7 注意原文的结构是 ...stepping... when...，这种结构的语义解析是前一个动作正在进行时被后一个动作打断，因此这种 v+ing... when... 中的 when 常译作"突然"。

8 focused on 与其原译译文"盯着"并不是很匹配，因为原文是个瞬间性的动作，而译文是个持续性的动作。"盯着"指一直持续地注视，但这一持续性在此缺乏语境支持。

9 把 rug 译成"毛皮地毯"显示出原译译者对西方文化不是很了解。这个小说的叙事背景是美国，如果去过美国的地毯店，就会发现 rug 不一定是"毛皮"的，而且绝大多数不是"毛皮"的,而是针织的。虽然词典对该词有"毛皮地毯"的释义,但并非是唯一释义。对西方文化的了解,未必一定要深入其中,像这种涉及实物翻译的情况,上网搜一下该实物的图片就可以看得一清二楚了。

[10] 原译"一块毛皮地毯怎么会发亮?"中的"一块"不必译出。虽然英语中不定冠词 a 有表示单数的意思,但在译文中是否要体现单数概念则要看在特定的语境中这个不定冠词是表示很强的数字概念,还仅仅是起语法作用。在此应该是后者,因为从上下文看,并非是整块地毯都在发亮,而仅仅是"地毯的边缘"在发亮,所以此处译出 a 的数字概念就会让人读起来很别扭。

[11] 原译"她看到了一摊血"基本上译出了原文的意思,而且译者已经根据语境做了语义和语气的调整,并没有按原文的字面意义将其译成"她正在看着一摊血"。但这个译文与语境的贴合度仍未达到最佳。上文说,主人公发现地毯的边缘居然在发亮,因此目光便聚焦到了发亮的地方,这才发现那个地方发亮是因为那个地方实际上是一摊血。译文"血。她看到了一摊血"有可能造成另一种解读,即她的眼光被屋内别的地方的一摊血吸引过去了。而若改成"她看到的是一摊血",则与上文"目光落在"的配合会更融洽一些,发生歧义的可能性也较小。

[12] All right 是再常用不过的英语短语,但在不同的语境中,其语气和语义都有所不同,因此译者不能仅凭词典和自己的印象随意处理。这里的语境是:主人公发现了严重情况,而且很有可能是凶杀,但作者没有用表示惊愕的表达方式,如 Jesus! Oh, my God! 之类,而用了并非表示惊愕的 All right。作者显然是要刻画一个处变不惊的老练警察的形象,但原译"好吧",在语气上过于平淡,也不符合一个警察在这种情况下的正常反应。《百度百科》对"好吧"的用法说明是"相当于'行''可以''好''哦'等,略带一些犹豫、不确定;有时候又表示无奈的感叹、不确定、不耐烦,或者不知道如何接对方的话"。可见,这些用法及所表达的意思并不符合这里的语境要求。

[13] 原译"锁是被踢开来了的"有点拗口,与原文 The lock had been kicked out 对应得也不是很好。译文"是……的"结构体现的是一种静态的结果,但原文用的是过去完成时,突出的是动作和动作的完成,因此译文应该把这层意思翻译出来。

[14] 原译用"还是走进房子里"来译 or go inside,表面上看没有问题,也确实体现出了原文的实际意思。但作为译者,我们则要问问自己,既然这里的意思是"还是走进房子里",为什么原文没有写成 Or go inside the house?作者为什么在此要省略 the house?从语境看,这时的气氛已经很紧张,作者省略该词显然是要加快语言表达的节奏。因此,从这个角度看,译文如果省略该词不影响意思的表达,就没有必要把这个本来就被作者略去的词译出来。从原译译文所营造的语境看,"还是走进房子里",语气上显得有点悠闲,

这也与译者将意思比较笼统的 go 译成意思更加具体的 "走" 有关。这些都明显背离了原文所建构的紧张气氛。如果采用回译检验的话，译文就成了 Or walk inside the house，与原文的差异还是比较明显的。

15 原译 "宣布"，词用大了，过于正式。

16 原译 "到处看了一圈" 可能会让读者误以为主人公已经 "看遍" 了所有房间，但从下文看并非如此，如 "左边那个亮着的卧室" 此时就还没有看。原文 looking everywhere 是指主人公进入第一个房间之后的动作。此外，作者一直在用短句和短语句来营造紧张的气氛，这一点原译译者似乎没有注意到，把一些短促的过程译得比较拖沓。像原文这里的 Looking, looking everywhere 中两个重复的动词，只译了一个 "到处看了一圈"。采用的是所谓合译法或合句法。此法的采用在这里加长了句子长度，拉长了译文的节奏，但却因此而未能体现出原文用短促的节奏所建构的紧张场面。

17 close to her side 是指 "把枪紧贴在自己身体一侧"，原译 "贴向自己这边"，表意不清，让人费解，应该是没有理解 to her side 的意思。

参考译文

然后，目光又回到屋内。这时，她注意到了屋内有点不对劲：在一把硕大的棕色扶手椅后面，有一只公文包和一个背囊，都被打开了，里面的东西——文件、书本、笔——七零八落地扔在地板上，像是被人搜过值钱的东西。

她不由地心头一紧。

布琳·麦肯齐拔出了手枪。

她迅速地回头看了一眼。没有说话声，没有脚步声。她向汽车那儿退去，准备去拿手机。突然，她发现屋内有异状。

那是什么？

布琳的目光落在了厨房里的一块地毯的边缘上。那个地方居然在发亮。地毯怎么会发亮？

血。她看到的是一摊血。

有情况。想一想。怎么办？

心在跳。她试了试门把手。锁已经被踹开了。

回车里拿手机？还是进去？

那血是新鲜的。屋内有三个人。没有非法闯入者的动静。有人可能被打了，但可能还活着。

手机待会儿再说吧。

布琳猛地推开门，迅速向左右看了看。她没有说话，没有通报她的到来。看，到处看，头有点晕。

> 她朝左边亮着灯的卧室看去。深呼吸，进去，枪紧贴在身体的一侧，以防被人夺去。当年凯斯在课堂里讲战术动作的时候就是这么教的，布琳就是在他的课堂上认识他的。

专题讨论

翻译中的回译式自查

回译，是指把译文再直译回原来的语言。这本来是外语学习的一种方法，但这种方法常可以用来检验译文的准确性。具体做法就是把译文中觉得有问题的地方用直译的方式再译回到英文，然后再比较回译文和原文，以确定其是否准确。回译检验法不一定真的要在书面上完成，很多时候是在思维过程中完成的。

如点评1所分析的案例：原文looking back into the house被译成了"看回房子"。在检验此译是否准确时，可以将这个译文再直译成英文，那么最直接的对应就应该是looking back at the house。与原文比较，at与into语义不相容，因此原译有误。而且，这一对比还体现出了原译所错之处在于对into的理解不到位。

还有原译"没有谈话声"的回译文是no sound of talking，但原文是no voices，在此回译文talking与原文voices形成语义对比。由此对比而形成的差异会促使译者重新考虑其原来的译文是否合适。

再看原译"盯着"，回译文很可能是stare等词，但原文是...eyes focused on。敏感的译者会根据二者的差异，进一步反思原译的准确性。

但必须指出的是，回译只是一种辅助的方法，其可靠性绝非百分之百。实际运用中，这种方法在处理概念意义的翻译时效果比较好，但在处理联想意义时，效果未必那么好。因为联想意义往往有文化负载，字面意思和所指意义往往不一样，如"她的胃部一阵发紧"，若回译的话，"胃部"一定是stomach，从而会使译者重新考虑理解上的问题：不是胃真有病，而是人紧张时的一种生理反应。汉语中表达这种感觉有多种说法，如"心头一紧"，但此译若回译的话，"心头"就可能会回译成heart，字面意义与原文不同。然而，回译文heart和原文gut概念意义虽不相容，但改译文"心头一紧"所表达的联想意义或所指意义则与gut clenched一致。从这个案例也可以看出，回译这种检验方式在检验具有联想意义的词语的翻译时，并不是很有效。

再如本单元原文中的all right，原译是"好吧"。若用回译检验，毫无问题。但若将这个短语放到译文的语境中，此译就不合适了。而改译"有情况"则完全无法回译到原来的样子。一个常见的语言现象是不同语言之间，乃至不同方言之间，不同的表达方式可以表达相同的联想意义，如情感意义、含蓄意义、文体意义，等等。如中国人吃惊的时候常用的惊叹语是"我的妈呀"，而英语中则没有这样的表达习惯，其对应语有可能是Oh my God等。从这个角度上讲，在针对联想意义的翻译时，回译的有效性不一定可靠。

⓯ The Bodies Left Behind 节选之三

▶ 原　文

(continued) The room was empty but the bed was mussed and first aid materials were on the floor. Her misshapen jaw quivering, she moved back into the living room, where the fire crackled. Trying to be silent, she found the carpet and navigated carefully around the empty briefcase and backpack and file folders scattered on the floor, the labels giving clues about the woman's professional life: Haberstrom, Inc., Acquisition. *Gibbons v. Kenosha Automotive Technologies*. Pascoe Inc. Refinancing. Hearing—Country Redistricting.

She continued on to the kitchen.

And stopped fast. Staring down at the bodies of the young couple on the floor. They wore business clothes, the shirt and blouse dark with blood. Both had been shot in the head and the wife in the neck too—she was the source of the blood. The husband had run in panic, slipping and falling; a skid mark of red led from his shoe to the carpet of blood. The wife had turned away to die. She lay on her stomach with her right arm twisted behind her, a desperate angle, as if she were trying to touch an itch above her lower spine.

◢ 原　译

（接上）房里没有人，但床上一片混乱，急救材料散落在地上，她有点畸形的下巴颤抖着。她回到客厅，那儿的壁炉发出噼里啪啦的声音，尽量让自己保持安静，她找到地毯，小心地围着散落在地板上的公文包、背包和文件饶了一圈，那些标签揭示了女主人的职业身份：哈波斯特姆公司，收购。吉本斯肯诺莎汽车技术公司。帕斯科公司，再融资。乡村区域重新划分听证会。

她继续走向厨房。

猛地收住脚步，紧紧看着地面上一对年轻夫妇的尸体。他们都穿着职业装，衬衣和外套被血染得颜色深沉。他们的头部都中了枪，妻子的颈部还有一枪——她是血迹的来源。丈夫曾在恐惧中企图逃跑，但滑了一下摔倒了，红色的打滑的痕迹从他的鞋子延伸到血地毯，妻子转过了脸，死了，她趴在地板上，右手以一个绝望的角度扭曲地放在后背，好像她尝试着想挠一下脊柱的下方。

原文

(continued) The room was empty but the bed was mussed and first aid materials were on the floor. Her misshapen jaw quivering, she moved back into the living room, where the fire crackled. Trying to be silent, she found the carpet and navigated carefully around the empty briefcase and backpack and file folders scattered on the floor, the labels giving clues about the woman's professional life: Haberstrom, Inc., Acquisition. *Gibbons v. Kenosha Automotive Technologies*. Pascoe Inc. Refinancing. Hearing—Country Redistricting.

She continued on to the kitchen.

And stopped fast. Staring down at the bodies of the young couple on the floor. They wore business clothes, the shirt and blouse dark with blood. Both had been shot in the head and the wife in the neck too—she was the source of the blood. The husband had run in panic, slipping and falling; a skid mark of red led from his shoe to the carpet of blood. The wife had turned away to die. She lay on her stomach with her right arm twisted behind her, a desperate angle, as if she were trying to touch an itch above her lower spine.

批改

房里没有人，但床上一片混乱，急救~~材料~~用品散落在~~一~~地~~上~~，她有点畸形的下巴颤抖着。她回到客厅，那儿~~的~~壁炉的火[1]发出噼里啪啦的声音~~，~~。她轻手轻脚地~~尽量让自己保持安静~~，她~~找~~摸到地毯~~前~~[2]，小心地围着散落在地板上的公文包、背包和文件夹~~绕~~绕了一圈，包和文件夹都是空的，[3]那上面的~~些~~标签[4]揭示了女主人的职业身份：哈波斯特姆公司，收购~~部~~[5]；《吉本斯~~近~~肯诺莎汽车技术公司案》[6]。帕斯科公司，~~一~~。再融资~~部~~。乡村选区~~域~~重新划分[7]听证会。

她继续走向厨房。

猛地收住脚步，~~一~~。眼前~~的~~紧紧看着地面板上躺着[8]一对年轻夫妇的尸体。他们都穿着职业装，衬衣和外套[9]都被血染得~~颜色深沉~~发黑了[10]。他们的头部都中了枪，妻子的颈部还有一枪——那~~摊~~她是血就是从她身上流出来的~~迹~~来源[11]。丈夫曾在恐惧中企图逃跑，但滑了一下摔倒了，一道红色的~~打~~滑的痕迹[12]从他的鞋子一直延伸到那张浸血的地毯，~~一~~[13]。妻子~~转过了脸，~~死前翻了个身死了[14]，她趴在地板上，右手以一个绝望的角度扭曲地放在后背，好像她尝试着是想伸手去挠一下自己的~~尾椎~~脊柱的下方[15]。

点评

1 本单元原文是前两个单元原文的直接延续，讲述一位女警察正在进入一个凶杀现场。上一单元提到房间里的火是壁炉中的火，因此针对此处的原文 the living room, where the fire crackled，原译没有按字面意思译成"客厅里的火"，而是采用了增词法，将这里省略的语境元素"壁炉"（见第十三单元原文）译了出来，只可惜没有把 fire 译出来，译文就成了"壁炉发出噼里啪啦的声音"，从而造成译文表达不够准确。

2 原译用"尽量让自己保持安静"来译 Trying to be silent 有点不合时宜，也就是不太切合此时的语境。不同的表达方式往往有其惯用的场所和语义联想。像"保持安静"这样的说法，一般是用来要求人们不要说话，而此时原文的 Trying to be silent 显然不是主人公要求自己不要说话。不难想到，此时这位女警察首先是要确认凶手是否还在现场，因此动作必须小心翼翼，以免弄出响声惊动凶手，失去先机，因此这个短语应该是"轻手轻脚"的意思。此外，原译用"找到"来译 found，也不太切合语境，用词不是很准确。"地毯"一般处于房间空处，根本不需要去"找"才能找得到的，原文之所以用了 found，是因为此时是夜晚且屋子里没有开灯，而且主人公此时的动作是"轻手轻脚"，因此用"摸到"更合适一些。

3 此处漏译了 empty（空的），也许是因为这个看似很简单的词已经在原译的这句中找不到应有的位置了。原译是"散落在地板上的公文包、背包和文件"，若硬是要把 empty 所包含的信息塞进去，译文就成了"散落在地板上的空的公文包、背包和文件"，显得比较拗口，无论把这个词的意思换成"已经空空如也的""已经空了的"等都摆脱不了拗口的问题，因此可以考虑将这个词的意思往后挪，以 empty 为核心另组织一个小句——"包和文件夹都是空的"。这里之所以要把 empty 的意思挪到后面，是要避免与句子中的另外一个定语短语"散落在地板上的"并列。还有另外一种变通办法，也就是把另一个限定短语 scattered on the floor 的意思挪到后面，而 empty 的位置不动，具体可见后面的参考译文。

4 原译"她找到地毯，小心地围着散落在地板上的公文包、背包和文件绕了一圈，**那些标签**揭示了女主人的职业身份"中"那些标签"是指什么？功能语法认为，"那些"是替代类衔接的标志，在文本中多用来回指前面出现的事物。这句中的"那些标签"之所以有点莫名其妙，就是因为在前句中找不到这个回指的照应。原文对应处是 the labels，按功能语法的界定，定冠词 the 具有回指性，从这角度上看，原译似乎没有问题。那么问题出在哪儿呢？这里其实有一个文化缺省的问题。这里的缺省信息是 the labels 后面省去了一个介词短语，即 on them（them 即前面提到的 the empty briefcase and backpack and file folders），也就是"公文包、背包和文件夹"的上面，这个信息之所以被省略掉，是因为在英美文化中，这些东西上一般都有标签，标明所有者的个人信息，以防丢失，这些规矩在英美的幼儿园里就开始教了。由于这些在英美文化中是常识，因此原文这里仅用 the labels 即可，回指性的 the 就是这缺省信息的表层标记。但是，在中国文化中，上述文化现象并不普及，因此翻译时最好把缺省的信息表达出来，可以将其译成"上面的标签"。从语言学的角度看，这里的增词也是有理据的，因为增加的信息来自于原文的深层结构。

5 Haberstrom, Inc. 和 Acquisition 显然是文中提到的标签上的信息。Haberstrom, Inc. 与 Acquisition 之间是用逗号隔开的，说明这二者是有联系的，既然前面是公司名，那么逗号之后的 Acquisition 应该是公司的一个部门，因此应该译成"收购部"，而不应照字面译成动词"收购"。英美文化中，"部门"在很多情况下是被缺省的，如公司里的 Finance 表示"财务部"，Marketing 为"营销部"，等等。这与中国的情况有所不同，应引起注意。下面的 Refinancing 也属于同类情况。

6 *Gibbons v. Kenosha Automotive Technologies* 可能会让译者觉得有点费解，不过大致的范畴已经被上下文所限定：商务活动。此外，原文用了斜体。在英语中，只有书名或文件名才用斜体，由于上文没有提到书，但提到了文件，因此这里应该是写在文件标签上的文件名。此外，这里有个不太起眼的 *v.*，从原译"吉本斯肯诺莎汽车技术公司"来看，译者显然是没有弄明白这个字母的意思。这个字母在此很关键，但却不好懂，因此漏译是故意的。漏译这个字母直接导致译员对 *Gibbons v. Kenosha Automotive Technologies* 的误解。译者如果对语言足够敏感，一定会发现该词组前后两个词组都被译成了"……公司"，而那两个词组原文都没有用斜体。当然，如果译者还有起码的敏感的话，一定不会轻易地放过那个小写的缩略词 *v.*，其实细查词典或搜寻网络，译者会很容易查到这个缩略语的意思：*v.* 就是 *vs.* 的缩略体，在英语中常用于体育比赛和法律事务，因此在 *Gibbons v. Kenosha Automotive Technologies* 中，*v.* 其实就是"诉"的意思，译文应是《吉本斯诉肯诺莎汽车技术公司案》。不久前闹得沸沸扬扬的"三星诉苹果"案，英文就是 *Samsung v. Apple*。

7 country redistricting 在美国特指"乡村选区重新划分"，简称"乡村选区重划"。美国选区划分都是由州议会负责，选区变动原因有二：一是人口数目发生变化；二是符合特定政治利益。美国党派之争的一个重要手段就是操纵选区重划，以便在选举中获利。也正是因为选区划分由州议会负责，因此这里的 country 不是指"国家"，而是州以下的区域。根据这个词的词义，也就只能是"乡村"了。在 google 上输入"乡村选区"，可见大量相关术语，相对应的术语是"城市选区"。

8 原译"紧紧看着地面上一对年轻夫妇的尸体"孤立地看没有太大问题，但与前句连起来看，就显得前后连接不紧密，有些突兀。因为前一个动作"猛地收住脚步"前后的原因还没有交代，马上就接了下一个动作，文气不是很贯通。改译时可以考虑将此句调整成前句的原因，用"眼前"来做两句之间的衔接，无须另外添加逻辑连接词。因为汉语是重意合的语言，逻辑关系可以用语序体现。这样，因果相连，文气也就通了。

9 原译将 blouse 译成"外套"，有欠考虑，一般词典都没有标这个意思。该词多指女衬衫。汉语没有专门的词来区分男衬衫和女衬衫，因此翻译时，shirt and blouse 译成"衬衫"即可。至于 blouse 是不是外套，可将这个词在网络上做个图片搜索，就一目了然了。不排除有些词典会录有此义，但词典总是跟不上语言发展的，因此若译的是当代作品，一些实物词的语义定位不妨用网络图片来做进一步确认。

10 "颜色深沉"用在这里很不合适，这里描写的一幅惨景，而"深沉"所隐含的情感色彩与语境不合。汉语在描写此状时与英语习惯差不多，如"被血染得发黑"不妨一用。

11 原译直接将 she was the source of the blood 译成"她是血迹的来源"，明显很生硬。对原文内容的解读，不能仅局限于原文的结构和字面意义，而是要从两个方面来看：首先要看结构和字面意义在其特定的语境中究竟表达的是什么意思，也就是说要通过结构和字面意义的引导把整个故事情节理顺，这样才能在叙述故事时环环相扣，条理清晰；其次要区分常规用法和反常表达。如果是反常表达则要重视其形式特征，因为反常的表达很可能具有诗学功能。如果是常规表达，则要重视其内容表达的完整性和流畅性。此处基本可以认定是常规表达，但直译过来在汉语里却显得比较生硬，因此需要加以变通，以便把其所表达的内容流畅地释放出来。"她是血迹的来源"，换句话说就是，那些血都是从她身上流出来的，因此不妨换个说法。

12 原译"红色的打滑的痕迹"明显有语病，因为痕迹不可能打滑。文学翻译是要给人看的，因此凡表达有别扭之处都必须要推翻重来。此处原文 a skid mark of red 应该不难理解，因此问题主要是如何表达。既然"打滑的痕迹"有问题，那么它就是整改的对象了，这个别扭的短语可以简化成一个词"滑痕"。此外，原短语中的不定冠词 a 在此是有数字概念的，因此必须译出来，否则原译"红色的打滑的痕迹"就不像更准确的译法"一道红色的滑痕"那么生动和细腻。

13 "血地毯"比较生硬，更准确的说法应该是"浸血的地毯"。此外，the carpet of blood 中的定冠词 the 的回指功能还是要在字面上体现出来——"那张浸血的地毯"，这样与前面部分的衔接也更清晰和紧凑。

14 原译用"妻子转过了脸，死了，"来译 The wife had turned away to die 并不是很准确，而且两个动作之间的承接十分生硬，两个动作的关系显得很不符合逻辑。"转过了脸"似乎给人的印象是人还活着，然后紧接着就"死了"，中间没有任何逻辑关联，而这并不是原文的意思。原文的谓语动词用了过去完成时，而其所处文本的叙事时态是一般过去时，因此这个过去完成时表明死者被发现时，这两个动作已经发生过了，二者的关系是先后的关系，因此这句话的意思就是：那个妻子是翻了身之后才死的。这个意思还可以表达成"妻子死之前翻了个身"。

15 原译用"好像她尝试着想挠一下脊柱的下方"来译 as if she were trying to touch an itch above her lower spine，显得很拗口，原因仍是与语境贴合得不好。这里是在描写一个死人的状况，因此是一个静态的图景，但原译却使用了动作感很强的表达方式："尝试着想挠一下"。此外，原译"脊柱的下方"也很别扭，而且也不准确，因为原文是 lower spine。原文此处的语境只是主人公对死者的一个观察和描述，并不是精确的解剖说明，因此不妨将其译作"尾骨"，这样中国读者一看就知道是怎么回事了。

参考译文

　　屋子里空无一人,但床上很凌乱,地板上散落着急救用品。她那不是很周正的下巴在颤抖着,她向后退去,进到客厅,那里壁炉的火正烧得噼啪作响。悄无声息地,她摸到了地毯边,然后小心翼翼地围着空空的公文包、背囊和文件夹转了一圈,这些东西散落了一地,上面的标签表明了那位女士的职业身份:海波斯特龙公司,收购部;《吉本斯诉科诺莎汽车技术公司案》;帕斯科公司;再融资部;乡村选区重划听证会。

　　她朝厨房走去。

　　猛地收住脚步。眼前的地板上躺着一对年轻夫妇的尸体。他们穿着职业装,衬衫都被血浸得发黑了。两人都是头部中弹,妻子的脖子上还中了一枪——那些血都是从她身上流出来的。丈夫是在慌乱中想跑,结果滑倒了,一条红色的滑痕从他的鞋子一直延伸到那张浸血的地毯。妻子死之前翻了个身。她俯卧着,右臂在身后扭曲着,扭出了一个很绝望的角度,仿佛是想伸手去挠自己的尾骨。(王东风 译)

专题讨论

翻译中的问题意识

　　问题意识是做学术研究所必须要有的一种意识。其实,翻译实践也需要有很强的问题意识,只是翻译实践中的问题意识与学术研究的问题意识有性质上的不同而已。简而言之,学术研究的问题意识与研究问题有关,翻译实践中的问题意识与翻译困难和因为翻译而造成的问题有关。凡对原文不解,或译文中文不通理不顺的地方,皆存在这种问题。翻译实践者的问题意识就是不放过任何这样的问题。具体做法就是针对文不通理不顺的地方,多问自己几个为什么,如果这样的问题可以在译本的语境中找到解答,问题即可得到解决;如果无解或费解,则需重新考虑原先的理解是不是正确。

　　其实,翻译的过程就是一个批评的过程,因为翻译离不开选择,原文某一表达方式在译文语言中的潜在对应可能有多种选项,但最后被选的只能是其中之一,这其中的优胜劣汰的过程,就是一个批评的过程:那些被淘汰掉的选项与被选的选项相比,其可能存在的问题要多一些。可见,在这个选择过程中,已经包含了一个批评的过程,而批评总是有针对性的,针对的是什么呢?针对的就是问题。

　　虽然在译文的形成过程中,已经隐含了批评的过程,但必须指出的是,经验欠缺的译者由于问题意识和批评意识不是很强,所以经常会把一些本该在理解过程中解决的问题遗留在译文中。这在经验欠缺的译者中会出现,而在经验丰富的译者笔下也同样会出现,正所谓"智者千虑必有一失"。所以当译文完成之后，译者应该将译本当作一个独立的文本来反复诵读和体会，这个过程往往会使译文中的一些问题凸显出来。发现问题的概率越高，问题被纠正的概率自然也就越高。

以本单元的原译为例，其中就有多处明显的问题，译者如果有很强的问题意识，就不会将这些问题留在译本之中，而应在译本定稿之前就将其解决。如：那儿的壁炉发出噼里啪啦的声音。译者应该有的问题意识是：壁炉怎么会发出噼里啪啦的声音？如果译者对自己提出了这个问题，就会去对照原文，便可以发现是漏译了原文的fire。再如：她回到客厅，那儿的壁炉发出噼里啪啦的声音，尽量让自己保持安静。问题："尽量让自己保持安静"在此的语法主语是谁？答案只是"壁炉"。于是，问题被发现：这个小句的语法主语应该是"她"。解决这个问题并不难，关键在于发现问题。译者如果有很强的问题意识就应该会发现这个问题。此外，"尽量让自己保持安静"本身也存在问题，前面的点评已讲过，在此就不重复了。

凡被批改和被点评的地方，无论是本单元的，还是别的单元的，大多都是有问题的地方，只是有的问题比较明显，有的问题不那么明显。本教材的一个目的就是希望通过这些批改和点评培养翻译学习者的问题意识和批评意识，提高发现问题和解决问题的能力。

16 The Bodies Left Behind 节选之四

▶ 原 文

Graham and Munce were making their way carefully down the slope from the interstate.

A truck sped past behind them, the noise dampened by the foliage and confused by the wind as the driver downshifted and filled the night with the rattle of a Gatling gun.

Soon they were well into the trek, not talking, uttering only labored breathing—the effort to stay upright and not fall forward was as great as a climb upward would have been. They could hear the rush of the river, a hundred feet below, in the cellar of the gorge.

Graham made his living with flora and he was keenly aware of how different the vegetation around him now was from that at his company, plants sitting subdued in ceramic pots or lolling on bundled root balls. For years he'd changed the geography of residences and offices by plopping a few camellias or rhododendrons into planting beds primed with limey soil and tucking them away under a blanket of mulch. Here, plants weren't decorations; they were the infrastructure, population, society itself. Controlling all. He and Munce meant nothing, were less than insignificant, as were all the animals here. It seemed to Graham that the croaks and hisses and hoots were desperate pleas that the trees and plants blithely ignored. Indifferent.

✎ 原 译

格拉哈姆和慕斯小心地从州际公路上顺着斜坡往下走。

一辆卡车从他们身后飞驰而过，随着司机的减速，汽车发出的噪音被树叶挡住，再和风声混在一起，夜晚那轰隆隆的声音就像是格特林机枪扫射的声音。

很快他们就进入了长途跋涉。一路上两人都不说话，只是发出费力的呼吸声——他们像向上攀登一样，努力保持直立不向前跌倒。他们听到河流奔腾的声音，就在一百英尺下面那个地窖般的大峡谷之中。

格拉哈姆就是靠植物谋生的，他非常了解他现在身边的这些植物和他公司的那些种在陶瓷花盆或者根部被泥球包裹着的植物有多么不同。多年来，通过把山茶花和杜鹃花种到装着石灰质土壤的移植床里面，然后铺上一层护根的泥土，他已经改变了很多住宅和办公室的面貌。然而，在这里，植物不再是装饰品，而是这里的基础设施、居民、社会。植物控制了这里的一切。他和慕斯在这里什么都不是，就如这里的动物一般，是微不足道的。在格拉哈姆看来，一阵阵的蛙鸣、蛇嘶、鸟叫就像是被那些花草树木忽略掉的绝望哀求。快活的草木此漠不关心，视若无睹。

The Bodies Left Behind 节选之四

▶ 原文

Graham and Munce were making their way carefully down the slope from the interstate.

A truck sped past behind them, the noise dampened by the foliage and confused by the wind as the driver downshifted and filled the night with the rattle of a Gatling gun.

Soon they were well into the trek, not talking, uttering only labored breathing—the effort to stay upright and not fall forward was as great as a climb upward would have been. They could hear the rush of the river, a hundred feet below, in the cellar of the gorge.

Graham made his living with flora and he was keenly aware of how different the vegetation around him now was from that at his company, plants sitting subdued in ceramic pots or lolling on bundled root balls. For years he'd changed the geography of residences and offices by plopping a few camellias or rhododendrons into planting beds primed with limey soil and tucking them away under a blanket of mulch. Here, plants weren't decorations; they were the infrastructure, population, society itself. Controlling all. He and Munce meant nothing, were less than insignificant, as were all the animals here. It seemed to Graham that the croaks and hisses and hoots were desperate pleas that the trees and plants blithely ignored. Indifferent.

✎ 批改

格雷厄拉哈姆¹和慕蒙¹斯离开小心地从州际公路，小心地从上顺着斜山坡²往下走。

一辆卡车从他们身后飞驰而过，随着司机的减速，汽车发出的噪音被树叶一挡住³，再和被风声混在一搅和起，黑夜晚里⁴那轰隆隆的声音就像是格特林多管机枪在扫射的声音⁵。

很快，他们就开始进入了长途艰难的跋涉⁶。一路上两人都不说话，只是发出费力的呼吸声——他们像向上攀登一样，努力保持直立不向前跌倒，跟向上攀登一样，都很吃力⁷。他们听到河流奔腾的声音，就在一百英尺下面那个地窖般的大峡谷之中。

格雷厄拉哈姆就是靠植物谋生的，他非常了解他现在身边的这些植物和他公司的那些花草种在陶瓷花盆或者根部被泥球包裹着的植物有多么不同。公司里的花草要么驯服地端坐在陶瓷花盆里，要么懒洋洋地倒伏在被捆扎好的根球上⁸。多年来，通过把山茶花和杜鹃花种到装着石灰质土壤的移植床里面，然后铺上一层护根的泥土，他已经改变了很多住宅和办公室的面貌。他要做的事就是把山茶花和杜鹃花种到掺有石灰质土壤的花坛上，然后铺上一层护根的泥土。⁹然而，在这里，植物不再是装饰品，而是这里的基础设施、居民、社会。植物控制了这里的一切。他和慕蒙斯在这里无足轻重，毫无意义什么都不是，就如这里的动物一般，是微不足道的¹⁰。在格雷厄拉哈姆看来，一阵阵的蛙鸣、蛇嘶、鸟叫枭啼¹¹不过是就像是被那些花草树木忽略掉的绝望中的哀求号一，那些自得其乐快活的草木对此是无动于衷漠不关心¹²一。视若无睹。

117

★ 点 评

1 原译用"慕斯"来译 Munce，用的是音译的方式，但漏了一个不该漏的音 [n]。若将这个音考虑进去，音译出来的名字应该是"蒙斯"。人名翻译的原则是"名从主人，约定俗成"。所谓"名从主人"，就是译文名字的音要等同或接近原文名字的音。比如说，法国首都 Paris，若仅按英语的发音音译，应该是"派瑞斯"，但这原本是法语，因此音译要按法语的读音，所以才译成"巴黎"。"斯"的音没有是因为在法语中字母 s 不发音。同时根据法语的读音 [p] 也不像英语的 [p] 音那么轻，而 [r] 音则是小舌音，不像英语的 [r] 音要卷舌。"约定俗成"是指常见的名字已经有了定译，以后就沿用了此定译。如 John 已通译为"约翰"，那么翻译时就不要再音译成别的样子了。另外，Graham 有比较通行的译法，即"格雷厄姆"。

2 原译"从州际公路上顺着斜坡往下走"给人的感觉是顺着公路的斜坡往下走，但原文是 down the slope from the interstate，由 from 可见，slope 的意思不是公路上的斜坡，而是路边的山坡。

3 the noise dampened by the foliage 意思是指"噪音"被"树叶"抵消了一点，没那么大了，但原译用"挡住"，意思就过了点。因为如果是"挡住"的话，"噪音"就传不过来了。从语境上看，"噪音"并没有被"挡住"，只是被稠密的树叶减弱了。因此，这里 dampened 的意思只是"挡了一下"，并没有完全"挡住"。此外，dampened 的语义原型是"弄湿"的意思，在此是一个拟物的用法（英语修辞格中没有专门对应"拟物"的术语，汉语所说的"拟物"在英语里仍然是 metaphor），也就是把"噪音"拟作了一个可以被"弄湿"的东西，但汉语中似乎无法找到修辞对应的表达方式，因此改译作"挡"，是引申式的意译处理。

4 原译"夜晚那轰隆隆的声音"不太准确，虽然从上下文中不难看出"那轰隆隆的声音"是"卡车"发出的，但从句法上看，那"声音"却是"夜晚"发出的。没有必要将此句法问题留在译文中。修改时，只要将"夜晚"的句法功能明确地调整为地点状语即可。

5 Gatling gun 在汉语中有多种译法，其中包括原译的"格特林机枪"，但更通用的译法是"格林机枪"或"格林炮"，这是一种多管旋转机关枪或机关炮，火力超强，现已发展成射速极快的机关炮。若用通译"格林机枪"，读者很可能以为只是一种机枪，联想不到"多管旋转机枪"的意象，因此也就无法对其可能发出的声音作出一个相关的联想。因此翻译时不妨把这种本来需要做注的信息，直接植入译文，以免去读者看注释所造成阅读中断。在翻译技巧中，这种译法叫作音译或直译与意译相结合。

6 原译"长途跋涉"所对应的原文是 trek。词典中 trek 的释义有多种，但最典型的释义是

"艰难跋涉"；"长途跋涉"只是其释义之一，不是唯一的释义。从语境上看，文中所说的 trek 才刚刚开始，语境之中也并无"长途"的语义支持，因此不应植入"长途"这一语义成分。此外，原译"进入了长途跋涉"在表达上比较生硬，"进入"与"跋涉"的搭配不合适。

7 原译"他们像向上攀登一样，努力保持直立不向前跌倒"中有误译，译者对 as great as 的理解不正确，错误地将其当作 as 来理解了，而原文这个短语的意思是"跟……一样大"。原文这句的主干结构是 the effort ... was as great as a climb upward.... 意思是：跟爬山一样费力。把 effort 的定语 to stay upright and not fall forward 加进来，意思就是"保持直立不向前跌倒，跟向上攀登一样，都很吃力"，这也是生活常识，就像中国人说的"上山容易下山难"道理是一样的。

8 原文 he was keenly aware of how different the vegetation around him now was from that at his company, plants sitting subdued in ceramic pots or lolling on bundled root balls 是一个比较难译的句子，或者说是难译好的句子。原译"他非常了解他现在身边的这些植物和他公司的那些种在陶瓷花盆或者根部被泥球包裹着的植物有多么不同"已经算是不错的译文，意思都译出来了。但从文学的角度上看，却没有译好，因为原文中有两处生动的拟人——sitting subdued..or lolling——完全没有体现出来。sitting subdued 是"驯服地坐着"的意思，lolling 是"懒洋洋地坐或卧"的意思。但原译为了将原文整个句子的意思也用汉语的一个句子来体现，只好对由 plants 所引出的同位语短语采用紧缩式处理，尽可能用最少的词把这个同位语部分的意思译出来，为求短需要把原文的后置定语译成前置定语。原译因为紧缩用词的需要，只好把原文的拟人丢掉了。作为文学翻译，原文中具有修辞色彩的地方一定是具有文学性的地方，因此只要有可能是不应该轻易丢掉的。处理的办法就是不必把原文这句的意思用一个长句来表达，可以将现在的句子在合适的地方断开，为拟人的语义体现争取表达空间。其实原文也不是一句到底的，plants 及其连带部分所作的同位语在原句中位于主句之后，语义上的作用是补述性的。翻译时其实也可以这么做，先把主句部分译出来，再译同位语部分。主句部分的意思是："他深知此刻周围的植被与他公司里的那些花草有多大的不同"，这个句子已经很完整，做一个句子完全没有问题。然后再处理同位语的部分。这部分的意思是："公司里的那些花草要么**驯服地端坐在**陶瓷花盆里，要么**懒洋洋地倒伏在**被捆扎好的根球上"。如此，原文的意思表达出来了，修辞特色也体现出来了。傅雷说，文学翻译要"重神似不重形似"，千万不要把这话理解成"重意似不重形似"。真正的神，其实是离不开形的。正如南北朝著名思想家范缜（约450—515）所言，"神即形也，形即神也。是以形存则神存，形谢则神灭也。"翻译中的神似应该是形与意的完美结合。

9 原译用"通过把山茶花和杜鹃花种到装着石灰质土壤的移植床里面，然后铺上一层护根的泥土"来译 by plopping a few camellias or rhododendrons into planting beds primed with limey soil and tucking them away under a blanket of mulch，并将其位置由原文的主句之后，调至主句之前，意思虽然没有什么错，但结构不好，语序变化也破坏了原文的叙述方式。最主要的问题是方式介词"通过"所引导的部分太长，而且其中还包含一个并列部分。这种主句之前的长介词短语，再加上主句的部分，必然会生成一个长句。汉语的表达习惯还是短句推进，所以译文尽量不要把句子搞得太冗长。既然 by 后面是一组两个动名词短语，从结构上看，生成短句是一件很容易的事，因为短句的核心往往就是动词，只要围绕有动作含义的词，就可以生成小句。就此句而言，将介词短语部分译成小句，还有可能保留原文的语序，从而体现原文的叙述顺序。具体做法其实很简单，将主句部分先行译出，介词 by 以后的部分另起一个句子。若需要主语，就根据动作名词 plopping 和 tucking 的逻辑主语，引申出一个句法主语即可。此外，该句中的 planting beds，原译译成"移植床"，并没有错，但对一般读者来说，还稍微费解了点，其实这个词就是 flower bed（花坛）的变体。考虑到这里的语境制约因素中还有 residences and offices（住宅和办公室）和 camellias or rhododendrons（山茶花或杜鹃花），因此还是将其译成更加通俗一点的"花坛"为好。因为住宅和办公室里不太可能还有听上去很专业的"移植床"，既然种的是花，还是"花坛"更顺理成章一些。

10 原译将 He and Munce meant nothing, were less than insignificant, as were all the animals here 译成"他和慕斯在这里什么都不是，就如这里的动物一般，是微不足道的"，是对原文的语序做了调整，将处于句末的 as were all the animals here 的位置往前移到了原文的两个并列的谓语 meant nothing 和 were less than insignificant 之间。这两个并列的谓语没有按常规在中间加个连词，从而强化了两个谓语之间的紧密关系；再看 as 引导的处于句末的从句，从句法上看，是从句与整个主句作比较，但因为原译改变了这个从句的位置，原有的关系就被搞乱了。这里其实不必调整语序，顺着译就可以了，即"他和蒙斯在此显得无足轻重，毫无意义，与动物无异。"

11 原译用"一阵阵的蛙鸣、蛇嘶、鸟叫"来译 croaks and hisses and hoots，很有创意，几乎完美地体现了原文的修辞特色和语义内含："一阵阵"以体现出原文的复数；"蛙""蛇""鸟"试图体现原文隐含的语义成分；"鸣""嘶"和"叫"试图模拟不同动物的叫声。只可惜对 hoot 的语义把握不够仔细，这并非是指一般的"鸟叫"，而是特指 owl（猫头鹰）的叫声。也许译者并非不知，而是在用了"蛙鸣"和"蛇嘶"之后，接下来若用"猫头鹰叫"，本可以形成的排比就被破坏了，表达效果会大打折扣，因此译者就换了个说法，即"鸟叫"，以保证修辞效果的完整。但译者却忽略了另一个问题，"蛙鸣"和"蛇嘶"可以算是拟声，但"叫"却不是拟声，因此还是没有完全达到最佳的对称美。解决"猫头鹰"字数多的问题，其实首先应该想到另一个路子，即寻找"猫头鹰"的同义词，看它的同义词中有没有合适的选择。汉语中，"猫头鹰"的另一个说法是"鸮"，在动物学上,"枭"是上义词,"猫头鹰"属于"枭形目"。汉语中"枭啼"一词正好适用于此处。

12. the croaks and hisses and hoots were desperate pleas that the trees and plants blithely ignored 被译成了"一阵阵的蛙鸣、蛇嘶、鸟叫就像是被那些花草树木忽略掉的绝望哀求。快活的草木此漠不关心",其中有几个可圈可点之处,除了"蛙鸣、蛇嘶",译者还将 trees and plants 简化成"草木",将 blithely 作词类转换和换位处理都做得不错,只是选词("快活的草木")不好,太常用了,不太适配于 blithely。这个词的使用频率并不高,从诗学的角度看,就具有一定的文学性,因此翻译时应该选择文气一些的同义词。此外,原译对定语从句的前置处理不是很合适:定语从句被转换成"的"字结构作前置定语,这使得主句的语义表达不如原文畅快。建议采用后置法处理原文的定语从句。定语从句在汉译时是前置还是后置,并不是看这个定语从句是限定性的,还是非限定性的。首先是要看其长短,短的定语从句,即便是非限定性的,也往往可以前置;而长的定语从句,即便是限定性的,也往往难以译成前置的定语;不过,短的定语从句,是否前置,还要看具体的语义表达。比如这个定语从句,并不是很长,但内容并不少,即便是经过浓缩而前置,整个句子的语义表达效果也不是很好。在这种情况下,就有必要试一试后置:"一阵阵的蛙鸣、蛇嘶、枭啼不过是绝望之中的哀号,那些自得其乐的草木对此是无动于衷"。

参考译文

格雷厄姆和蒙斯离开州际公路,小心地顺着山坡走下来。

一辆卡车在他们的身后疾驰而过,随着司机的减速,车子发出的噪音被树叶一挡,再被风一搅合,黑夜里那轰隆隆的声音听上去就像是格林多管机枪在扫射。

很快,他们就开始了艰难的跋涉,两人都不说话了,发出的只是吃力的呼吸声——保持直立不向前跌倒,跟向上攀登一样,都很吃力。他们听见河水奔泻的声音,就在一百英尺下面那个地窖般的峡谷之中。

格雷厄姆靠植物谋生,因此他深知此刻周围的植被与他公司里的那些花草有多大的不同。公司里的花草要么驯服地端坐在陶瓷花盆里,要么懒洋洋地倒伏在扎好的根球上。这么多年来,他改变了许多住宅和办公场所的面貌,他的工作就是把山茶花或杜鹃花栽进掺有石灰质土壤的花坛上,然后再铺上一层护根的培土。在这里,植物不是装饰品;它们是这儿的基础设施、种群、社会。控制着这儿的一切。他和蒙斯在此显得无足轻重,毫无意义,与动物无异。在格雷厄姆看来,一阵阵的蛙鸣、蛇嘶、枭啼不过是绝望之中的哀号,那些自得其乐的草木对此是无动于衷。视若无睹。(王东风 译)

> 专题讨论

不要无视叙事体作品中的语序

中国传统的翻译观重意不重形，而语序就属于形式范畴。在重意不重形的理念驱动下，译者在翻译时把注意力都放在了意义的传达上，对语序很不重视，即便是很多保留了难度不大的语序，也往往因为译者注意力不在这上面而被忽略。随着翻译学跨学科研究的深入，人们逐渐意识到，在小说这种叙事体作品中，语序并非毫无意义，它是叙事结构的主要成分。并且在有些变异的语序中，语序还会被前景化，具有文学性。典型的案例是《傲慢与偏见》(The Pride and the Prejudice)开篇第一句话：

It is a truth universally acknowledged that a single man in possession of a good fortune must be in want of a wife.

在该作多达两位数的译本中，绝大多数都把这句话的语序给颠倒过来了，就是为了把这个句子的意思表达出来，如在王科一的译本中，这句话就采用了逆序译法：

凡是有钱的单身汉，总想娶位太太，这已经成了一条举世公认的真理。

其实原文这句话的语序大有文章可说，且保留原文语序也不是难事，甚至可以像同传那样，用顺句驱动的方式译出来，如：有一个真理，举世公认，那就是，单身汉有了钱就必定要有一个太太。这其中有什么文章可做呢？逆序译法体现的是常规的说法，语言策略的目的是信息传递，因为常规的逻辑表达顺序是先事实后结论，但原文却是先结论后事实，所以人们一般不这么说。其实，采用逆序翻译在表意上也并不是一点问题都没有，因为这种说法会造成一个潜在的常识问题：单身汉有了钱就要找个老婆——这是真理吗？还举世公认的真理？这似乎也太不把真理当真理了。而用顺序译法，其语气则明显是在调侃，修辞上对此还有说法，叫"突降"(anticlimax)。平常朋友间短信逗乐时常这么玩。这种修辞格的搞笑功能在于先把读者的期待推上高峰，然后再重重摔下。这句是该小说的开篇第一句话，绝不是作者随便写出来的，而是一种选择的结果，它体现的是小说的一种风格基调：冷幽默式的调侃，而这种效果正是利用语序来体现的。假如作者真的是要表达常规的意思，她何必要绕这么个大弯（原文句式亦称"圆周句"）来说这话呢？她完全可以说：A single man in possession of a good fortune must be in want of a wife. It is a truth universally acknowledged. 这总不是洋泾浜英语吧？再从翻译的角度看，假如针对这句的译法也跟上面那个逆序译法一样，那碰到常规的语序也会这么译，如此，这种译法就不是选择的结果了，而是在翻译认知过程中根本就没有做形式的选择，这显然是值得商榷的。

语言学早已证明语序具有表意性。语义学甚至认为语序本身就是一种意义，即主位意义(thematic meaning)。翻译既然是"译意"，自然不应该忽略这种意义。所谓"主位"，即句子的第一个句法成分，不一定是主语。句子的建构过程即是"主位化"(thematization)的过程。句子内的信息分布也是很有讲究，一般是已知信息在前，新信息在后，而一旦出现新信息在前的情况，则往往别有含义。常规语序有常规语序的主位意义,变异语序有变异语序的主位意义,因此在翻译时,如果改变语序,就会破坏原文的主位化结构及连带的主位意义,因此译者一定要警惕,一要看这种破坏是不是影响意思的表达;二要看其是否影响了修辞的体现。

功能语法对语序也很重视,并将小句的语序与语篇建构联系起来,提出了主位推进的概念,区分了多种主位推进的模型。这就将小句的语序,尤其是句首和句尾的部分,与语篇的衔接联系了起来。中国传统文章学里讲求"文气贯通",但对如何贯通说得并不是很明白;而功能语法对于主位推进的研究在一定程度上回答了这个问题。

叙事学的研究也表明,语序与叙事焦点和叙事顺序有关,改变语序会导致叙事结构的变化,生成与原文不同的叙事焦点和叙事顺序。

就本单元的原译而言,译者有几处大的语序调整,都或多或少地伤及意义的准确传递,或伤及了文学性的体现。比较典型的有三处。第一处是:

he was keenly aware of how different the vegetation around him now was from *that* at his company, *plants sitting subdued in ceramic pots or lolling on bundled root balls*

他非常了解他现在身边的这些植物和他公司的**那些种在陶瓷花盆或者根部被泥球包裹着的植物有多么不同**

在原文中,plants与that同位,译者将二者合一,顺势将plants后的两个动名词短语译成前置定语,实际上是用整个由plants带出同位语部分替换了that,也就是将整个同位语部分的位置做了前移。这样做的一个负面影响是:同位语短语中两个具有鲜明拟人色彩的动名词短语因为体现空间不足被迫做了意译处理。再反观原文的结构,原文是把主句的内容先交代完,然后再用同位语短语来对主句中的部分做进一步的补述,这其实也正是同位语的功能。原译改变了这个主位化的结构,得到的是意思的流畅表达,失去的是两个生动的拟人修辞格。以译文的这种主位化运作,损失是不可避免的,因为前置定语不能太长,而即便是已经牺牲掉两个拟人辞格,现在的定语部分仍然很长。作为文学翻译,这绝对是得不偿失的。为什么这么绝对呢?因为如果尊重原文的主位化结构,不改变语序,将补述的部分仍然拖后处理,这样就会为那两个拟人修辞格争取到足够的表达空间,因为后置的补述结构对长度的控制比较富有弹性,有足够的空间来容纳那两个富有创意的拟人。详见点评9。

原译第二处值得商榷的语序调整是:

For years he'd changed the geography of residences and offices *by plopping a few camellias or rhododendrons into planting beds primed with limey soil and tucking them away under a blanket of mulch.*

多年来,**通过把山茶花和杜鹃花种到装着石灰质土壤的移植床里面,然后铺上一层护根的泥土,**他已经改变了很多住宅和办公室的面貌。

原译把原文由by引导的介词短语调整到了主句之前,本来这种调整也是合理的,因为by短语是一个方式状语,汉语方式状语的位置常位于主句之前。但在这句特定的语境中,这种前置调整导致了整个短语偏长,结构也偏复杂,不太符合汉语短句推进的表达习惯,不妨顺着原文的语序，将by短语部分另译成两个小句，拖后的位置不变，准确和流畅两方面都不会有什么损失。详见点评10。

原译第三处有问题的语序调整是：

He and Munce meant nothing, were less than insignificant, *as were all the animals here.*

他和慕斯在这里什么都不是，**就如这里的动物**一般，是微不足道的。

这里的语序变化也没有必要，这种变化会对原文的语义侧重施加不必要的影响。若不变原文此句语序，译文是：

他和蒙斯在此显得无足轻重，毫无意义，与动物无异。

详见点评11。

总之，在翻译小说这种叙事体作品时，语序的表意作用不可忽视。这并不是说语序绝对不能变，而是在变的时候，至少得清楚地知道得到的是什么，失去的又是什么；得是不是可以偿失。如果这种变化是非变不可，不变则无法准确达意，或无法实现流畅表达，那么变就是应该的、必要的；否则就是多余的，甚至是有害的。

⑰ The Last Nazi 节选之一

▶ 原 文

Harris Johnson and the team leader went through the door with their submachine guns in hand yelling, 'FBI! Don't move!' followed by two agents on their flanks, automatics at eye level. The rookie shone a beam of light into the subject's face.

Watching from the stair, Melissa caught a glimpse of an old man sitting in a worn club chair, his grizzled face stunned and confused, his eyes squinting at the Maglite and guns. Harris Johnson, whom she'd been working with on the case, put the muzzle of his weapon against the old man's head and said, 'We can't prone him out, he's hooked up!'

Another agent said, 'I say we put him down anyway!'

The team leader said, 'Everybody hold what you got!'

Ordinarily they would have put their subject face down on the floor and cuffed his hands behind his back, but there was an IV pole standing next to him with a plastic bag of fluid at the top and a clear tube running down to his arm. She heard the team leader yell from beneath his lowered visor, 'Harris, you've got the controls.'

Harris Johnson looked at the old man a moment, then yelled, 'Okay, Gale! We're ready to make an ID!' (to be continued)

✍ 原 译

哈里斯·约翰逊和领队手端半自动手枪，边走进门边喊道"FBI！不许动！"紧跟在他们侧翼的是另外两个特工，自动步枪瞄准目标。那个新手将一束亮光照射在嫌疑犯的脸上。

从楼梯上看上去，梅莉莎看到一个老人坐在一个破旧的俱乐部里用的那种椅子上，灰色的脸上充满了惊讶和迷惑，他的眼镜斜视着Maglite灯和枪支。

哈里斯·约翰逊，和她一起参与这个案子的伙伴，用枪指着老人的头说道，"我们不能让他脸朝下趴在地下，他正在输液！"

另一个特工喊道，"我认为我们应该不管怎样都要把他放倒！"

领队喊道："每个人站在你们现在的地方！"

通常他们总是把嫌疑犯脸朝下放倒，并从背面给他铐上手铐，但在他身边有一条经脉输液杆立在他旁边，上面有一包液体，并有一条透明的管子连在他的手臂上。她听到领队在他的面罩后喊道，"好，哈里斯，你控制住局面。"

哈里斯·约翰逊盯着那个老人看了一会儿，然后喊道，"好了，盖尔！我们需要作一个身份验证！"（未完待续）

原文

Harris Johnson and the team leader went through the door with their submachine guns in hand yelling, 'FBI! Don't move!' followed by two agents on their flanks, automatics at eye level. The rookie shone a beam of light into the subject's face.

Watching from the stair, Melissa caught a glimpse of an old man sitting in a worn club chair, his grizzled face stunned and confused, his eyes squinting at the Maglite and guns. Harris Johnson, whom she'd been working with on the case, put the muzzle of his weapon against the old man's head and said, 'We can't prone him out, he's hooked up!'

Another agent said, 'I say we put him down anyway!'

The team leader said, 'Everybody hold what you got!'

Ordinarily they would have put their subject face down on the floor and cuffed his hands behind his back, but there was an IV pole standing next to him with a plastic bag of fluid at the top and a clear tube running down to his arm. She heard the team leader yell from beneath his lowered visor, 'Harris, you've got the controls.'

Harris Johnson looked at the old man a moment, then yelled, 'Okay, Gale! We're ready to make an ID!' (to be continued)

批改

哈里斯·约翰逊和~~领队~~长[1]手端~~半自动手~~冲锋枪[2]冲进门去，~~边走进门边喊道~~大喝一声，[3] "~~FBI~~联邦调查局[4]！不许动！"紧跟在他们侧翼的是另外两个特工，~~自动步~~冲锋枪瞄准着目标[5]。那个新手[6]将一束~~手电亮~~[7]光照射在嫌疑犯的脸上。

从楼梯上看上去，梅莉莎看到一个老人坐在一个破旧的~~俱乐部里用的那种椅子~~单人沙发[8]上，灰色的脸上充满了惊讶和迷惑，他的~~眼睛~~眼斜视着~~Maglite灯~~手电筒[9]和枪支。哈里斯·约翰逊，~~和~~是她一起参与这个案子的~~伙伴~~搭档[10]~~，~~。他用枪指着老人的头说道，"我们~~不能~~没法让他脸朝下~~趴下~~~~在地下~~[11]，他正在输液！"

另一个特工~~喊道~~说，"我说，管他呢，~~我认为我们应该~~不管怎样都要把他先放倒再说[12]！"

领队~~长~~~~喊道：~~说，"每个人站在你们现在的地方都给我盯紧了[13]！"

通常他们总是把嫌疑犯脸朝下放倒，并从背面给他铐上手铐，但~~在他身边有~~立着一~~条~~根~~经~~静脉输液杆立在他旁边[14]，上面有一包液体，并有一条透明的管子连在他的手臂上。~~她~~梅莉莎[15]听到领队~~长~~在隔着压得很低他的头盔面罩[16]后喊道，"好，哈里斯，这儿交给你控制住局面了[17]。"

哈里斯·约翰逊盯着那个老人看了一会儿，然后喊道，"好~~子的~~，盖尔！我们~~需要作一个~~马上做身份验证[18]！"（未完待续）

★ 点 评

1 从下文看，原文中的 team 是配合美国联邦调查局（FBI）行动的，因此应该是"特警队"，所以用"领队"来译 team leader 就不合适了，用"队长"会更合适，因为"领队"不是警队的相应职位的名称。

2 "半自动手枪"是误译，submachine guns 是"冲锋枪"的意思。

3 原译"边走进门边喊道"所体现的动感不是很强，不太切合这种突击行动的特点。

4 既然是翻译，应该还是要译过来。

5 这里的 automatics 仍然是我们一般所说的"冲锋枪"。此外，at eye level 字面意思是把枪举到眼睛的高度，实际上原文是在描写瞄准的动作，而瞄准必定是用眼睛（eye）的，因此原译是可以接受的。

6 原译用"新手"来译 rookie 没有问题。该词之前有个定冠词 the，显然这个 rookie 在前文已经出现过，因此这里译作"新手"应是对前译的延续。但如果语境许可，这个词也可以译成"菜鸟"，因为在中国的军队里，人们常用"菜鸟"来称谓那些"新兵蛋子"。rookie 这个词的词根 rook 就是一种鸟。"菜鸟"在国内军旅剧中的流行很可能就是来自于美国电影中的翻译。

7 用"亮光"来译 light 其实只译出了该词的字面意思，并不准确。其语境意义毫无疑问是手电筒发出的光，"手电筒"即指下文出现的 Maglite。

8 "俱乐部里用的那种椅子"是误译，club chair 是"单人沙发"的意思。详见本单元后面的短文讨论部分。

9 译文前面不译 FBI，直接将其写到译文中，还情有可原，因为翻译文学的读者一般不会不知道 FBI 是什么，但"Maglite 灯"为何物，相信绝大多数读者不知道。原译不将其译出显然是不合适的。Maglite 是美国著名的手电筒品牌，以光强耗电小著称。该品牌现多译作"美光"，是一种音义结合的译法。注意，原文此处是直接用 Maglite 代替"手电筒"的，考虑到该语境是一个动作场面，这里不妨直接译作"手电筒"。毕竟这是个通俗小说，且是动作型小说，叙事风格应该以快为准，不应纠缠这个细节。若译成"美光手电筒"，则多少有点分散读者注意力，因为可能还要为这个"美光"做个注释。

10 警察、侦探、特工们称自己的合作者一般都用"搭档"。原译这里用"伙伴"，还有上文用"领队"，都不是行话，显示出译者对生活的观察不够细致，或是译者语言运用与生活之间相关联的联想力还不是很强。

11 "我们不能让他脸朝下趴在地下"一句表达上很不简练，也不符合该语境动感十足的节奏。"让他脸朝下趴在地下"可以简化为"让他趴下"。从下文看，原译对这种动感语境中人物会话的节奏感没有从整体上去把握，表达上趋于拖沓，口语性和对话性都不是很好。

12 原译用"我认为我们应该不管怎样都要把他放倒！"来译 I say we put him down anyway 明显没有跟上原文的节奏。原文只用了七个词，八个音节。译文用了 17 个字，也就是 17 个音节才把这话说完。原文那种急促的现场感完全被慢条斯理的译文给摧毁了。如果这是电影配音，势必会出现银幕上的人话已说完但配音还未结束的情况。文学作品中人物会话的翻译要求译者尽可能身临其境地去体会会话的含义、语气和节奏。本单元原文的语境是快节奏的，这种节奏下的人物会话不宜拖沓。可以改为"我说，管他呢，放倒再说！"

13 原译"每个人站在你们现在的地方！"，语气显得十分生硬，完全不像是一个特警队长在这种场合下应该发出的那种不假思索、冲口而出、斩钉截铁的指令。现场的人听到这样的命令，大概会觉得无所适从，仿佛踩到了地雷，动弹不得。该译文所对应的原文是 Everybody hold what you got! 可见原译只是勉强译出了原文的字面意思，而这个意思在这个语境下，以一种命令的方式出自一个特警队队长之口，其实就是要求队员各就各位并集中注意力。翻译这样的命令语，一方面要以命令的文风译出；另一方面意思还要体现到位。

14 原译"**在他身边**有一条经脉输液杆立**在他旁边**"，一句之中"在他身边"居然出现了两次。另外，"静脉"错写成了"经脉"。这两处问题都是不应该出现的错误，出现的原因显然是因为译者在交稿前未做仔细的审阅，态度不够认真。

15 这里的"她"所对应的 she 是回指第二段中的"梅莉莎"（Melissa），距此已有三段之遥，中间已经出现了多个人物和多个"他"。英语代词和汉语代词在用法上有很大的不同，其中一个不同是英语男性和女性的单数第三人称主格分别是 he 和 she，读音和写法都不同；而汉语男性和女性的单数第三人称主格分别是"他"和"她"，写法虽不同，但读音相同，因此在两种代词混用的场合，就会混淆，难以分辨。为避免混淆，汉语在同样的场合，就会适当避免代词读音的混淆，采用避虚就实的方法来体现指称。

16 "在他的面罩后"用词不够准确，估计是原译译者并没有确切理解 beneath his lowered visor 的意思，而且还漏译了 lowered。

17 原译用"你控制住局面"来译 you've got the controls，显得很生硬，而且还有点费解。在此"口语＋命令＋急促"的语境参数中，完全没有实现再语境化（recontextualization）应有的效果。要确切理解原文的意思，应该首先了解特警队和联邦调查局特工之间的分工。一般情况下，特工的任务是调查，特警队的任务是复杂和危险的情况下抓人并提供警戒和安保。在本单元原文的语境中，特警队冲进现场，确信现场没有危险后，便将现场交给特工处理。这句由特警队队长说出的话，就是现场分工的体现。在此语境中，这个意思可以有多种表达方式，其中比较常见的一种说法就是："这儿交给你了"。

18 原译"我们需要作一个身份验证"，不太口语化，而且 be ready to 的意思也没有译出来。这个短语在此是"马上""立刻"的意思。

参考译文

哈里斯·约翰逊和队长手持冲锋枪冲进门去，大喝一声："联邦调查局！不许动！"紧贴在他们侧翼的是另外两个特工，冲锋枪举在眉端，瞄准着目标。那个新手将一束手电光直射在嫌疑犯的脸上。

从楼梯上看去，梅莉莎看到一个老人正坐在一张破旧的单人沙发上，灰白的脸上布满了惊讶和困惑，眼睛斜视着手电筒和枪。哈里斯·约翰逊，她在该案中的搭档，用枪指着老人的脑袋说："我们没法让他趴下，他正在输液！"

另一个特工道："我说，管他呢，放倒再说！"

队长说："大家都盯紧了！"

通常他们总是把嫌疑犯脸朝下摁倒，从背后铐上手铐，但老人身边立着一根静脉输液杆，一条透明的管子连到他的手臂上。她听到队长隔着压低的头盔面罩在喊："行了，哈里斯，这儿交给你了。"

哈里斯·约翰逊上下打量了一下老人，然后喊道："好的，盖尔！我们马上做身份验证！"

（王东风 译）

专题讨论

利用网络的图片搜索来确认实物词语翻译的准确性

以往翻译所用的工具主要是词典，但词典的收录词永远赶不上语言的变化，尤其在如今信息爆炸、科技突飞猛进的网络时代，新事物和新词满天飞，很多新词新概念在词典里都找不到。在仅靠词典的时代，每每碰到词典查不到的词和词义时，译者必须费尽心机去查询和确认。而如今在网络时代，新词新义对翻译所造成的干扰已经大大减小。不过，很多翻译新手对于如何利用网络来查询所需的词语和词义仍然不是很熟练。课堂教学中，有很多可以通过网络解决的问题,仍然被学生留在了作业之中。本单元选用的这篇学生的翻译习作就充分暴露出了这样的问题。

第一个比较典型的案例是submachine guns,被原译译成了"半自动手枪"。其实,像这种反映实物的词语,可以通过网络去查该词的图片,那些图片往往会帮助我们确认译文是否准确。以下是在百度上搜"半自动手枪"得到的第一排图片:

以下是在百度上搜submachine gun得到的第一排图片:

可见,用"半自动手枪"来译submachine gun是不准确的。在一般读者的心目中,submachine gun的图片才是通常认为是"冲锋枪"的图片。

另一个典型案例是club chair的翻译。原译是"俱乐部里用的那种椅子",其中的问题很明显:"俱乐部里用的那种椅子"是哪种椅子?相信读者也只能是据此瞎猜。在百度上输入club chair,点击"图片",以下是搜索结果之一:

百度图片搜索中的club chair大多就是这种样子,而这种椅子在中国人的眼里是"单人沙发"。

通过这两个案例,可以看出,网络图片搜索对于确认实物词语翻译的准确性有很重要的参考价值。像本单元原文中出现的其他几个我们并不是很熟悉或有把握的词语,如Maglite、IV pole、visor等,均可以通过网络的图片搜索找到语境所需的参照。不过,必须指出的是,不同的网络搜索引擎,其能力是不同的。

18 The Last Nazi 节选之二

▶ 原文

(continued) Melissa Gale pulled her industrial mask over her nose and mouth, adjusted the elastic straps behind her head, and climbed the remaining steps toward the open door. Entering the room, she saw an old man in gray sweatpants and a dirty T-shirt sitting upright with his arms resting on tattered armrests, his feet on the floor, his head wobbling but proud and erect. She thought he looked more like a dying old athlete than a killer.

She looked around the room and saw his ratty slippers, an unmade Murphy bed, magazines and junk strewn around, a grimy window at the back wall, a Styrofoam coffee cup, and a TV set still flickering with a *Seinfeld* rerun. To her right was a kitchenette with dirty pots in the sink, a Formica table with a laptop computer on it, lid up, screen dark. On the wall was a movie poster of *Saving Private Ryan*.

She stepped up to the subject and looked into a pair of watery eyes. Could this old coot with salt-and-pepper stubble and a Zane Grey paperback on his lap still be killing people? Yes, he could. Evil didn't look like Freddy Kruger, evil looked ordinary. Banal. Like him.

✎ 原译

（接上）梅莉莎·盖尔拉下防毒面具，盖住鼻子和嘴，并调整了一下脑后的松紧带，爬上了剩余的楼梯，向门口走去。进入房间以后，她看见一位老人灰色放汗短裤，上穿一件肮脏的T恤，手臂放在椅子脏兮兮的扶手上，笔直的坐在那里，他把脚放在地板上，他的头有点摇晃，但还是高傲的且笔直的挺着。她想他看起来更像一位垂死的老运动员，而不是一个杀手。

她看看房子的周围，看到了他那破烂的拖鞋，未叠的墨菲被子，一些杂志和垃圾食品四散的扔在旁边，后墙上一个肮脏的窗户，一个聚苯乙烯泡沫塑料咖啡杯，一台电视机正在来回播放着Seinfeld。她的右手边是一个简易厨房，一些未洗的罐子堆在洗水池里，一台手提电脑放在福米卡桌子上，显示器已掀开，但屏幕是暗的。墙上贴着一张拯救大兵瑞恩的海报。

她走向嫌疑犯，直视着老人那有些潮湿的眼睛。这么一个留着花白色短发，膝上放着一本赞恩·葛雷平装本的老傻瓜还能继续杀人么？是的，他能继续杀人。纳粹分子看起来不像弗莱迪·克留格尔，他们看起来都很平常。甚至有点平庸。正像他一样。

原文

(continued) Melissa Gale pulled her industrial mask over her nose and mouth, adjusted the elastic straps behind her head, and climbed the remaining steps toward the open door. Entering the room, she saw an old man in gray sweatpants and a dirty T-shirt sitting upright with his arms resting on tattered armrests, his feet on the floor, his head wobbling but proud and erect. She thought he looked more like a dying old athlete than a killer.

She looked around the room and saw his ratty slippers, an unmade Murphy bed, magazines and junk strewn around, a grimy window at the back wall, a Styrofoam coffee cup, and a TV set still flickering with a *Seinfeld* rerun. To her right was a kitchenette with dirty pots in the sink, a Formica table with a laptop computer on it, lid up, screen dark. On the wall was a movie poster of *Saving Private Ryan*.

She stepped up to the subject and looked into a pair of watery eyes. Could this old coot with salt-and-pepper stubble and a Zane Grey paperback on his lap still be killing people? Yes, he could. Evil didn't look like Freddy Kruger, evil looked ordinary. Banal. Like him.

批改

梅莉莎·盖尔拉下戴上工业口罩防毒面具[1], 盖罩住鼻子和嘴, 并调整了一下脑后的松紧带, 爬上了剩余的后半截楼梯, 向开着的门口[2]走去。进入到房间里面以后, 她看见一位个老人, 下穿一条灰色宽松式运动长裤放汗短裤[3], 上穿一件肮脏的T恤, 笔直地坐在那里,[4]手臂放在椅子破烂兮兮[5]的扶手上, 笔直的坐在那里, 他把脚放在地板上, 他的头有点摇晃, 但还是高傲的且笔直的地挺立着[6]。她想他看起来更像一位垂死的老运动员, 而不是一个杀手。

她看看房子的周围在屋子里四下看了看[7], 看到了他那破烂邋遢的[8]拖鞋、未叠凌乱的墨菲被子折叠床[9]、一些散落一地的杂志和垃圾食品四散的扔在旁边[10], 后墙上一个肮脏满是污垢[11]的后窗户[12], 一个聚苯乙烯泡沫塑料[13]咖啡杯, 一台电视机正在来回重播放着Seinfeld《宋飞正传》[14]。她的右手边是一个简易厨房, 一些未洗的罐子锅碗[15]堆在洗水池里, 一台手提电脑放在福米卡塑料贴面的[16]桌子上, 显示器已掀开, 但屏幕是暗的。墙上贴着一张《拯救大兵瑞恩》的海报。

她走向嫌疑犯, 直视着老人那有些潮湿的眼睛。这么一个留着满脸花白色短发胡茬[17], 膝上放着一本赞恩·葛格雷[18]平装本的老傻瓜还能继续杀人么? 是的, 他能继续杀人。纳粹分子邪恶之人看起来上去未必都不像恶魔弗莱迪·克留格尔鲁格[19], 他们邪恶之人[20]看起来上去都很平常。甚至有点平庸。正像他一样。

★ 点 评

1 industrial mask 不是"防毒面罩"的意思，按字面意思译即可：工业口罩。汉语语汇中已经有这个词，劳保用品中也有这种口罩。从网络搜索图片可见，industrial mask 和防毒面具的图片分别是：

可见二者不是一种东西。

2 open door 被译成"门口"，并不是很准确。

3 原译将 sweatpants 译成"放汗短裤"是误译。首先，这不是"短裤"；其次"放汗"二字也有点莫名其妙。误译成因应该是译者没有仔细查词典，也没有上网求证。原文其实是"宽松的运动长裤"的意思。此外，这个词在此语篇之中还有一个词汇衔接，即下句中的 athlete（运动员）。运动裤——运动员，二者构成同现类（collocation）词汇衔接（lexical cohesion）。用语义学的话来说，这两个词属于同一个语义场。如果将 sweatpants 译成"放汗短裤"，那么此句中的"放汗短裤"和下句中的"运动员"之间就不存在同现理据了。也正因为如此，下句原译的意思在译文的语境才显得那么莫名其妙："他看起来更像一位垂死的老运动员"——怎么"看"出来的？两句之间的语义不连贯。只有将这个词译成"运动裤"，此句才能和下句形成语义连贯。

4 注意下面这段话中各动作词的排列顺序：an old man *in* gray sweatpants and a dirty T-shirt *sitting* upright with his arms *resting* on tattered armrests, his feet *on* the floor. 此句中具有动作含义的词有四个，分别是：in、sitting、resting 和 on。在词汇学和翻译学里，很多英语介词被视为具有动作含义，因此在此笔者将这里的两个介词视为动词。这四个动词的排列有叙事学的意义，体现了叙述者的叙述顺序，也就是叙述者的观察顺序。因此从叙事学的角度看，如果保留原文的叙述顺序不会使译文不准确或不通顺，就应该保留这个顺序。但原译不必要地改变了这里的叙事顺序："一位老人（穿着）灰色放汗短裤，上穿一件肮脏的 T 恤，手臂放在椅子脏兮兮的扶手上，**笔直的坐在那里**，他把脚放在地板上"，可见原译将"笔直的坐在那里"这部分的位置做了挪动，本来处于第二动作点，现被挪到了第三动作点，如此就破坏了原文的叙事顺序和内在逻辑。原文的叙事顺序是首先看到那老人上下各穿的是什么衣服，其次是老人的坐姿，最后是老人的手和脚的摆放位置。这个叙事顺序体现的是一位训练有素的特工在观察事物时所展现出来的内在条理和逻辑，但原译的改动直接破坏了这种条理和逻辑，而且从译文的表达中也可以清楚地看出这种条理的混乱：上衣——下衣——手的位置——**坐的姿态**——脚的位置。而原文的叙事条理是：上衣——下衣——坐的姿态——手的位置——脚的位置。

5 tattered 用"脏兮兮"来翻译不够准确。

6 原译"高傲的且笔直的挺着"不够简练，而且"的"字也用错了。"高傲"和"笔直"在此是修饰动词，因此是副词，汉语副词的形态标记是"地"。这虽是低级错误，但在英语专业的学生中，却十分常见。

7 此处原译显然暴露出译者翻译经验不足的问题，在误将 room（房间）想当然地当作 house（房子、屋子）的时候，居然毫无语境不合的意识。前面的译文是"进入房间以后"，随后一连串的动作并没有"又从房间出来"的情节，这里怎么就突然有"她看看房子的周围"的描述呢？这个动作显然在房间里是做不出来的。错误的原因来自一个低级的失误，即把 room 理解成了 house，但如果有起码的语境意识，也会察觉出这里的问题。

8 这里的原译没有太大问题，之所以把"破烂的拖鞋"改成"邋遢的拖鞋"，是因为上面的修改中已经用了一次"破烂的"。避免这种不必要的重复原因有二：第一，原文相应的两个词不是重复关系；第二，文学作品中若不是出于修辞需要，短距离之间出现这种重复会显得词语成色缺乏变化。此外，还有一个原因，原文用的词是 ratty，该词的语义原型是"老鼠"，引申义为"破烂的"，因此在表示"破烂的"的这层意思上，这个词在英文里相对比较生僻。为此，译文也应相应地用一个在使用频率上比"破烂的"更低的同义词才能在"文体意义"（stylistic meaning）上与原文实现对应，而"邋遢的"就是一个比较合适的选择。

9 Murphy bed 不是一种品牌为 Murphy 的"被子"，而是一种品牌为 Murphy 的"折叠床"，亦称"壁床"。原译"未叠的"意思并没有错，但不是仅仅指"被子"，而是指"折叠床上的被子"。一般而言，make bed 是"叠被子"的意思，"床"可以不译出来，但如果这"床"不是一般的"床"，而是"折叠床"，这个"床"就要译出来了。但这自然不可译成"未叠的折叠床"，因为容易产生歧义：这到底是指"折叠床"没收起来，还是指折叠床上的被子没叠。所以为使搭配关系不产生歧义，可将"未叠的"相应地改成"凌乱的"。另外，此处的品牌名"墨菲"可以省略，一方面是因为 Murphy bed 在美国英语中已经是"折叠床"的代名词；另一方面是因为在这个动作场面没必要用一个在中国并不是家喻户晓的品牌名并附加一个注释来分散读者的注意力。

10 原译将 junk strewn around 译成"垃圾食品四散的扔在旁边"，有三个不当之处：junk 是"垃圾"，不是"垃圾食品"，想必是译者先入为主了；around 不是 around it，意思是"房间到处",所以不能译成"旁边"。"旁边"在这个词语语境中,会与前面的"床"发生衔接性关联,"旁边"的语境意义是"床的旁边";第三处错仍是副词的形态标记:应该用"地",而不是"的"。

⑪ 前文已经用过"肮脏的",这里再用就是重复,但原文并不是重复。至此,原文已经用了三个不同的词来表示"肮脏":dirty、ratty、grimy,对应的译文是:肮脏的、破烂的、肮脏的,再加上还用了个"脏兮兮的"(对应 tattered),相比之下,译文用词的变化显然不如原文。dirty、ratty、grimy 之间表面上没有关系,但实际上在语篇中,它们之间构成了一个由同义词组成的词汇衔接链,对于这种既有修辞效果,又有语篇功能的表达方式,翻译的原则是以同义词对同义词,以重复对重复,但使用这个原则的前提是汉语中也有相应的同义词资源。目前的改译是:"肮脏的、邋遢的、满是污垢的",基本实现了同义词对应。

⑫ 用"后墙上一个肮脏的窗户"来译 a grimy window at the back wall,孤立地看没有什么大问题,但语篇中的语句都不是孤立的,将这句译文同紧接其后的译文连起来看,问题就出来:"**后墙上**一个肮脏的窗户,一个聚苯乙烯泡沫塑料咖啡杯,一台电视机……",从语法上看"后墙上"不仅限定着后面的"一个肮脏的窗户",也限定着后面更远处的"一个聚苯乙烯泡沫塑料咖啡杯,一台电视机……",但这样的限定关系不符合常识:难道"咖啡杯"和"电视机"都放到了"后墙"上?虽然读者可以凭常识排除这种可能,但作为译者没有必要把这种语病和歧义留在译文中,何况这种歧义并不是原文固有的。因为在英语里,介词短语做定语,位置是在被限定词的后面,因此其限定范围不可能波及介词短语后面的语言单位。为了消除原译中这一歧义表达,译文就必须设法改变原来的前置限定结构。改译用"后窗"来化解前置的"后墙上",从汉语的语感看,在这样的语境中,"后窗"只能是"后墙上的窗户"。

⑬ 在此动作场面出现这么一个"聚苯乙烯泡沫塑料咖啡杯"实在没有必要,更何况原文 Styrofoam 也并非是"聚苯乙烯泡沫塑料"的意思,而是一个品牌名,汉译"舒泰龙",只是这个品牌的产品多用"聚苯乙烯泡沫塑料"为材料而已。翻译时可以将"聚苯乙烯"和"塑料"省略掉,用"泡沫咖啡杯"即可,以保持动作场面的连续性和专注性。

⑭ 用"来回播放"来译 rerun,字面上似乎没错,但实际上是误译。原因是译者不知道 Seinfeld 是什么东西,否则就会略译这个词。这是美国上世纪末的一部著名电视连续剧的名字,现译为《宋飞正传》。该剧集共有九季,总共有 180 集。译者由于不知道 Seinfeld 为何物,因此才会将 rerun 译成"来回播放"。如果译者认真查询,就不会这么译了,否则这么长的电视剧,怎么可能在短时间内"来回播放"?这里还有一个背景情况:在这部小说翻译成中文的时候,应该是 2003 年前后,那时这个电视剧的名字在网络上是《圣菲尔德》。

⑮ 一般英汉词典都将 pot 译为"罐子",但其英文的核心释义是 domestic containers,也就是厨用容器,所以在此语境中宜泛化成"锅碗",否则,中国读者会感到怪异:这家的洗

碗池里为什么放那么多"罐子"？有什么特殊的暗示？其实不然。举一个例子，美国人家庭聚会的时候，有一种形式叫 pot luck（百乐餐），即各家都带一点自家做的食品来聚会，这时候就知道为什么 pot 在英语里被解释为 domestic containers 了：可以是锅、是碟、是碗、是盆，不一而足。

16 "福米卡桌子"会让中国读者困惑，以为这是一个品牌的桌子，其实 Formica 是一种塑料贴面的品牌。现在凡不是实木的桌子，大多都有塑料贴面，Formica 就是美国最常见的品牌。正如前面提到的 Murphy 和 Styrofoam 一样，Formica 这个品牌名在此也可以略去不译。至此，在本单元的翻译之中，笔者已经建议对三个品牌名作零翻译处理了，这里会引发一个问题：Murphy、Styrofoam 和 Formica，以及与本单元相连的前一单元内容中的 Maglite（"美光牌"手电筒），这些品牌的名称其实构成了一个美国的文化符号链，而笔者的建议是将其都删去，只保留其所代的实物的意思。这里就有一个得失取舍的问题了：是保留原文的这一文化符号链，还是保留动作场面的紧凑性和连贯性？我们的建议体现了我们的选择。对此一定会有不同的意见。但值得注意的是：我们的选择是在权衡得失之后做出的。在得到的同时，我们知道失去了什么。翻译中，最容易出问题的地方不是我们选择了什么，而是在于我们没有识别出潜在的选择项；如果没有识别，也就没有一种语篇高度的选择，因此也就无法意识到得失两方面的因素，而只能看到一方面。以这里提到的案例看，只有将这几个品牌前后联系起来，才可能看到这条隐含的文化链。但如果没有语篇的意识，孤立地看问题，那就有可能会孤立地处理问题，其后果就有可能是有的品名翻译了，有的没有翻译，结果就会导致文化链中有缺环，动作链中有中断。笔者这里的选择是牺牲文化链，在动作链的环节中保全动作链的紧凑性和完整性。毕竟，这是一部适于拍成动作片的通俗小说。在这样的环节中，如果不断出现陌生的商标名和针对这些商标名的注释，会不断打断动作场面的连续性和读者阅读的连贯性，似乎有点得不偿失。

17 stubble 是"胡茬"，而不是"短发"。此外，"留着"在此也不太合适。从上下文看，这位老人显然生活很潦倒，而"留着……短发"中的"留着"则有一种刻意保留的意思，这与该语境所呈现的那种邋里邋遢、穷困潦倒的氛围不是很合拍。此外，原文用 salt-and-pepper（椒盐色）来形容胡子的颜色，原译做了形象化的意译处理"花白"，可以接受。

18 "赞恩·格雷"（1872—1939），美国著名西部冒险小说家，一生创作了 80 余部小说。这里应该做个脚注，否则一般中国读者并不知道这位在美国曾红极一时的作家是何许人。此外，交代一下这位作者的体裁取向也有利于读者了解本单元原文中的这位老人的兴趣取向：喜欢冒险。

19 原译将 evil 意译成"纳粹分子"，是根据更大范围的语境而确定的。本单元因为篇幅所限，并没有将这位老人的身份充分体现出来。尽管如此，这个意译也不是很合适，毕竟原文用的是 evil，无论从哪个角度看，也都不是意指"纳粹分子"，甚至都不是特指上面提到的这位老人，而是连同这位老人在内的一种泛指，语义范围较宽泛，因此不应做这样的意译处理。另外一个应该做一些变通的地方是对人名 Freddy Kruger 的处理，这是著名恐怖电影《猛鬼街》中的一个人物，也是让西方儿童最为恐惧的一个人物，以让人毛骨悚然的恐怖恶魔形象著称，但中国读者对这个人物并不那么熟悉，因此需要对此做个注，而且为了不影响语言层面的逻辑性，有必要在人名的译名之前加一个"恶魔"的限定，这样会在一定程度上消除读者的莫明其妙感。最后，evil 这个词在此也需要做一些引申处理，否则译文会比较生硬。

20 *Evil* didn't look like Freddy Kruger, *evil* looked ordinary 中，evil 重复了两次，而且两个小句之间没有使用连词，目的显然是突出这个重复。从语法上看这个重复没有必要，可见其功能主要是诗学或修辞上的，翻译时应该将其体现出来。

参考译文

> 梅莉莎·盖尔戴上工业口罩，罩住口鼻，调整了一下脑后的松紧带，爬上了后半截楼梯，向开着的门走去。进到房间里面，她看见一个老人，下穿一条灰色运动长裤，上穿一件肮脏的T恤，笔直地坐在那里，手臂放在椅子破烂的扶手上，脚放在地板上，他的头有点摇晃，但还是高傲地挺立着。她想他看起来更像是一位垂死的老运动员，而不是一个杀手。
>
> 她在屋子里四下看了看，看到了他邋遢的拖鞋、凌乱的折叠床、散落一地的杂志和垃圾、一个满是污垢的后窗、一个泡沫咖啡杯、一台电视机正在重播着《宋飞正传》①。她的右边是一个简易厨房，一些脏兮兮的锅碗堆在洗碗池里，一台手提电脑放在塑料贴面的桌子上，显示器掀开着，但屏幕是暗的。墙上贴着一张《拯救大兵瑞恩》的海报。
>
> 她走向嫌疑犯，直视着老人那双有些潮湿的眼睛。就这么个满脸花白胡茬、膝上放着一本赞恩·格雷②平装本的老傻瓜还能继续杀人么？是的，他能。邪恶之人看上去未必都像恶魔弗莱迪·克鲁格③，邪恶之人看上去都很平常，甚至平庸，就像眼前的这位一样。（王东风 译）

---

① 《宋飞正传》（*Seinfeld*），美国电视连续剧名，制作于1990年，连续十几年雄踞美国电视收视率排行榜。

② 赞恩·格雷（Zane Grey，1872—1939），美国著名小说家，作品多以西部冒险故事为主题，深受读者喜爱。

③ 弗莱迪·克鲁格（Freddy Kruger），美国恐怖系列片里的恶魔，专杀儿童和青少年，以外形恐怖著称。

> 专题讨论

语篇中暗藏的词汇衔接链

衔接在语篇中的作用十分重要，它是语篇之所以成为语篇的语法理据。功能语法将衔接分成了五种类型，即指称（reference）、替代（substitution）、省略（ellipsis）、连接（conjunction）和词汇衔接（lexical cohesion）。这里聚焦词汇衔接。

词汇衔接又分为复现衔接（reiteration）和同现衔接（collocation）。词汇衔接主要依赖语义关联来实现跨句关联和照应。

复现衔接又分为重复衔接（repetition）和同义衔接（synonymy）。这里所说的"同义"是一个广义的概念，不仅仅只是指同义词，也包括反义词、近义词、上下义关系词、部分整体关系等。在本单元中，一个比较典型的复现衔接链是"脏"，原文和原译中含有这个意思的词语分别是：

dirty T-shirt—*ratty* slippers—*grimy* window—*dirty* pots
肮脏的T恤——脏兮兮的扶手——肮脏的窗户——未洗的罐子

可见，原文在表达"脏"这个意思时，用了四个词，三个是同义词，两个是重复。原译也用了四个表示"脏"的意思的词，也是三个同义词，一个重复，但"脏"字重复了三次。此外，原译"脏兮兮的扶手"中的"脏兮兮"是误译，原文是tattered，而原文ratty slipper中的ratty也被误译成了"破烂的"。总之，原译的对应不是很到位。相比较原文，原译的词语成色变化未形成有意识的修辞对应。

再来看同现衔接。词语的同现关系具有一种场效应，在某个特定的"语义场"里，词语会出现类聚的现象。英语是一词多义为主的语言，因此同现关系的确立对于消除歧义有着十分重要的作用。如第一句中的nose and mouth，在这里nose与mouth同现，那么它的意思就被限定在了与mouth相关的语义场中，也就是"鼻子"的意思了。但如果在the nose of the plane的组合中，nose的语义就会被plane的语义所牵扯，被拉进了plane的语义场中，它的意思就变成"机头"了。在本单元原文的第一段中，有两个貌似不关联的词语sweatpants和athlete，其实属于同一个语义场，因此如果译者译错其中一个词，这两个本来相关联的词语之间的语义关系就被割裂了。原译就犯了这样的错误，译者将sweatpants误译为"放汗短裤"，从而使得该译文下面的那句"他看起来更像一位垂死的老运动员"失去了语境依托，待读者看到"老运动员"那里的时候，就会觉得比较费解：这部分的描述并没有典型的运动员的特征，怎么突然冒出个老运动员的形象来呢？这种困惑会直接导致语篇的不流畅。

同现衔接给我们的启示是：当发现如上例这样的困惑时，应该在上下文中寻找可能被忽略的同现支持，这样的寻找很有可能会帮我们发现潜在的翻译失误。

19 The Last Nazi 节选之三

▶ 原 文

When Melissa felt frustrated she usually did one of two things: ate ice cream or went for a jog. Today she'd do both.

It was midmorning and she was running on the mall with the Capitol in front of her and the Washington Monument behind. The cherry trees were mere skeletons in the December rain. She could see her breath and feel the goosebumps on her legs. She wore black-and-white running shoes, school-bus yellow gym shorts, and a dark blue pullover that said MICHIGAN—David's alma mater—on the back. The bill of her baseball cap peeked out from under her pulled-up hood. She wore no makeup, but the pink in her cheeks and her amber-tinted rain glasses gave her face a peaches-and-cream glow. She looked good and felt like shit.

She'd run forty-five minutes and was cooling down now, watching tourists and civil servants with umbrellas crossing the mall, their holiday packages in hand, thinking that with only three shopping days left she should have been one of them. She walked to a black metal railing behind the red-brick Smithsonian Institution and put her heel on the middle bar to stretch her hamstrings. She was hating the pain when her cell phone played the Lone Ranger's favorite four bars. She unzipped her fanny pack and pulled out the phone.

✍ 原 译

每当梅莉莎感到这样深深的沮丧的时候,她通常做两件事之一:要么吃冰淇淋要么小跑一会儿。今天,她两件事都要做。

现在是上午的九十点钟,她在林荫道上跑着步,前面是国会山在,后面是华盛顿纪念堂。十二月的雨中的樱桃树只剩下了树干。她可以看见自己呼出的气体,感觉到自己腿上的鸡皮疙瘩。她穿着黑白相间的跑鞋,校车颜色一样的黄色体操短裤,一件在背后印着'密歇根'字样的深蓝色套衫——那是大卫的母校。棒球帽上的广告在她拉到头上来的兜帽下若隐若现。她没有化妆,但她粉红的脸颊和琥珀色的太阳镜给她的脸上罩上了一种桃红和奶白色的光辉。她看起来不错但心情却糟透了。

她已经跑了四十五分钟,身上正逐渐凉下来,看着游客和市民们打着伞,手提着节日采购穿过林荫道,想着购买日仅剩下三天了,她本应该也是他们中的一员。她走向红砖建成的史密森学会后的一排黑色金属扶手,把脚跟放在中间的一条上拉伸肌腱。她正在痛恨这种疼痛时她的手机奏起了劳恩·润格尔那让人喜爱的四和弦。她拉开臀部的口袋,掏出了手机。

原文

When Melissa felt frustrated she usually did one of two things: ate ice cream or went for a jog. Today she'd do both.

It was midmorning and she was running on the mall with the Capitol in front of her and the Washington Monument behind. The cherry trees were mere skeletons in the December rain. She could see her breath and feel the goosebumps on her legs. She wore black-and-white running shoes, school-bus yellow gym shorts, and a dark blue pullover that said MICHIGAN—David's alma mater—on the back. The bill of her baseball cap peeked out from under her pulled-up hood. She wore no makeup, but the pink in her cheeks and her amber-tinted rain glasses gave her face a peaches-and-cream glow. She looked good and felt like shit.

She'd run forty-five minutes and was cooling down now, watching tourists and civil servants with umbrellas crossing the mall, their holiday packages in hand, thinking that with only three shopping days left she should have been one of them. She walked to a black metal railing behind the red-brick Smithsonian Institution and put her heel on the middle bar to stretch her hamstrings. She was hating the pain when her cell phone played the Lone Ranger's favorite four bars. She unzipped her fanny pack and pulled out the phone.

批改

每当梅莉莎感到这样深深的[1]沮丧的时候，她通常会做两件事中的之一个：要么吃冰淇淋，要么小跑一会儿。今天，她两件事都要做。

现在是上午的九十点钟[2]，她在林荫道上跑着步，前面是国会山，后面是华盛顿纪念堂。在十二月的雨中，的樱桃树只剩下了树干。她可以看见自己呼出的气体，感觉到自己腿上的鸡皮疙瘩。她穿着脚蹬[3]黑白相间的跑鞋，下穿校车颜色一样的黄色[4]的体操健身短裤[5]，上穿一件深蓝色的连帽套头衫，在背后印着"密歇根"几个字样的深蓝色套衫[6]——那是大卫的母校。兜帽下露出棒球帽的帽檐上的广告在她拉到头上来的兜帽下若隐若现[7]。她没有化妆，但她粉红的脸颊，和在琥珀色的太阳防雨眼镜[8]的映衬下，显得是面若粉桃，肤如凝脂[9]给她的脸上罩上了一种桃红和奶白色的光辉。她看起来不错，但心情却糟透了。

她已经跑了四十五分钟，身上正逐渐凉下来，看着游客和市民公务员[10]们打着伞，手提着节日的采购物穿过林荫道，想着。她暗自寻思[11]，购买物日仅剩下三天了，她本应该也是他们中的一员。她走向红砖砌建成的史密森学会后的一排黑色金属扶手，把脚跟放在中间的一条横栏上拉伸肌腱开始压腿[12]。她正在痛恨恨地对付着压腿的这种疼痛[13]时，突然[14]她的手机奏响起了劳恩·润格尔《独行侠》那让人喜爱的四和弦小节旋律[15]。她拉开臀部的口袋包的拉链[16]，掏出了手机。

★ 点评

1 原译用"这样深深的沮丧"来译 frustrated，有点过了，增译的定语部分没有必要。

2 原文 midmorning 表达的是一个模糊时间概念，在汉语中没有直接的对应词，若据意思译成"上午的中段""上午过了一半"等，感觉都有点生硬，原译用"上午的九十点钟"来译，是用引申法将含糊引申为具体，在此不失为一种有效的手段。

3 原译"她穿着黑白相间的跑鞋，校车颜色一样的黄色体操短裤，一件在背后印着'密歇根'字样的深蓝色套衫——那是大卫的母校"，标点用得不是很规范，句中的两个逗号应该是顿号，但即便是改成顿号，这也不是一个语感很好的句子，读起来比较别扭。原因是动词"穿着"拖的尾巴太长了，而且三个并列的名词短语中的定语都比较长，这就更加重了这个动词的拖带负担。为了使语句更加流畅，表达更有节奏感，可以为三个不同的名词分别配置三个不同的动词，也就是对 wore 采用一词多译的方式，将其译成三个动词，即"脚蹬……鞋，上穿……衫，下穿……裤"。

4 用"校车颜色一样的黄色"来译 school-bus yellow，意思可以说是绝对没有错，但从词汇学的角度看，此译就显得保守了。颜色词有多种表达方式，其中一种就是"物 + 色"式，双音节的有：枣红、湖蓝、豆绿，等等；三音节的有：胭脂红、孔雀蓝、橄榄绿，等等。而原文正好可以组合成一个三音节的颜色词：校车黄。因为汉语中存在这种构词方式，因此读者比较容易接受。但原译的时间是在十几年前，那时在中国那种标准的黄色校车还不普及，所以用解释性的译法可以理解。那时若采用直译也不是不可以，但需要做个注。但如今，中国人已经知道，校车的国际标准色就是黄色，因此"校车黄"就不至于让人难以理解了。上网搜索一下就会发现，"校车黄"这一说法已不罕见。

5 "体操短裤"是 gym shorts 的直译，但易被误解为是练习体操的专用裤，其实就是现在很普及的"健身短裤"。

6 原译"一件在背后印着'密歇根'字样的深蓝色套衫——那是大卫的母校"一句中，回指词"那是"距离其所指"密歇根"的空间距离远了点，中间还隔着名词短语"深蓝色套衫"，读起来文气不畅，不如在结构上做些调整，缩短二者的距离。此外，用"套衫"来译 pullover 不是很准确，原文的所指比较明确，因为下文还有与该词有同现关联的 hood（兜帽），而套衫则未必都有"兜帽"。

7 原译此句中的误译源于译者对 bill 的错误理解。这是一个多义词，词典众多释义中有"广告"的意思，译者可能用的是学生词典，如果查《英汉大词典》的话，会发现这个词在美语中还可以表示"帽舌"，该意与语境相关性明显更高。

8 原文是 rain glasses 而不是 sun glasses（太阳镜），再联系到上文中已经出现过一次 December rain，两个 rain 构成同现性词汇衔接，有语篇照应关系，逻辑上也构成了一个隐性的因果链：因为下雨，所以戴了防雨眼镜。不难看出，原文所建构的情境语境是一个雨境，尽管 rain glasses 和 sun glasses 的外形可能比较接近，但功能不一样。这里应该将其译为"防雨眼镜"。网络搜索验证表明，汉语中已经有这个术语和实物了。原译显然是受译入语文化常识的影响，毕竟这种眼镜别说在十几年前翻译该书的时候，就是现在也远没有达到人人皆知的程度。

9 原译"她粉红的脸颊和琥珀色的太阳镜给她的脸上罩上了一种桃红和奶白色的光辉"，一个句子 33 个字，是个长句，但长得不是很有必要；因为毫无修辞美，尤其是谓语部分"给她的脸上罩上了一种桃红和奶白色的光辉"，显得有点生硬和笨拙。汉语行文习惯短句推进，英语则很容易生成长句，因此在英汉翻译时，截长做短是一个入门的基本功。此外，原文 She wore no makeup, but the pink in her cheeks and her amber-tinted rain glasses gave her face a peaches-and-cream glow 意在描写女主人公天生丽质的美，但译文用此生硬且笨拙的表达是无法把这种美充分表现出来的。原文所用的颜色词 peaches-and-cream 在英语中有四种能指意义，分别是：1."桃子"和"奶油"；2. 西餐中的一道甜点，有一种译法叫"奶油蜜桃"；3. 一种睡莲，花色粉红，汉译名是"奶油粉桃"；4. 表示"完美无缺"。其中，除了西餐甜点的意象与女性肌肤之美的相关度不大之外，另外三种能指意义均能与女性肌肤之美建立审美关联。其实汉语中也常用"面若桃花，肤如凝脂"来形容女性肌肤的完美，此语用在这里，可以说是恰到好处，虽然有点陈词滥调之嫌，但原文用词毕竟包含这两个意象，不妨根据这个词的多种能指意义稍作调整，译成"面若粉桃，肤如凝脂"。至于读者看到"粉桃"，是联想到了粉红色的桃子，还是联想到了"奶油粉桃"那粉色的莲花，不必强求，至少据此可以联想到女性的肌肤之美，这种联想的多样统一正是文学翻译之所求，而原文所能造成的联想也与此相当。当然，保守一点的译法，还可以选择"白里透红"，但这么译，形象就没那么鲜明和生动了。作为文学翻译，形式的美还是要尽可能地保留。

10 civil servants 是"公务员"的意思，并不是原译的"市民"。该误译的产生有两种可能的原因：其一，在一些英汉词典中，civil 的释义之一是"市民的"；其二，原译译者先入为主了，觉得满大街除了游客就是公务员，有点不可思议。但这两种原因都站不住脚：首先，无论 civil 是不是"市民的"意思，其后面还有个 servant，因此只根据 civil 的释义来确定这个短语的词义，是考虑不周全；而且 civil servant 就是"公务员"的直接对应，译者没有识别出来，说明基本词汇量还不够。其次，一般而言，满大街除了游客就是公务员，是有点不可思议，但注意此处的语境是在美国的"国会山"和"华盛顿纪念堂"附近，那儿是美国首府华盛顿特区的政府所在地，所以穿着职业装的公务员随处可见。学外语的人，仅读万卷书还是不够的，还需要行万里路。能在西方的文化中生活一段时间, 对于进一步加深对西方文化的了解是十分必要的。

11. 原译 "(她)看着游客和市民们打着伞, 手提着节日采购穿过林荫道, 想着购买日仅剩下三天了" 有语病。第一小句和第二小句中有一个兼语式, "游客和市民们" 是 "看着" 的宾语, 同时又是动词 "打着" 和主谓式动词短语 "手提着" 的主语, 可见这个兼语式中还含着一个连动式。但到了第三小句, 动词 "想着" 却越过了这个兼语式, 与前面的 "看着" 形成了语法并列, 又成了 "连动式", 结构很混乱。因此, 这是一个语法病句。按语法理解, 兼语式一旦形成, 而且还是连动, 其后续的动词应该是兼语式的连动部分, 但这里无论是译文的意思, 还是原文的意思, 这个 "想着" 都不可能是 "游客和市民们" 发出的动作。破解的办法是在兼语式结束之后, 为下一个动词 "想着" 另设一个主语, 以中断兼语式中的动词辐射力。

12. 将 to stretch her hamstrings 译成 "拉伸肌腱", 让人费解, 汉语对应说法其实就是 "压腿"。翻译, 说到底, 就是一个语言本地化的过程, 因此必要的本地化处理是必不可少的, 只是从文化的角度上看, 只要本地化不至于导致文化身份过度变形(即文化性归化)就可以了。

13. 原译将 She was hating the pain 译成 "她正在痛恨这种疼痛", 显得有点生硬, 原因有二。首先 "这种疼痛" 中含有前指性的衔接词 "这种", 但前文并没有 "疼痛" 的照应, 相关前文是 "拉伸肌腱", 二者之间的衔接照应比较含糊。因为 "拉伸肌腱" 这种说法在中国读者的心目中并不是想当然地与 "疼痛" 相关联的, 虽然想一想也许能想明白, 但作为翻译, 有可能的话, 不必把这种费解留在文内。另一处别扭是 "正在痛恨" 这个说法。汉语语言学的动词研究表明, "恨" 是静态心理动词, 一般情况下不用进行体, 若用于进行体, 意思会有所改变。英语也是这样, 原文这里用的就是进行时, 因此意思已经改变, 不再是静态心理动词了, 但原译却仍将其当作静态心理动词并用进行体。语言学对这一问题有很清晰的结论, 但不懂语言学, 仅从经验的角度出发, 就只能是凭感觉。不过, 翻译并不拒绝经验, 反而很重视经验。现在有一个很好的验证经验的办法, 那就是网络, 我们可以试着在搜索引擎上搜一下 "正在痛恨", 如果没有或罕见, 则这一说法有问题。百度上输入 "正在痛恨", 搜索结果在前三个页面上只发现了一个这样的说法, 证明是 "罕见", 可见由经验所生成的语感在翻译时还是很有用的。既然这里的意思发生了改变, 那么在这个具体的语境中, 这个动词表达的又是什么意思呢? 考虑到书中人物此时正在 "压腿", 而压腿必然会疼, 谁都不喜欢疼, 但既然是 "压腿", 她还得继续压着, 这就是她此时的心理状态, 在此基础上, 稍加引申, 这里的所谓改变了的意思应该是: 她正恨恨地对付着压腿的疼痛。

14. 英语中的动词 -ing…+ when 结构, 其中的 when 多含 "突然" 之意, 因此该结构常译成 "……正在……, 突然……"。

15 the Lone Ranger's favorite four bars 一句中含有三个翻译困难点：一是对 the Lone Ranger 的语义定位；二是对 's 的语义定位，此语法体现很容易被误解为"the Lone Ranger 最喜欢的……"；三是对 four bars 的语义定位，此处翻译难点在于 bar 是个多义词。从原译"劳恩·润格尔那让人喜爱的四和弦"看，三个难点，译者只克服了第二个，即对 's 的语义定位，没有译成"某某某最喜欢的"格式。第一和第三个难点都译错了。第一个难点 the Lone Ranger 被误译成了人名"劳恩·润格尔"，是误译。原文前面有个定冠词，因此多半不是人名，再加上 Lone 和 Ranger 两个实义词的组合，基本上就可以排除是人名了。译者的另一个错误是没有对这个译法进行确认，因为如此翻译是不可理解的："劳恩·润格尔"是谁？原文全书都没有这个人，这里怎么突然就冒出来了？如果是小说社会背景的某个人，那也应该做个确认。这个问题不解决，译文就不可以这么生成，而一旦译者启动对这个译名的确认程序，就必定会发现这里存在的问题。在确认程序中，发现 the Lone Ranger 是一个在美国大红大紫的西部片，前后被翻拍了四次，足见其受欢迎的程度。该片 1966 年版的中文译名是《孤胆奇侠》，1982 年版的译名是《游侠传奇》，2003 年版的译名是《新游侠传奇》，2013 年版的译名是《独行侠》。为了确认原文所说的手机铃声是出自这部电影，还是出自一张曾在 1995 年登上英国音乐排行榜第 4 的同名专辑，笔者特地看了这四部电影，也听了那个专辑中最有名的歌曲 Cecilia，最后确认原文这里所说的手机铃声就是电影 the Lone Ranger 的主题曲。那个主题曲实际上即便在中国也是家喻户晓，只不过我们大多数人可能听了这个曲子叫不上曲名而已。那首曲子就是意大利著名作曲家罗西尼的代表作之一《威廉退尔进行曲》，就连中国的网站上也可以下载到这个曲子的手机铃声。为了引导读者，译文在此可以做个注释。最后是第三个难点：bars 是什么意思？原译将其误译成了"和弦"，但"和弦"的英文是 chord，而 bar 在音乐术语中是"小节"的意思。

16 fanny pack 不是"臀部的口袋"，而是"臀包"，与"腰包"相似。

参考译文

　　每当梅莉莎感到沮丧的时候，她通常会做两件事中的一件：要么吃冰激凌，要么小跑一会儿。今天，她两件事都要做。

　　现在是上午的九十点钟，她在林荫道上跑着步，前面是国会山，后面是华盛顿纪念堂。在十二月的雨中，樱桃树只剩下了光秃秃的树干。她可以看见自己呼出的气体，感觉到腿上起了鸡皮疙瘩。她脚蹬黑白相间的跑鞋，下穿校车黄的健身短裤，上穿一件深蓝色的连帽套头衫，背后印着"密歇根"几个字——那是大卫的母校。兜帽下露出棒球帽的帽檐。她没有化妆，但她粉红的脸颊，在琥珀色的防雨眼镜的映衬下，显得是面若粉桃，肤如凝脂。她的气色很不错，但心情却很糟糕。

> 她已经跑了四十五分钟，身上正逐渐凉下来。看着游客和公务员们打着伞，手提着节日的采购物穿过林荫道，她暗自寻思，购物日就只剩下三天了，她本应该也是他们中的一员。她走到红砖砌成的史密森学会①后的一排黑色金属扶手前，把脚跟放在中间的横栏上开始压腿。她正恨恨地对付着压腿的疼痛，突然手机响起了《独行侠》②那让人喜爱的四小节旋律。她拉开臀包的拉链，掏出了手机。

专题讨论

翻译的过程就是研究的过程

之所以说"翻译的过程就是研究的过程"，是因为翻译的过程是一个选择的过程。原文 X，可以与之对应的译文选项可能有 A、B、C，而且还有特定译者没有想到的或者超出其语言能力的选项 D、E、F……。译文是译者最后的抉择，是选择的结果，而选什么，不选什么，其实也是一个研究的过程。尽管这个研究一般都是在译者的大脑黑匣子中完成的，有的完成是瞬间的；有的完成则不是瞬间的，而是纠结的，甚至是长时间的——一名之立，旬月踟蹰（严复语）。

研究有正确，也有不正确。正确的研究导致正确的翻译；不正确的研究导致不正确的翻译。译者翻译能力的高低，实际上在一定程度上反映的是译者选择能力的水平，其背后实际上是研究能力的不同。这里用了有所保留的用语"在一定程度上"，这是因为译者除了要有很强的研究能力之外，还需要有很强的语言能力。研究能力强，可以保证译文的正确性；语言能力强，则可以保证译文的可接受性。研究能力强，但语言能力不强，译文准确性可能不错，但可接受性就不是很好。而反之，则会出现译文语言很流畅、优美，但对照原文一看，准确性方面则是漏洞百出。初学翻译的人，可以说这两方面都有所欠缺，但译文的准确性是第一位的，因此初学者首先要具备较强的研究能力。

说起研究，一般人总以为学术研究才是研究，写学术论文才是研究，其实学术研究也分形而上的理论研究和形而下的实证研究。翻译过程中的研究主要是形而下的研究。所需要的研究能力多与语言和文化有关。因为实际翻译中的困难，主要就是语言和文化的障碍。文学的

---

① 史密森学会是唯一由美国政府资助、半官方性质的博物馆，由英国科学家詹姆斯·史密森（James Smithson）遗赠捐款，根据美国国会法令于1846年创建于美国首都华盛顿。
② *The Lone Ranger* 是美国著名西部片的片名，该片曾被翻拍过多次，不同版本在国内有不同的译名，详见点评15。

问题，在翻译中，归根到底，还是语言问题。这种形而下的研究基本上都是在译者的认知过程中完成的，因此给人的印象不像是研究，但如果把这个过程用文字表述出来，往往就是一篇论文。关键是看作为翻译主体的人的知识结构中是否存有相关的理论，如果有的话，就会形成很有学术价值的论文；如果没有相关的理论背景，那么译者在认知过程中的研究结果，就是经验的体现。

在本单元的原译之中，不难发现多处有问题的地方。教师所做的修改原来是翻译的一个环节（合作翻译），但把修改的理由写出来，就可以清楚地看出，翻译原来就是一个研究的过程。

如本单元原译中的"她穿着黑白相间的跑鞋，校车颜色一样的黄色体操短裤，一件在背后印着'密歇根'字样的深蓝色套衫——那是大卫的母校"一句。从经验的角度看，就觉得句子有点别扭。这种不通在语法上就可以得到更为理性的解释。因为从语法的角度看，"那是"是一种具有回指性的衔接手段。回指首选应该是指离它最近的名词，即"套衫"：二者不构成衔接。按语法规则，解读者需要推翻这个选项，才会是"密歇根"。这种语法上的歧义是不应该出现在译文之中的。这个分析就是研究的结果，因此必须推翻原来句法选择，重新构筑句法。此句中还有其他的语法问题，详见点评3的讨论。

再看译文"（她）看着游客和市民们打着伞，手提着节日采购穿过林荫道，想着购买日仅剩下三天了"这句。从经验的角度看，也觉得别扭，但如果有一定的汉语语法知识，这个问题就看得比较清楚，这里是把兼语式和连动式两种结构无序地混淆在了一起，因此造成句内的语法逻辑的混乱，详见点评11中的讨论。

还有school-bus yellow的翻译，从语言学的角度上看，也能讲出一些道道。首先来看原文的构词法，这是一个"名词+名词"的结构，而原译"校车颜色一样的黄色"则是一个明喻结构，比喻词是"一样的"，这与原文的结构不一样。其实汉语中也存在这种"实物+颜色"的颜色词构词方式，如"枣红""苹果绿"，等等，因此将其译成"校车黄"，在语言学的层面上，更接近于原文。但这个案例还不仅仅是一个单纯的语言学案例，其中也包含着对两种文化的对比研究结果。这么译，首先就要确认校车在美国是黄色的，这一点现在已经是常识，没有问题；其次，还要确认中国的校车是不是黄色的，这一点，十几二十年前还不是常识，但现在也已经是常识了，有了这个文化语境的支持，再加上同类构词法在译入语文化中所形成的接受条件，直译成"校车黄"就没有问题了——可以为汉语的这个新增的颜色词提供一个新的互文支持。

在本单元中，最需要语言学介入解释的是点评13所涉及的有关静态心理动词的研究。如果没有语言学研究的介入，此处的解释似乎只能靠经验了。详见该处的点评。

由以上案例可见，从经验主义的角度看，翻译认知中的这种研究过程，可以形成经验主义的研究论文，这样的研究话语通常是经验式的、点评式的，结论往往比较主观，会常用这样的表达方式，如"这样的表达不够通顺，不够优美"，但为什么不通顺、不优美，则没法做出超越主观见解的解释。而从语言学的角度看，上面的这几个案例所体现出来的问题，就可以从语言学的角度来做客观的分析，语言学会有一套规则、术语和分析方法来帮助我们把问题说清楚。这样的研究就会显得比较有学术价值。

翻译中的文化问题，也是一个让译者头疼的问题。原文中的不少表达方式，从字面上看很简单，但其背后却有着深刻的文化背景，如果译者对这些背景知识不了解，翻译时就很容易被字面意义所误导，形成误译，进而误导读者。

本单元中，对译者形成的文化压力最大的是对the Lone Ranger的理解和翻译，对这个词义的修改过程也是一个极其纠结和复杂的过程：需要搜寻同名电影的四个版本，全部看完；然后又搜寻到同名音乐专辑，全部听完；之后确信是在那四个版本的同名电影中都出现一首主题曲，那曲子很熟悉，尤其是运动会的时候经常播放，但就是不知道这首曲子的名字。最后上网搜了几个回合，才发现原来是《威廉退尔进行曲》。整个确认的流程大致如下：

百度网上搜索the Lone Ranger——电影名，前后有四版——英国音乐专辑名，上世纪90年代末很流行——听那个音乐专辑，同时下载和搜索那四版电影——看四个版次的这个电影——主题曲很熟悉很经典，但不知道曲名，怀疑这个名曲最初就是来自这个电影——百度网上搜最早版本电影《游侠传奇》主题曲，搜索词"《游侠传奇》主题曲"——搜到中文网站的《游侠传奇》插曲的手机铃声，听了后确认就是电影的主题曲——继续浏览网页发现有文章说这个主题曲是《威廉退尔进行曲》——恍然大悟，随即在"酷狗音乐"网站输入该曲，听了之后确认无误。

有关该案例的讨论，另见点评15。

这难道不是一个研究的过程吗？由此过程也可见，当下的翻译，没有网络，是很不方便的；没有钻研的精神，也是不可行的。尤其是涉及文化方面的问题，很多问题仅凭词典和经验是解决不了的，有效的网络搜索是一个很好的办法。

翻译界有很多人都认为，翻译凭的是经验，理论没有用。此观点较为偏激。翻译是一个语言活动，也是一个文化活动，虽然语言学和文化研究的所有理论未必都能在翻译中用得上，但也不是都用不上。理论是经验的理性升华，这就意味着经验层面的东西有不少可以在理论的层面找到更为理性的解释。不否认，理论不一定能覆盖全部的经验，但反之亦然，再丰富的经验也不能概括理论的全部。理论与经验，在翻译活动中，是一个两圆交叉的现象：中间地带是重合的，但各自也有各自的独占领域。如果认定理论和经验对翻译都重要，那么最佳的解决方案自然是理论和经验都要有。也就是说，要把翻译做好，最好是既有经验，也有理论。如此，在翻译的过程中，我们才会既有理性的选择，也有经验的判断，译文的质量也就必定会更高。

20 The Last Nazi 节选之四

▶ 原 文

It was a fifteen-century French convent surrounded by Roman cypress trees, situated on a hill in the Loire Valley. Walking from his rented car to the wooden door, Harris saw a stone foundation that was still strong, its walls cracked by time and weather but not settling. It was unseasonably warm and clear for a January day in the south of France. Maybe it was his imagination, but he thought there was luck in the air.

He knocked and waited, searching for a plaque or inscription showing the Latin phrase that had brought him here. After a minute the door opened and the sister he'd called from town appeared in a blue and gray habit. 'Monsieur Johnson,' she said in lovely French-accented English. 'Come in.'

She led him into a courtyard, then across it to an iron gate at the top of the U where she stood to the side and pointed. Fifty yards away, in a field of uncut grass, a nun in a wool caftan and scarves sat in a canvas-backed chair with a paint brush in hand and an easel between her and a distant valley.

✍ 原 译

这是一个修建于十五世纪的法国修道院，坐落在卢瓦尔河河谷的小山坡上，周围被罗马柏科树包围着。哈里斯从租来的车里出来，走向木门。他看到了一个还很结实的石基，它的墙上刻满了岁月的痕迹，但还没有倒下。一月份的南部法国，天气不同寻常地暖和晴朗。也许这仅仅是他的想象，但他想空气中有些运气。

他敲了敲门等待着，寻找着一块刻着那个把他带到这儿来的拉丁短语的匾或刻碑。过了一会儿，门开了，那个他在镇上给打过电话的修女穿着蓝灰色修女服出现了。"约翰逊先生，"她说着带着可爱的法国腔的英语。"请进。"

她带着他来到一个院子，穿过它到了位于U字顶端的一个铁门，她在旁边指给他看。五十码的远处，在一片未修剪的草地上，一个身穿束着腰带的长袖衣服、围着围巾的修女坐在一张帆布椅上，手拿画笔，一个画架立在她和山谷之间。

The Last Nazi 节选之四

原 文

It was a fifteen-century French convent surrounded by Roman cypress trees, situated on a hill in the Loire Valley. Walking from his rented car to the wooden door, Harris saw a stone foundation that was still strong, its walls cracked by time and weather but not settling. It was unseasonably warm and clear for a January day in the south of France. Maybe it was his imagination, but he thought there was luck in the air.

He knocked and waited, searching for a plaque or inscription showing the Latin phrase that had brought him here. After a minute the door opened and the sister he'd called from town appeared in a blue and gray habit. 'Monsieur Johnson,' she said in lovely French-accented English. 'Come in.'

She led him into a courtyard, then across it to an iron gate at the top of the U where she stood to the side and pointed. Fifty yards away, in a field of uncut grass, a nun in a wool caftan and scarves sat in a canvas-backed chair with a paint brush in hand and an easel between her and a distant valley.

批 改

这是一个修建于十五世纪的法国~~修道院~~女修道院[1]，坐落在卢瓦尔~~河~~河谷的一座小山~~坡~~上[2]，周围~~被~~是一片罗马丝柏科树~~包围着~~[3]。哈里斯从租来的车里出来，~~走向~~朝木门走去。他看到了一个还很结实的石基，它上面的墙壁经不住岁月的侵蚀，已经开裂[4]，~~上刻满了岁月的痕迹~~，但仍然~~还~~没有~~屹立不~~倒下坍塌。一月份的~~南部~~法国南部[5]，天气不同寻常地~~和煦~~暖和晴朗。也许这仅仅是他的想象，但他想这空气中~~莫不是~~有~~有~~些运气的眷顾[6]。

他敲了敲门，一边等待着，一边在~~搜寻~~找着[7]一块刻有拉丁文的牌匾或铭文，他此行的目的就是要找那句拉丁文~~着那个把他带到这儿来的拉丁短语的牌匾或刻碑~~刻[8]。过了一会儿，门开了，那个他在镇上曾经~~用~~给打过电话的~~联系过的~~修女穿着蓝灰色修女服出现了，~~穿着一身蓝灰色的修女服~~[9]。"约翰逊先生，"她说。她的英语~~着~~带着可爱的法国腔，听上去很可爱[10]。"请进。"

她带着他来到一个院子里，穿过~~它~~院子[11]到了位于U型院墙~~字~~顶~~部~~端[12]的一个铁门，她站在一旁，朝前面~~边~~指了指给他看[13]。五十码~~开外的~~远处，在一片未修剪的草地上，一个身穿羊毛长袍束着腰带的长袖衣服[14]、围着围巾的修女坐在一张帆布椅上，手拿画笔，一个画架立在她和山谷之间。

点 评

[1] convent 是"女修道院"的意思，这个"女"字不能少，否则意思和联想都不一样。

[2] 原译将原文的 on a hill 译成了"小山坡上"，想必是译者先入为主地把中国寺庙的常见位置强加给了原文。去过欧洲的人可能都看到过，那里的很多城堡、教堂、修道院、村镇等建筑都是修在山顶上的。这里，原文既然没有说是在山坡（slope）之上，译文没有必要画蛇添足。此例可见，读万卷书，还需行万里路，这样才可以零距离地感受不同的文

化真谛。

3 "罗马柏科树"虽意思没错，但文学作品中不必这么术语化。

4 此处原译为"……石基，它的墙上……"，汉语的代词一般很少这么用，译者显然是受了原文代词的影响。英汉两种语言对于代词的使用有比较大的区别，一个最明显的区别是：英语代词的使用频率远远比汉语高，常常到了无代不成词、无代不成句的地步。这一差异对于英汉翻译的启示是：不是所有的英文代词都一定要译成汉语代词。这就意味着很多英语的代词在汉译时会失去其代词的语法身份。这种"失去"，具体表现会有多种，常见的有零翻译、还原成所代的名词（代词还原法），等等。这里译文所对应的原文是 a stone foundation that was still strong, its walls cracked，在此 its 是回指 stone foundation（石基），亦即"石基的墙"，因此没有必要将其译成"它的墙"。调动一下我们的常识，不难想到这里的意思实际上就是"石基上的墙"。另外，原译将 cracked 译成"刻满了……的痕迹"，并不准确，该词在这里是"开裂"的意思。

5 原文有两个相互关联的地点，这里是"法国南部"，前面还出现过一个"卢瓦尔河谷"。但原文此处的关联有问题，因为"卢瓦尔河谷"实际上不在法国南部，而在法国的西北部。这虽然是原文的失误，但译文在此还是应该做个注更妥帖一些。

6 原译"但他想空气中有些运气"明显是硬译，语气显得很生硬，应根据上下文的意思调整一下措辞。

7 原译"他敲了敲门等待着，寻找着一块刻着……"，表达上也很生硬，所含的四个动词（敲了敲、等待着、寻找着、刻着）中两个是动态动词，两个是静态动词，两类动词呈交错式排列，显得很不协调。前三个动作的进行方式应该是：敲门，然后等人开门，在等待的时候应该是用目光搜寻着……。因为从下句看，等待的时间并不是很久，没有时间离开门口去寻找。有了正确的理解，再用自己的话把这个意思表达出来即可，不要被原文的结构牵着鼻子走。

8 原译"一块刻着那个把他带到这儿来的拉丁短语的匾或刻碑"一句中定语太长，可采用断句法先译主体部分，再译修饰部分。

9 原译"那个他在镇上给打过电话的修女穿着蓝灰色修女服出现了"，句子显得比较生硬，也很拗口。译文中两个动词的顺序与原文不一致，主次颠倒了，原文是 the sister he'd called from town appeared in a blue and gray habit，主句谓语动词是 appeared（出现），译文把"穿衣"作为主动词，这样表达侧重就发生了变化。这也是造成译文句子生硬而拗口的主要原因。

10 原译"她说着带着可爱的法国腔的英语"读起来也很拗口，原因有二：其一，"说着带着"，两个相同的结构和相同的助词挤在一起不合适；其二，定语"带着可爱的法国腔的英语"本来不长，但因为用了双重定语，显得不够简练，再加上"说着带着"的别扭，整个句子就显得比较拗口，而这种混乱并不是原文造成的，原文的修饰关系很清楚：

said in lovely French-accented English

翻译时不妨拆开来说，先说"带着法国腔的英语"，再说其"可爱"。

11 上面点评 4 提到过代词翻译的问题，这里又是一个不太符合汉语表达习惯的代词用法。不如把"穿过它"，改成"穿过院子"。

12 原译"位于 U 字顶端"让人费解。从原文语境中可以看出，这是指院子的形态，是个 U 字形，而院子之所以是这么规整的形态，一般是院墙的形态所致，因此可以把"院墙"的语境意义引申出来，以避免误解或费解。

13 "她在旁边指给他看"，由上文看来，这里在表达上显得有点别扭，主要是译者多加了"给他看"几个字，而且又漏译了 stood。

14 原译将 caftan 译成"长袖衣服"，不准确。译者用最常见的、最无特色的说法去翻译原文的一种特别的服饰。caftan 原本是指阿拉伯人爱穿的宽松长袍。有的英文词典释义说其有皮带束腰，但从网络图片搜索可见，作为女士装束，这种长袍大多不用皮带束腰，所以译成"长袍"即可。此外，原译还漏译了 wool（羊毛）。

> **参考译文**
>
> 　　这是一个修建于十五世纪的法国女修道院，坐落在卢瓦尔河谷的一座小山上，周围是一片罗马丝柏。哈里斯从租来的车里出来，朝木门走去。他看到了一个还很结实的石基，上面的墙壁经不住岁月的侵蚀，已经开裂，但仍然屹立不倒。一月份的法国南部①，天气不同寻常地和煦晴朗。也许这仅仅是他的想象，他想这空气中莫不是有运气的眷顾。
>
> 　　他敲了敲门，一边等待，一边搜寻着一块刻有拉丁文的牌匾或碑刻，他此行的目的就是要找到那句拉丁文。过了一会儿，门开了，那个他在镇上曾经用电话联系过的修女出现了，穿着一身蓝灰色的修女服。"约翰逊先生，"她说。她的英语带着法国腔，听上去很可爱。"请进。"
>
> 　　她带着他来到一个院子里，穿过院子到了位于U型院墙顶部的一个铁门，她站在一旁，朝前面指了指。五十码开外，在一片未修剪的草地上，一个身穿羊毛长袍、围着围巾的修女正坐在一张帆布椅上，手拿画笔，一个画架立在她和山谷之间。（王东风 译）

---

① 原文如此。实际上法国南部并没有卢瓦尔河谷，该河谷位于法国西北部。

> 专题讨论

读万卷书，还需行万里路

　　明朝著名画家董其昌曾说"不行万里路，不读万卷书，欲作画祖，其可得乎？"这话虽是对作画、论画而说，但对于翻译来说可能更为贴切，因为做翻译的大可将此话理解为："不行万里路，不读万卷书，欲作翻译，其可得乎？"

　　为什么做翻译的更需要读万卷书行万里路呢？

　　首先是因为翻译是语言活动，因此要把语言理解透彻，表达到位，不懂点语言学，恐怕会有很多语言问题认识不清，总是跟着感觉走，没准就会被那感觉带到坑里去了。

　　其次，做文学翻译的译者所接触的语言是文学语言，因此要把文学语言理解透，并且表达到位，不懂点文学理论恐怕也不行，比方说连风格、文学性是怎么构成的，都说不清楚，怎么可能在翻译的时候，做到有效应对呢？

　　最后，翻译还是跨文化的活动，如果对所译内容涉及的文化背景不甚了解，翻译时必定会出问题。文化是一个大概念，不仅仅是指特定文化中普遍的、家喻户晓的社会存在，也包括在一个小圈子里普遍的、人所共知的社会存在，即所谓的"亚文化"。

　　以上三点概括起来就是：语言、文学与文化。

　　毫不夸张地说，翻译中任何问题都会碰得到。万事万物，只要进入了人类认知的东西，都有可能在翻译中出现。因此，作为译者，必须要有开阔的视野、广博的知识面和丰富的生活阅历，这样才可以在碰到翻译困难时，激活深藏在译者脑海中的知识资源来解决问题。

　　"只要进入了人类认知的东西"大多都可以从书本里学到，因此，译者需要多读书，还需要读杂书。

　　但有些知识可能书本里没有，或者并不是很多书里都有，但却实际存在于特定的文化中。英译汉，译的是异域世界的文化，因此译者如果对于目标文化的实际存在没有零距离的体验、观察和了解，对文本中的一些陌生的文化现象的理解就会失去有效的知识依托，这就有可能会造成误解和误译。因此，读万卷书，还需走万里路。作为一个译者，如果有条件能去源语文化国家走一走，或者是生活一段时间，那么很多原本有可能造成文化休克或误读的东西，就有可能只是一个常识了，一个异域文化的、有可能不是书本知识的常识。

　　如本单元原文中很简单的一句话：

a ... convent ... situated on a hill

　　被原译译成了

一个……修道院，坐落在……小山坡上

　　如果译者去过欧洲，经常看到坐落在山顶上的古堡等建筑，就不会这么译了，这说明译者的视野还是被局限在中国文化之中。在中国，寺庙建在山顶上并不是一个常态化的现象，多数还是建在山脚下和山坡上,其风水文化的理念是:有靠山。

如果译者去过法国的卢瓦尔河谷,就会发现这个河谷并不在法国南部,而是在法国的西北部。这虽然不是译者的过错,但译者对此地理位置的偏差没有做出任何反应,显然也是受阅历所限。

再举一个不是本单元中的案例,美国长篇小说《弃尸》(*The Bodies Left Behind*)中有这样一段描述:

North of Humboldt the landscape is broken into bumpy rectangles of pastures, separated by benign fences, a few stone walls and hedgerows. The sun was sitting on the tops of the hills to the west and shone down on the landscape, making the milk cows and sheep glow like bright, bulky lawn decorations. Every few hundred yards signs lured tourists this way or that with the promise of handmade cheeses, nut rolls and nougat, syrup, soft drinks and pine furniture. *A vineyard offered a tour*. Brynn McKenzie, who enjoyed her wine and had lived in Wisconsin all her life, had never sampled anything local.

大多数同学都把其中A vineyard offered a tour译成了"有个葡萄园提供旅游服务"。但在认知上都不愿直面一个问题:葡萄园怎么会提供旅游服务?难道葡萄园还兼职做旅游公司?这令学生百思不解。但如果去过欧美一些盛产葡萄酒的地区,就有可能知道,一些葡萄酒庄园提供免费接送车去葡萄酒园,并且还提供免费品酒,这是葡萄酒庄园的一种常见的营销方式。所以这里的tour不是一般的旅游,而是"品酒观光游"。

总之,要做一个称职的翻译,读万卷书,行万里路,是非常必要的。